**ULRIKE BAROW**

# Baltrumer Dünensingen

**ZURÜCK IN DIE VERGANGENHEIT** Sigmar Benedikt hält nichts mehr auf dem Festland, als er hört, dass seine geliebte Insel mit der »Woche 77« genau das Jahr feiert, in dem er auf Baltrum als Strandfotograf tätig war. Sein Mann, Ulf Martens, besucht die Insel zum ersten Mal und kann die Begeisterung nicht so ganz nachvollziehen. Dass Sigmar seinem damaligen Freund Freddy Grothe wiederbegegnet, löst in Ulf ebenfalls keine große Begeisterung aus. Und dann wird auch noch die Leiche des Künstlers Peter Wurzellage gefunden, der in einer Baltrumer Galerie seine Bilder ausstellte.

Da Sigmar Benedikt und sein Mann den Künstler bereits von zu Hause kannten und viel Ärger mit ihm hatten, geraten sie ins Visier von Inselpolizist Michael Röder und seinen Kollegen. Aber auch der Neffe der Galeristin ist kein unbeschriebenes Blatt. Hat etwa er den Künstler auf dem Gewissen?

Michael Röder und sein Kollege Daniel Gebert benötigen bei diesem Fall dringend die Hilfe der Ermittler vom Festland.

*Ulrike Barow wuchs in Gütersloh auf und machte eine Ausbildung zur Buchhändlerin. Danach zog es sie zum Lieblingsurlaubsort ihrer Kindheit, der kleinen Nordseeinsel Baltrum. Dort lernte sie ihren Mann kennen und arbeitete im Einzelhandel sowie im familieneigenen Vermietungsbetrieb. Nebenbei verfasste Ulrike Barow Artikel für die Lokalzeitung. Vor einigen Jahren griff sie die Idee auf, Baltrum-Krimis zu schreiben. Viele Kurzgeschichten sind seitdem ebenfalls entstanden. Inzwischen lebt sie mit ihrer Familie nicht nur auf der Insel, sondern auch in der schönen ostfriesischen Stadt Leer.*

# ULRIKE BARROW

# Baltrumer Dünensingen

*Insel-Krimi*

GMEINER

Immer informiert

NEWSLETTER

Spannung pur – mit unserem Newsletter informieren wir Sie regelmäßig über Wissenswertes aus unserer Bücherwelt.

Gefällt mir!

Facebook: @Gmeiner.Verlag
Instagram: @gmeinerverlag
Twitter: @GmeinerVerlag

MIX
Papier aus verantwortungsvollen Quellen
FSC® C083411
FSC www.fsc.org

Besuchen Sie uns im Internet:
www.gmeiner-verlag.de


Im Ehnried 5, 88605 Meßkirch
Telefon 07575/2095-0
info@gmeiner-verlag.de

1. Auflage 2021

Lektorat: Claudia Senghaas, Kirchardt
Herstellung: Mirjam Hecht
Umschlaggestaltung: U.O.R.G. Lutz Eberle, Stuttgart
unter Verwendung eines Fotos von: © oldnobody / shutterstock.com
Druck: CPI books GmbH, Leck
Printed in Germany
ISBN 978-3-8392-2794-7

Personen und Handlung sind frei erfunden.
Ähnlichkeiten mit lebenden oder toten Personen
sind rein zufällig und nicht beabsichtigt.

# 1

Andrea Burgat atmete tief durch, schlug die Mappe zu und warf einen letzten Blick auf das Plakat. »Was jetzt nicht klappt, klappt gar nicht.«

Ihre Kollegin lachte. »Es wird alles funktionieren. Schließlich sind Profis am Werk.«

»Na dann. Die Partys können steigen.« Aber nun war erst einmal Feierabend. Am Montag begann die *Woche 77*. Die Idee war am Stammtisch entstanden, wie Karsten gerne zugab. Karsten – ihr Freund seit Anfang des Jahres. Er hatte ihr den Job bei der Kurverwaltung beschafft, und ihre erste große Aufgabe war es tatsächlich gewesen, den Rückblick zu organisieren. Es war intensive Recherche ihrerseits vorausgegangen. Schließlich war sie erst seit einem Dreivierteljahr auf der Insel und hatte Ende der 70er noch nicht einmal das Licht der Welt erblickt. Stunden hatte sie im Zollhaus, dem Sitz des Heimatvereins, verbracht, auf der Suche nach dem Leben auf der Insel vor mehr als 40 Jahren. Dann hatte sie alte Insulaner befragt und festgestellt, wie viel Spaß ihr diese Aufgabe machte.

Eine völlig andere Welt – in vielen Dingen. Und doch war diese Zeit eigentlich gar nicht so lange her.

Sie verließ ihr Büro im Rathaus und fuhr nach Hause. Auf halber Strecke fiel ihr ein, dass sie im *Hotel Sonnenstrand* eine Frage loswerden musste. Sie bremste, stellte ihr Fahrrad am Zaun ab und sah Henning Ahlers auf der Terrasse. Prima, so brauchte sie nicht lange in dem großen

Haus nach ihm suchen. Sie winkte ihm zu. »Herr Ahlers. Haben Sie einen Moment?«

Er versorgte seine Gäste mit Kaffee und Kuchen, wechselte ein kurzes Wort mit ihnen und kam zu ihr. »Was gibt es?«, fragte er lächelnd. »Fällt unsere Retrowoche aus?«

Beruhigend schüttelte sie den Kopf. »Ich wollte nur wissen, ob mit den Emilys alles klar geht. Einer der Jungs hatte sich bei mir gemeldet und mich vorgewarnt wegen eines Erkältungsanfluges.«

»Die Jungs sind fit. Max hat mir eine Nachricht geschickt. Darin stand auch, dass, wenn er nicht kann, sein Bruder einspringt. Auch der ist begeisterter Elvis-Fan«, erklärte Henning Ahlers. »Singen kann er ebenfalls.«

»Dann ist alles klar. Der Auftritt der Band wird Dienstag im *Haus des Gastes* sein. Die Leute vom Bauhof nehmen morgens die Bestuhlung raus. War gar nicht so einfach, die davon zu überzeugen, aber das Volk braucht Platz zum Tanzen. Und die Zelte stehen uns erst ab Freitag zur Verfügung.«

»Bei mir im Gartenhaus können die Jungs wieder üben. Das hat im letzten Jahr wunderbar geklappt. Und am Mittwoch ist bei mir im Clubraum noch einmal Elvis-Gedächtnisparty. Schließlich ist das der Todestag des großen Meisters.«

Andrea zögerte. »Sie meinen wirklich, dass das keine Konkurrenz zum Theaterstück ist?«

Für den Abend hatte die Baltrumer Theatergruppe kurzfristig, mit großem Einsatz, ein plattdeutsches Stück einstudiert. *Wenn de Hahn kreiht* von August Hinrichs.

Der Hotelbesitzer schüttelte den Kopf. »Bestimmt nicht. Das ist ein ganz anders Publikum, und so viele passen in den Klubraum gar nicht rein. Es werden wohl überwiegend Hotelgäste sein.« Er lachte. »Denen bleibt gar nichts anderes übrig, so laut, wie die Jungs spielen werden. Aber da müssen die Gäste durch.«

»Super. Dann passt alles. Wir bleiben in Kontakt.« Sie sah, dass einer der Gäste nach dem Chef des Hotels verlangte, und nahm ihr Rad. Jetzt gemütlich ein Tässchen Tee mit Karsten hier auf der Terrasse, dazu ein leckeres Stück Kuchen, damit könnte sie leben. Aber Karsten hatte bereits morgens beim Frühstück angekündigt, dass er sie dringend im Garten brauchte. Seit zwei Monaten wohnten sie zusammen. Also fast. Sie hatte das Zimmer, das ihr die Gemeinde zur Verfügung gestellt hatte, nicht aufgegeben, obwohl man sie schon eindringlich darum gebeten hatte. Wenn sie sich kaum darin aufhielt, könnte sie es auch anderen zur Verfügung stellen, hatte ihr Chef gesagt. Aber sie war sich nicht sicher, brauchte ab und zu einen Ort zum Luftholen, wenn Karsten mal wieder über die Stränge schlug. Nein, sie bezahlte ihre Miete pünktlich, und alles andere war ihre Sache. Karsten musste auch an diesem Nachmittag ein wenig warten. Bevor sie zu ihm fuhr, wollte sie in Ruhe mit ihrer Freundin telefonieren. Die nächste Woche war voll mit Terminen, da war ein längeres Gespräch nicht drin.

Am Donnerstag stand die Wahl der Miss Baltrum an, und Freitag war Party im Festzelt. Natürlich hätte sie gerne in der *Kajüte*, im *Inselkeller* oder im *Kiek Rin* gefeiert. Alles Kneipen, in denen viele Jahre der Bär losgewesen war. Aber sie waren nicht mehr für den Publikumsverkehr geöffnet. So hatten sie sich auf eine Zeltfete geeinigt. Am Freitag und Samstag würde DJ Freddy auflegen. Als das Programm veröffentlicht worden war, hatten unendlich viele Insulaner sie darauf mit einem Leuchten in den

Augen angesprochen. »Noch einmal so wie früher«, war der häufigste Satz gewesen. Aber nicht nur Insulaner, auch Gäste, die die Ankündigung im Veranstaltungskalender gelesen hatten, hatten sich gemeldet und ihr so manches Erlebnis aus der Zeit Ende der 70er erzählt.

Natürlich wurde auch für die Kinder etwas geboten. Ein Lampionumzug war für Freitagnachmittag vorgesehen und am Samstag ein Kinderfest mit Sackhüpfen am Strand. Nicht zu vergessen das Dünensingen für Große und Kleine. Das war damals beliebt und eine der wenigen Veranstaltungen, die bis heute großen Zuspruch fand. Wie immer wurde dazu die *Mundorgel* benötigt, das kleine rote Liederbuch, das es bereits seit über 50 Jahren gab, aber das sie zum ersten Mal gesehen hatte, als sie ihren Job auf der Insel antrat.

»Na, Feierabend?«, hörte sie eine kratzige Stimme vom Nachbargrundstück, als sie die Gartenpforte öffnete.

Es war Hilko Tebben, ihr Nachbar, der sein Haus schon vor Jahren seinem Sohn übergeben hatte und nun gerne neben der Haustür auf der Bank saß und die vorbeiziehenden Menschen in eine Unterhaltung verwickelte. So gerne, dass ihr inzwischen bereits etwas fehlte, wenn er sie nicht nach der Arbeit begrüßte. Sie winkte rüber und nickte freundlich. »Alles geschafft«, war ihre beinahe stereotype Antwort.

»Geht es mit der Elvis-Woche voran?«, rief er herüber.

Andrea atmete tief durch. Zu Anfang hatte sie es für eine gute Idee gehalten, sein Wissen um die 70er anzuzapfen. Inzwischen bereute sie fast, ihn eingebunden zu haben. Er ließ einfach nicht locker, wollte jeden Abend einen Zustandsbericht. »Es läuft. Auch die anderen Veranstaltungen. Die Gäste können anreisen«, rief sie.

»Da muss ich dir noch was erzählen. Komm mal rüber.«

Das hatte ihr gerade gefehlt. Sie wollte duschen und sich dann auf die Couch kuscheln. Oder höchstens mit Karsten im Garten arbeiten. Was sie auf gar keinen Fall anstrebte, war ein nicht enden wollendes Gespräch mit Hilko Tebben. Aber was blieb ihr übrig als gute Nachbarin? Außerdem hatte sie ihn gebeten, an einem der Tage im Kinderspielhaus einen Vortrag über die Zeit damals zu halten. Sie war sicher, dass sich eine Menge Gäste dafür interessierten. Und erzählen konnte der Mann. Ausführlich. Sie ging zu ihm.

»Nur ganz kurz«, begann er.

Sie musste grinsen. Das wäre das erste Mal, dass dieser Mann sich kurzfasste.

»Als du eben sagtest, die Gäste könnten kommen, fiel mir etwas ein, was ich den Leuten über die Vermietung damals erzählen könnte.«

»Hilko! Hilko! Abendessen ist fertig!«

Andrea atmete auf. Peteda Tebben war aufgetaucht, mit kurzen hellgrauen Locken, die Hände in der Kittelschürze. »Hältst du die arme Frau wieder auf?«

Hilko Tebben drehte sich um. »Was du immer hast. Andrea hatte eine Frage, und ich habe sie beantwortet.« Er zwinkerte Andrea zu, was auch Peteda nicht entging.

»Dann gehe ich mal.« Andrea stand auf. »Lasst es euch schmecken.«

»Bis morgen«, rief Hilko hinter ihr her. »Und mit meinem Vortrag, das geht klar.«

Eines war sicher: Was auch immer der nächste Tag und alle folgenden brachten, ihrem Nachbarn würde sie nicht entkommen können. Vielleicht sollte sie doch zu Karsten ziehen.

# 2

Ulf deutete auf eine Bank ganz hinten neben dem Kiosk. »Dort ist Platz.«

Sigmar versuchte, seinem Mann zu folgen, was gar nicht einfach war. Ein kleines Kind saß mitten im Gang, zwei Hunde kämpften um die Platzherrschaft, und eine gut gefüllte Reisetasche blockierte den Weg. Außerdem sah er drei Menschen von der anderen Seite bedrohlich schnell näherkommen. Sie schafften es beinahe gleichzeitig. Ulf schob sich durch zum Fenster, und Sigmar schloss sich ihm an. Die drei anderen Gäste ließen sich ebenfalls auf die Bank fallen.

Einer von ihnen atmete tief durch. »Mein lieber Schwan, das wäre aber beinahe ziemlich danebengegangen. Die Baustelle auf der A31 hatte ich nun gar nicht eingerechnet.«

»Wir haben mit einem Stau gekämpft«, rutschte es Sigmar heraus, obwohl er eigentlich keine Lust auf ein Gespräch hatte. Auch sie hatten in letzter Minute in Neßmersiel die Fähre erreicht, die Koffer in den Container geschoben und das Auto abgegeben. Dann waren sie auf das Schiff gerannt. Gleich darauf wurde der hintere Landgang eingezogen.

»Stammgäste?« Der Mann zog eine Flasche Wasser aus der Tasche und nahm einen tiefen Zug.

»Kann man so nicht sagen. Ich war Mitte der 70er in den Sommermonaten hier und habe als Strandfotograf bei *Stadtlander* gearbeitet. Jetzt will ich in die Vergangenheit abtauchen, und mein Mann muss mit. Da gibt es so eine irre Erinnerungswoche mit Partys und so weiter auf der Insel«, erklärte Sigmar.

»Genau deswegen sind wir auch hier. Ich bin Hans, die beiden mir gegenüber sind Marga und Bernd. Wir kommen jedes Jahr regelmäßig nach Baltrum. Mal kürzer, mal länger. In diesem Jahr haben wir Glück gehabt und genau für diese Woche eine Unterkunft gefunden. Wie heißt ihr, wenn die Frage erlaubt ist?«

»Ich bin Sigmar, und das ist Ulf. Ulf kennt die Insel bis jetzt nicht, und ich bin gespannt, was sich alles verändert hat. Ist da dieser Bäcker bei der Kirche eigentlich noch? Der hatte immer so tolles Weißbrot.«

Die drei lachten. »Schon ewig nicht mehr. Es gibt zwei Supermärkte mit Backstube. Und das *Knusperhuuske*. Das betreibt die Tochter des ehemaligen Bäckers. Da könnt ihr das Weißbrot bestellen.«

Sigmar sah sich um. »Mit diesem Schiff sind wir damals auch gefahren. Es wurde genau in dem Jahr in Dienst gestellt, als ich hier war.«

»Das war 1977«, fügte Ulf hinzu. »Ich weiß es genau. Er hat mir oft genug davon erzählt.«

»Du wirst dich wundern, was sich getan hat. Sollen wir uns nicht morgen mal im *Strandcafé* treffen? Zum Erfahrungsaustausch?«, fragte Marga.

»Machen wir«, antwortete Sigmar, ohne eine Antwort von Ulf abzuwarten. »Prima. Aber jetzt schaut mal«, sie zeigte aus dem Fenster, »da steckt ein Seehund seinen Kopf aus dem Wasser. Wir werden gleich bestimmt viel mehr sehen, wenn wir an der Ostspitze von Norderney vorbeikommen.«

Tatsächlich sah Sigmar wohl an die 200 Tiere, die sich in der Sonne aalten. Dahinter fiel ihm das Wrack eines

Schiffes auf. Wie war das noch? Genau. Ein Heringslogger war auf eine Sandbank gelaufen, und die Besatzung eines Muschelbaggers wollte zu Hilfe kommen, setzte jedoch das eigene Schiff auf Grund. Der Logger konnte später geborgen werden. Das Baggerschiff jedoch lag seitdem auf Norderney.

Als die *Baltrum I* ihren Bug dem Baltrumer Hafen zudrehte, hielt es Sigmar nicht mehr unter Deck. »Darf ich, bitte?« Er nahm seinen Rucksack und stand auf. Auch Ulf griff nach seiner Tasche.

»Ihr könnt es wohl gar nicht mehr erwarten«, lachte Hans. »Denkt dran. Morgen zum Frühschoppen. Elf Uhr.«

»Wir kommen«, versprach Sigmar und hatte das Gefühl, als hätte Ulf diesem Hans zugeblinzelt. Was sollte das? Sie waren keine Jugendlichen mehr. Die Zeiten für Techtelmechtel waren eindeutig vorbei. Außerdem gehörten sie beide seit vielen Jahren zusammen. Techtelmechtel – auch so ein Begriff aus grauer Vorzeit, ging ihm durch den Sinn. Wenn man heute einen jungen Menschen fragen würde, was er bedeutet, bekäme man nur ein ratloses Schulterzucken zurück. Er hatte sich viele dieser Worte bewahrt und stand mit der neuen Angewohnheit, ständig etwas Englisches einfließen zu lassen, ziemlich auf Kriegsfuß.

Ein kräftiger Wind pfiff ihnen um die Nase, als sie das Schiff verließen. Dort, wo die Container abgeladen wurden, sah Sigmar einige Menschen mit Schildern stehen. Ihre Vermieterin hatte zugesagt, dass ihr Mann sie abholen würde. Sie sollten nach dem Schild »Haus Emma« schauen. Sorgsam warf er einen Blick auf alle Namen, doch er fand keines mit »Haus Emma« darauf.

Auch Ulf schüttelte den Kopf. »Keiner da.« Er wandte sich einem Mann zu, der offensichtlich auf seine Gäste wartete. »Entschuldigen Sie, wir suchen Herrn Flegel. Sehen Sie den irgendwo?«

»Nix kennen«, erwiderte der Mann freundlich, »fragen den da.« Er zeigte auf einen Mann, der trotz der Augustwärme einen dicken Anorak trug.

Ulf ging zu ihm und wiederholte seine Frage. Diesmal hatte er Glück. Zumindest, was die Auskunft betraf.

»Ich sehe ihn nicht, aber dort steht die Wippe. Die können Sie nehmen und damit Ihr Gepäck zum *Haus Emma* schieben. Schätze mal, die erwarten Sie erst mit dem nächsten Schiff.«

Sie warteten, bis der Platz, auf dem die Container standen, freigegeben war, beluden die Karre und schoben los. Sigmar hatte sich im Vorfeld angesehen, wo die Pension zu finden war. Genau genommen wusste er es, doch er war sich nicht sicher gewesen, ob seine Erinnerung korrekt war. Sie reihten sich in den Strom der Gäste ein, der sich vom Hafen zum Ortskern bewegte. Sigmar wäre am liebsten alle paar Meter stehengeblieben. Es gab so viel Neues zu sehen. Sie liefen auf ein mächtiges Haus mit grauen Fensterläden zu. Dort war einmal das *Nordseehotel Zur Post* gewesen, daran erinnerte er sich genau, obwohl es mehr als 40 Jahre her war, dass er hier den Sommer verbracht hatte. Und damals hatte er sein Augenmerk bestimmt nicht der Inselarchitektur, sondern vielmehr anderen jungen Männern geschenkt, die wie er in der *Kajüte* und im *Inselkeller* abrockten. Dummerweise hatten die meisten jedoch eine Freundin. Nur einer, Friedhelm, den sie alle Freddy nannten, hatte sich gerne von ihm zum Bier einladen lassen. *Yes Sir, I can boogie* von Baccara. Das war ihr Lieblingslied gewesen.

»Links oder geradeaus?«, holte ihn Ulf aus seinen Gedanken.

»Rechts und immer geradeaus. Ins Ostdorf.« Er gab der Wippe einen Ruck und bog von der Hafenstraße ab und ging mit kräftigen Schritten am Nationalparkhaus vorbei. Die Inselbesichtigung konnte beginnen, nachdem sie ihre Koffer im *Haus Emma* abgeladen hatten.

Je weiter sie gingen, desto unsicherer wurde er. Waren sie hier richtig? Die Straße ging doch südlich vom Spielteich entlang und nicht hier, unterhalb des Deiches? Oder versah er sich? Egal. In der Ferne sah er die ersten Häuser des Ostdorfes. Bald hatten sie das *Haus Oase* erreicht, und dann waren es nur ein paar Meter und er stellte die Wippe auf dem schmalen Rasenstück vor der dunkelbraunen Eingangstür ab. Sigmar atmete tief durch, zog ein Taschentuch aus der Hosentasche und wischte sich den Schweiß ab.

Auch Ulfs Gesicht war knallrot und ihm standen Tropfen auf der Stirn. »Sag mal, was war das denn gerade?«, schnaufte er. »Ich dachte, wir würden uns die Insel anschauen?«

»Dafür haben wir genug …«, Sigmar versagte die Stimme. Wieder atmete er röchelnd. »… morgen und die anderen Tage genug Zeit. Ich wollte einfach nur ankommen, verstehst du?«

»Da sind Sie ja. Ich habe schon auf Sie gewartet«, unterbrach ihn eine helle Stimme.

Sigmar drehte sich zur Tür. »Frau Flegel?«

»Wer sonst? Haben Sie meinen Mann nicht mitgebracht?«

»Wir haben am Hafen nach ihm Ausschau gehalten. Aber man sagte uns, er sei nicht da. Da haben wir uns die Wippe genommen und nun sind wir hier«, erklärte Sigmar der Frau, deren Augen nur noch schmale Schlitze waren.

Ihre Lippen hatte sie zusammengepresst. Sie winkte den Männern und verschwand im Flur.

»Das soll wohl heißen, wir sollen ihr folgen«, vermutete Ulf und hob den ersten Koffer von der Wippe. »Nimm du meinen. Der ist leichter.«

Sigmar war sich nicht sicher, ob er die Kraft hatte. Das Schieben der Karre war ihm schwergefallen. Zumal die Räder tatsächlich einen Tropfen Öl oder was auch immer gebraucht hätten. In der letzten Zeit merkte er öfter seine Grenzen. Er hatte es bisher selbst Ulf gegenüber nicht zum Thema gemacht. Das unregelmäßige Pochen in seiner Brust sollte nicht sein Leben bestimmen. Dafür war er mit 66 einfach zu jung. Darum hatte er keinen Gedanken daran verschwendet, Ulf die Wippe zu überlassen. Auf der Insel ankommen und nebenherlaufen? Keine Option! Als sie Frau Flegel in den ersten Stock folgten, schoss es Sigmar nicht zum ersten Mal durch den Sinn, dass es nicht nur sein Alter, sondern die vielen überflüssigen Kilos waren, die seinem Herz zu schaffen machten. Er beobachtete neidisch, wie behände Ulf die Stufen hochstieg. Aber es war kein Wunder. Sein Mann war schlank und rank und sorgte mit ausgiebigem Laufen und jeder Menge Gymnastik dafür, dass sich daran nichts änderte. Er selbst hatte sich bis heute nicht aufraffen können, sich täglich eine halbe Stunde an der Weser entlang zu bewegen oder andere Sportabenteuer zu wagen. Es ging nicht. Er kriegte seinen Hintern einfach nicht hoch. Ulf hatte ihn zu Anfang gebeten, dann aufgefordert, ihn zu begleiten. Seit längerer Zeit sagte er allerdings nichts mehr, und Sigmar war nicht böse darum. Sein innerer Schweinehund konnte wieder ruhig schlafen.

Neugierig schaute er sich im Flur um. Bis zur halben Höhe war die Wand mit dunkelbraunem Holz verkleidet.

Die vergilbte Tapete darüber wies nur hie und da ein schwaches Blumenmuster auf. Die Wand rechts von der Treppe wurde von einem übergroßen Seestück beherrscht. Auch das hätte sicher eine Reinigung verdient. Sigmar erinnerte sich an ein ähnliches Bild, das bei den Eltern eines Schulfreundes gehangen hatte. Dieses Bild mit dem Dreimaster auf hoher See hatte ihn so schwer beeindruckt, dass er mit dem Gedanken gespielt hatte, Kapitän zu werden. Herrscher der Meere. So hatte er sich insgeheim genannt. Aber dann hatte ein gesunder Respekt vor der Kraft des Wassers gesiegt, und er war im Einwohnermeldeamt gelandet.

»So, hier ist es.« Frau Flegel öffnete die Tür.

Sie wurden von einer lichtdurchfluteten Suite empfangen. Der Unterschied zu dem düsteren Flur mit den abgenutzten Fliesen auf der Treppe war verblüffend. Ein großes Bett dominierte den Raum, daneben war genügend Platz für zwei Sessel, denen man die Gemütlichkeit ansah, und einen großen Fernseher. Ein Schrank mit einem großen Spiegel und eine Kommode, auf der eine imposante Kaffeemaschine stand, vervollständigten den Eindruck.

»Hier ist das Badezimmer.« Frau Flegel deutete auf eine hellgebeizte Tür. »Es ist alles da. Toilette, Dusche, Badewanne. Ich hoffe, Sie fühlen sich wohl.«

»Das werden wir.« Ulf schob seinen Koffer ein Stück weiter. »Wann gibt es Frühstück?«

»Von 8 bis 10.30 Uhr. Es sei denn, Sie haben Sonderwünsche oder müssen am Tag Ihrer Abreise eher fahren.«

Ulf winkte ab. »Das passt. Zur Kurtaxe haben wir uns angemeldet. Die Rechnung ist bezahlt. Müssen wir noch etwas bedenken?«

»Nein. Alles klar. Wir sehen uns spätestens morgen beim Frühstück.« Jetzt lächelte Frau Flegel sogar ein wenig.

In diesem Moment hatte Sigmar das Gefühl, die Frau zu kennen. Ob sie vor 40 Jahren schon auf der Insel war? Sollte er sie fragen? Nein. Erst einmal würden sie die Koffer auspacken und einen Rundgang machen. Erinnerungen aufzufrischen, dafür war morgen beim Frühstück Zeit genug. Außerdem schien ihm die Frau jünger. Er konnte nicht einschätzen, ob sie überhaupt schon geboren war, als er die Insel unsicher gemacht hatte.

## 3

Michael Röder warf seine Dienstmütze auf den Schreibtisch und ließ sich auf den Bürostuhl fallen. Sie hatten sich alle gegen ihn verschworen. Alle. Seine Frau Sandra, sein Freund Arndt und dessen Frau Wiebke, sogar Amir, sein Heidewachtel. Selbst in den Augen des Hundes hatte er ein Leuchten gesehen, als in der Küche der Dienstwohnung zum wiederholten Male das Wort »Rock'n'Roll Tanzkurs« gefallen war. Dessen war sich der Inselpolizist ganz sicher. Das war nun drei Wochen her, und seitdem ging es jeden zweiten Abend ins *Hotel Strandhof*, und dort wurde abgerockt. Ohne Amir natürlich. Aber unter Einsatz seiner ganzen Kräfte. Erst gestern Abend hatte er einen kräftigen Stich unterhalb des linken Fußknöchels verspürt, als er seine Frau auf Anweisung der Tanzlehrerin angehoben und mit einer kräftigen Drehung wieder abgesetzt hatte.

Es war nicht so, dass er die Musik nicht gut fand. Im Gegenteil. Aber Tanzen war nun mal nicht seins. Kurz hatte er darüber nachgedacht, seinen Kollegen zu fragen, ob er nicht mit Sandra den Kurs besuchen könne. Das war ihm dann allerdings etwas albern erschienen. Außerdem hätte Sandra das nicht mitgemacht. Oder noch schlimmer, sie hätte begeistert zugesagt und wäre mit Daniel losgezogen. Er lehnte sich zurück und schloss die Augen. Noch eine Woche, dann war es geschafft.

»Hallo, Michael. Nicht einschlafen.«

Röder zuckte zusammen. Er hatte nicht mitbekommen, dass sein Kollege, der seit einigen Tagen Dienst auf der Insel machte, zurück war.

»Na, warst du erfolgreich?«, fragte er ihn.

»War ich. Die *Baltrum I* legte an, und fünf Mädels mit E-Scootern kamen von Bord. Sie verteilten kleine Fläschchen *Jägermeister*, nahmen jeder einen kräftigen Schluck und …«

»… warfen die leeren Flaschen ins Wasser!«, fuhr der Inselpolizist fort.

»Nein, das nicht. Sie haben das Leergut in eine Tasche gesteckt, die offensichtlich schon recht gut gefüllt war. Dann allerdings musste ich sie daran hindern loszufahren, was bei den kräftig geschminkten jungen Damen für reichlich Ärger sorgte. Ich konnte sie jedoch davon überzeugen, dass der Gebrauch der Dinger hier verboten ist.«

»Junggesellinnenabschied?« Röder war heilfroh, dass dieser Einsatz an ihm vorbeigegangen war. Die Stimmung konnte nämlich ganz schnell ins Gegenteil umschlagen, wenn man die Herrschaften auf Recht und Ordnung hinwies. »Normalerweise fahren die doch nach Norderney.«

Daniel lachte. »Die wollten nur ein ganz klein wenig feiern. Das erwähnte die Frau, die wohl die zukünftige Gattin war. Sie trug rosa Öhrchen, eine buntbedruckte Küchenschürze und einen Bikini darunter.«

»Woher weißt du …?«

»Keine Sorge. Ich habe keine Ganzkörperkontrolle durchgeführt. Eine Bö hob den Kittel, und so war der Bikini im Blick.«

»Wie habt ihr euch geeinigt?«, fragte Röder.

»Die Scooter warten nun auf dem Schiff auf die Rückkehr der Mädels. Und eben die habe ich zuletzt laut singend, Arm in Arm, mit einem weiteren Schnäpschen in der Hand auf der Hafenstraße gesehen«, berichtete Daniel.

»Dann hoffen wir mal das Beste. Liegt bei dir sonst etwas an?«

»Nein. Eigentlich nicht. Bis darauf, dass Meta Paulsen sich gemeldet hat. Jemand hat Pferdeäpfel an ihrer Fensterscheibe verschmiert.« Daniel Gebert zog einen Kaugummistreifen aus einer kleinen Plastikdose, die auf dem Schreibtisch lag, und schob ihn sich in den Mund.

Michael Röder schüttelte sich innerlich. Beinahe hätte er dieses Döschen heute Morgen bereits entsorgt, wusste jedoch genau, dass das nichts nützte. Daniel hätte seinen Vorrat in Kürze wieder bereitgelegt. Er konnte nicht verhindern, dass sich sein Gesicht verzog. Kaugummi hasste er, solange er denken konnte. Nein, nicht solange er denken konnte, sondern seit dem Tag, als er als Kind nichtsahnend in einen dicken Klumpen, der auf der Straße lag, hineingetreten war und verzweifelt versucht hatte, die klebrige Masse abzupulen. Letztendlich hatte seine Mutter die Reste mit dem Küchenmesser von der Sohle geschabt.

Daniel schaute ihn freundlich an, aus seinem Mund drang leichtes Schmatzen, als er bestätigte: »Ja, ich weiß. Pferdeäpfel sind ekelig. Es war sicher einer dieser Kinderscherze. Soll ich hinfahren?«

Sein Kollege hatte offensichtlich die Situation ein wenig falsch verstanden. Nicht die Pferdeäpfel waren der Grund für seinen Ekel gewesen. Irgendwann bald würde er mit seinem Kollegen darüber sprechen.

»Mach das. Wer weiß, ob nicht etwas anderes dahintersteckt. Wenn sie sich schon bei uns meldet, kümmern wir uns«, erwiderte Röder.

»*Galerie Eiland*, richtig?«

»Genau. Meta Paulsen betreibt die Galerie, und dann ist da ihre Schwester Änne Paulsen. Die kümmert sich mehr um das Haus, wenn ich richtig informiert bin. Zwei nette ältere Damen.«

»Ich bin schon unterwegs.«

Ein feiner Kerl. Röder war froh, ihn bei sich zu haben. Trotz der blöden Angewohnheit mit dem Kaugummi. Von April bis Oktober musste sich der Inselpolizist alle paar Wochen an neue Gesichter gewöhnen. Es war klar, dass es unter seinen Kollegen, die ihn in der Saison unterstützten, nicht nur Sympathieträger gab. Aber wenn er zurückdachte, hatte er Glück gehabt. Beinahe alle hatten sich schnell an die Inselgegebenheiten gewöhnt und, er erinnerte sich gern, kein Problem damit gehabt, sich um die Reparatur der Diensträder zu kümmern. Mal mit mehr, mal mit weniger Erfolg. Aber immerhin. Er hatte so gar kein Händchen dafür. Er liebte seine Arbeit. Meistens war es ruhig. Nur einmal im Jahr passierte etwas, das seine ganze Aufmerksamkeit und die seiner Kollegen verlangte. Da hatten die Kommissare am Festland mehr Unruhe. Wobei er wieder mitten im Thema war. Sein bester Freund, Hauptkommissar Arndt Kleemann aus Aurich, würde am Wochenende mit seiner Frau auf die Insel kommen, um, wie er sagte, richtig abzutanzen. Natürlich ging kein Weg daran vorbei, sich dieser Idee anzuschließen. Das hatte zumindest Sandra festgestellt. Röder war sich nicht ganz klar, ob er bereit war, seinem Freund zu verzeihen, aber es nützte nichts. Sein Umfeld wollte es so, und er kam da nicht raus. Dabei wäre er so gerne ans Festland gefahren, denn er hatte ein neues Hobby für sich entdeckt: seine Vespa. Ein warmes Gefühl durchlief ihn. Er hatte den Roller vor zwei Wochen bei eBay gefunden, als er auf der Suche nach einer Harley, dem Traum seiner Jugendzeit, war, und sich sofort verliebt. Am nächsten Tag war er mit dem Bus nach Norden gefahren, hatte sich die Maschine angesehen und mit Erlaubnis des Besitzers eine Probefahrt gemacht. Ohne lange zu überlegen, hatte er sie gekauft. Keinen Gedanken verschwendete er mehr daran, mit einem Affenzahn die Harzer Bergwelt aufzumischen, nie wissend, was hinter der nächsten Kurve auf ihn wartete. Stattdessen hatte er sich fest vorgenommen, auf der *Primavera* mit elf PS erst einmal Ostfriesland in Ruhe zu erkunden. Doch mit einem freien Tag hatte es bisher nicht funktioniert. So stand die Vespa in Neßmersiel in der Garage und wartete dringend auf Bewegung.

Aber jetzt gab es anderes zu tun. Sein Chef, Müller, hatte ihn gebeten, nach einem jungen Mann zu schauen, der am Festland ein paar Brände gelegt hatte und eventuell auf

Baltrum seit einiger Zeit untergetaucht war. Die Daten waren gerade hereingekommen.

## 4

Peter Wurzellage. Meta Paulsen lächelte. Diesen Namen würde sie sich nicht einmal als Künstlername zulegen. Es war 10 Uhr, also an der Zeit, die Ladentür zu öffnen. Wenn nicht jetzt, wann dann, waren Gäste auf der Insel, die ihre Galerie mit den monatlich wechselnden Ausstellungen zu schätzen wussten. Seit einer Woche war es eben Peter Wurzellage aus Brake, der seine Bilder zeigen durfte. Ihr gefielen seine Landschaftsbilder, Aquarelle vom Meer, von der Weser und der Seenlandschaft Mecklenburg-Vorpommerns. Sonst hätte sie ihm auch nie den Platz in ihren Räumen zur Verfügung gestellt. Das Geschäft lief gut. Die Bilder waren erschwinglich, und sie bekam grundsätzlich 20 Prozent des Verkaufspreises ab. So war es geregelt. Wenn die Künstler nicht einverstanden waren, war eben nichts zu machen. Dann mussten sie sich einen anderen

Ausstellungsort suchen. Kaum hatte sie die Tür geöffnet, stand schon ein Gast neben ihr und grüßte sie freundlich.

»Darf ich mich umsehen?«

»Natürlich. Dafür sind die Bilder hier«, erwiderte sie. Sie wunderte sich, dass Wurzellage noch nicht aufgetaucht war. Sie hatte ihn gebeten, heute im Laden zu sein, da sie in das Fest des Heimatvereins eingebunden war. Ebenso wie ihre Schwester Änne. Sie hatte sich für den Kuchenstand entschieden.

»Lebt der Künstler noch?«, fragte der Gast.

Sie nickte. »Ja. Herr Wurzellage aus Brake. Da kommt er auch schon.« Sie sah mit Erstaunen, dass der Mann mit dem Schlapphut und der blauen Lederjacke knapp lächelte, als er in die Galerie trat. So schön seine Bilder auch waren, meistens erlebte sie ihn in sich gekehrt, bisweilen sogar missmutig. Daher hatte sie auch eine Weile überlegt, ob sie ihn bitten sollte, auf den Laden aufzupassen, aber es war ihr als die beste Lösung erschienen. Auch wenn das Lächeln aus dem Gesicht des Mannes bereits wieder verschwunden war und sich die Falten des Missmuts über seine Augen gelegt hatten.

»Hallo, Herr Wurzellage. Sie können Ihre Jacke ins Büro bringen. Ich gehe mal und lasse Sie mit dem Herrn hier allein. Bis Ladenschluss bin ich zurück.« Sie wartete kaum die Antwort ab, dann hastete sie in die Wohnung und begann, sich umzukleiden. Aus dem Augenwinkel sah sie Änne, die bereits den dunkelblauen langen Rock, die weiße Spitzenbluse und die beige Schürze trug. Dazu eine weiße Haube. Ob dies eine original ostfriesische Tracht war, wusste sie eigentlich nicht genau. Änne hatte sie nach Bildern aus dem Internet genäht, und Meta fand sie wunderschön. Sie selbst trug die Tracht, die die

Frauen der Baltrumer Gitarrengruppe bei ihren Auftritten getragen hatten, bevor sie sich im Jahr 2010 aufgelöst hatten. Es gab damals keinen Nachwuchs mehr, und auch der Musikgeschmack veränderte sich. Sie wusste, dass die Tracht passte, denn hin und wieder hatte sie die Sachen aus dem Schrank geholt und angezogen. Dann hatte sie ihre Gitarre genommen, sich an einsamen Winterabenden ins Wohnzimmer gesetzt und die alten Lieder gespielt. Änne hatte dabeigesessen und genäht und gestickt. Ihr Lieblingsmotiv auf Kissenbezügen war die Dünenlandschaft.

»Bist du fertig?«, hörte sie die helle Stimme ihrer Schwester aus dem Wohnzimmer.

»Einen Moment. Ich muss die Gitarre holen und meine Tasche packen.« Sie hatte über Jahre Fotos von den Bildern gemacht, die bei ihr ausgestellt waren. Natürlich hatte sie die Motive ausgewählt, die die Nordsee in all ihren Facetten zeigten. Darauf hatte sie bei ihrer Auswahl Wert gelegt. Sie hatte mit Erlaubnis der Künstler Postkarten anfertigen lassen, die sie nun verkaufen wollte.

Ob sie Wurzellage wirklich allein lassen konnte? Noch immer saß ihr der Ärger über die verschmierte Scheibe ein wenig im Nacken. Sie hatte dem Polizisten erzählt, dass es nicht das erste Mal war, dass sie Pferdemist abkratzen musste. Schon zwei Tage zuvor hatte sie dunkelbraune Streifen auf der Eingangstür festgestellt. War es wirklich ein verunglückter Kinderstreich, wie der Polizist vermutete? Aber was sollte sonst dahinterstecken? Sie hatte keine Ahnung. Sie und Änne kamen mit den Insulanern gut aus. Wer sollte etwas gegen sie haben? Nein, es würde gutgehen. Jetzt wartete das Fest beim Heimatverein. Sie stellte die Tasche in den Korb auf dem Gepäckträger ihres Rades.

»Pass auf, dass der Rock nicht in die Speichen gerät«, rief ihre Schwester, als sie losfuhren.

Es war schon ordentlich etwas los bei dem Bummert, dem alten ostfriesischen Doppelhaus, in dem der Heimatverein seine Ausstellung zeigte.

»Gut seht ihr aus.« Karola Meinert, die erste Vorsitzende, schaute die Schwestern freundlich an.

Meta meinte sogar, Bewunderung in deren Augen zu sehen.

»Du, Meta, kannst dich zu Herbert stellen, Änne, der Kuchenverkauf ist draußen. Das Wetter soll halten. Sonnig, aber nicht zu heiß. Wenn ihr Hilfe braucht, meldet euch. Ich muss drinnen nachsehen, ob die Ausstellung im Obergeschoss fertig ist.« Karola verschwand im Gebäude.

Meta atmete tief aus. Die Frau hatte eine Energie, das war unglaublich. Sie hatten vor vier Tagen die letzte von vielen Sitzungen gehabt, da Karola ständig etwas eingefallen war, was verbessert werden konnte. Die Ausstellung zu den 70ern hatte da längst gestanden, wäre auch sonst zeitlich ein wenig schwierig geworden. Sie hatten viele Themen zusammengetragen. Zum Beispiel gab es damals die Butterfahrten. Die Gäste fuhren mit Schiffen wie der *Nordstern* raus bis drei Meilen vor die Küste, und dann wurde eingekauft. Dänische Butterkekse, Kirschlikör, Zigaretten, Parfüm und vieles andere waren begehrte Objekte beim zollfreien Einkauf gewesen. Bis zum Jahr 1999 war dieser beliebte Ausflug fester Bestandteil des Urlaubs, dann änderte sich die Gesetzeslage.

Meta folgte Karola und sah, dass Herbert ihr zuwinkte. »Wir sind im hinteren Raum.«

Na gut, dann eben hinten. Sie wäre lieber draußen geblieben. Hier würden sich bestimmt nicht ganz so viele

Besucher einfinden. Aber vielleicht hatten sie Glück. Herbert packte seine Tasche aus und verteilte Bernstein in allen Größen auf dem Tisch. Er war dafür bekannt, ein Auge für diese Millionen Jahre alten Fundstücke aus dem Meer zu haben. Wie einige andere Insulaner ebenfalls. Sie selbst konnte Stunden am Strand entlanglaufen und würde nicht einen Krümel finden. Sie legte ihre Karten dazu, voller Erwartung, wie der heutige Tag verlaufen würde.

»Ich bin gespannt auf die Gitarrengruppe«, sagte Herbert vergnügt und stellte eine kleine Kasse auf den Tisch.

»Das wird bestimmt gut. Ich singe natürlich mit. Schließlich war ich damals eines der jüngsten Mitglieder. Würdest du, wenn ich weg bin, auf meine Karten aufpassen?«

»Mache ich gerne. Was kosten sie?«

»Ein Euro das Stück. Ein Teil davon geht als Spende an den Heimatverein«, erklärte sie. Musste der Mann sie an ihren Auftritt erinnern? Bis jetzt hatte sie den Gedanken daran weit nach hinten geschoben. Immerhin war es ihr erster öffentlicher Auftritt mit Gesang seit mehr als 20 Jahren und es würde wohl auch ihr letzter bleiben. So hoffte sie zumindest. Sie hatte bei einer Vorstandssitzung die Idee vorgetragen, ob man nicht an die Erfolge der Gruppe – wie hieß es damals immer so schön? – junger Frauen und Mädchen erinnern sollte, die regelmäßig mit deutschem Liedgut die Gäste erfreute. Der Vorschlag war bestens angekommen. Es hatten sich einige Frauen, die das Gitarrenspiel beherrschten und auch singen konnten, bereit erklärt für einen Auftritt. Außer ihr waren zwei ehemalige Sängerinnen dabei. Sie hatten sich alte Musikkassetten angehört, die schönsten Lieder ausgesucht und einstudiert. Sogar ein paar Trachten waren aufgetaucht. So würde es hoffentlich ein schönes Bild abgeben, wenn sie vor dem Bummert standen und das Baltrumlied sangen.

»Auch ich werde einen Teil meiner Einnahmen spenden. Ich hoffe, es kommt ordentlich etwas zusammen«, holte Herbert sie aus ihren Überlegungen.

»Natürlich. Bernstein ist gefragt.« Sie sah, wie Herbert eine Dose öffnete und mehrere Ketten herausnahm. »Hat deine Frau die gemacht?«

»Ja. Es gelingt ihr immer besser.« Liebevoll legte er die Ketten nebeneinander ganz vorne auf den Tisch. Dann öffnete er eine Dose mit silbernen Ringen. Auch sie trugen jeweils einen dicken gelben Stein.

Es dauerte nicht lange, da standen bereits einige Gäste vor ihnen. Herbert verwickelte einen älteren Mann in ein intensives Gespräch, in dem er ihm versicherte, dass der Kauf eines Steines reines Glück mit sich brächte. Er redete und redete, sodass der Mann mit den grauen Haaren keine Chance hatte, zu Wort zu kommen. Hoffentlich geht das nicht die ganze Zeit so, wünschte Meta sich aus tiefster Seele und stellte fest, dass der Auftritt mit den anderen Sängerinnen allmählich seinen Schrecken verlor. Im Gegenteil, sie freute sich darauf, endlich auch den Mund aufmachen zu dürfen.

»Ich nehme von jedem Motiv eine.«

Erstaunt blickte Meta die Frau an, die zügig auf den Stand zugeeilt war. Immerhin hatte sie 35 verschiedene Motive anzubieten. Aber sie widersprach nicht, sondern nahm je eine Karte und reichte sie der Frau. »35 Euro bekomme ich bitte.«

Die Frau zog ihre Geldbörse aus der Tasche, legte das Geld auf den Tisch und steckte die Karten ein. So schnell, wie sie erschienen war, verschwand sie wieder.

So konnte es weitergehen. Dann wäre sie bis mittags mit dem Verkauf der Karten durch.

## 5

Sigmar Benedikt genoss den Tag. Gerade erst hatte er sich von seinen neuen Bekannten verabschiedet, nachdem sie jede Menge Erinnerungen ausgetauscht hatten. Wobei Hans und Marga natürlich die Entwicklung des Lebens auf der Insel genau begleitet hatten. Sie hatten nicht ein Urlaubsjahr ausgelassen, nachdem sie Anfang der 70er das erste Mal hier gewesen waren. Die beiden kannten jeden Strauch und jeden Stein. Keine Familiengeschichte war ihnen fremd, und sie erzählten gerne. Sigmar musste innerlich lachen, als er am Schwimmbad vorbeikam.

Hans und Marga waren damals zum Nacktbaden ins Wellenbad gegangen. »Die Vorhänge wurden zugezogen vor den großen Fenstern«, beschrieben sie. »Da war immer gut was los.«

Die Zeiten waren vorbei. Aber das störte ihn nicht. Schwimmen war nicht seine Leidenschaft, ob nun mit Badehose oder ohne. Ganz im Gegensatz zu Ulf. Der hatte sich nur kurz im *Strandcafé* aufgehalten, dann seine Tasche genommen und war zum Strand gegangen. Sigmar war schnell klar gewesen, dass sich Ulf für die Erinnerungen aus früheren Zeiten nicht interessierte. Warum auch? Für ihn war die Insel Neuland. Es hatte sowieso größerer Überredungskunst seinerseits bedurft, Ulf mit auf die Insel zu bekommen. Aber letztendlich hatte er eingewilligt unter der Voraussetzung, dass er sich nicht ständig alte Geschichten anhören musste.

In Höhe des *Hotels Seehof* kam ihm Bernd, der Dritte im Bunde, entgegen. Auch er war der Runde ferngeblieben. Er begrüßte ihn freundlich, aber Bernd nickte nur kurz und ging weiter. Marga hatte erzählt, dass Bernd morgens immer etwas verschlafen auftrat, wobei Sigmar feststellte, dass es eigentlich bereits Mittag war. Er beschleunigte seine Schritte. Er musste sich ein wenig beeilen, wenn er den Auftritt der Gitarrengruppe miterleben wollte.

Tatsächlich hörte er bereits fröhlichen Gesang, als er das Heimatmuseum erreichte. Wie gut, dass Ulf nicht bei ihm war. Das wäre gar nichts für seinen Mann gewesen. Er holte sich ein Bier und setzte sich ins Gras. *Die Gedanken sind frei.* Waren sie das wirklich? Durfte man ihnen erlauben, frei zu sein? Was würde dann passieren? Dass sich zum Beispiel der Gedanke den Weg bahnte, ob er mit Ulf den Rest seines Lebens verbringen wollte. Nicht, dass er ihn nicht liebte. Aber er hatte in letzter Zeit immer häufiger das Gefühl, dass Ulf von ihm genervt war. Die Pflege des Terrariums, die Spaziergänge auf Harriersand, der Insel in der Weser, die Theaterbesuche in Bremen, all das, was ihnen einmal Spaß gemacht hatte, begleitete Ulf inzwischen mit einem müden Lächeln. Er hatte sich bis jetzt nicht getraut zu fragen, was Ulf am gemeinsamen Leben störte. Aber spätestens, wenn sie wieder zu Hause waren, dann … Er nahm es sich fest vor.

Unter kräftigem Beifall verneigten sich die Damen. War das schon das Ende? Nein.

Eine der Sängerinnen blickte freundlich in die Runde. »Meine Damen und Herren, danke für den Applaus. Zum Abschluss möchten wir ein Lied vortragen, das die Gitarrengruppe nie gesungen hat, obwohl es 1977 ein großer Erfolg war. Nämlich *Himbeereis zum Frühstück* von Hoffmann&Hoffmann. Gerne hätten wir einen Elvis-Song eingeübt, aber das haben wir uns auf die Schnelle nicht getraut. Außerdem werden Sie in den nächsten Tagen mehr von diesem begnadeten Sänger hören. Denn morgen treten die Emilys im *Haus des Gastes* auf. Und am Donnerstag um 18 Uhr treffen wir uns alle zum Singen im Dünental bei der Katholischen Kirche. Dass mir keiner fehlt! Und wenn Sie bis dahin nichts vorhaben, dann schauen Sie sich heute Abend bei uns den Film *Baltrum in alten Zeiten* an. Sie werden staunen, wie sehr sich das Leben auf der Insel in den letzten Jahren verändert hat.« Schon setzten die Gitarren ein.

Sigmar blieb sitzen, bis das Lied zu Ende war, trank den Rest Bier und beschloss, den Ausstellungsräumen einen Besuch abzustatten.

»Sigmar? Bist du das?«

Vor ihm stand eine der Sängerinnen. Es dauerte ein paar wackelige Momente, bis er aufrecht stand. Seine Beine weigerten sich, die gemütliche Ruheposition aufzugeben. Aufmerksam schaute er die Frau an, dann lächelte er. »*Inselkeller*?«

»Genau. Meta. Ich habe damals hinter der Theke gestanden und euch mit Bier versorgt. Dich und unseren DJ Freddy. Und das den ganzen Sommer lang.«

Langsam kam die Erinnerung. Aber konnte es wirklich sein, dass das blonde schlanke Mädchen mit dem Dauerlachen im Gesicht jetzt hier als ältere Dame mit in Tracht gehülltem kräftig gebautem Körper vor ihm stand? Schmerzhaft erkannte er, dass auch an ihm 40 Jahre nicht spurlos vorübergegangen waren. Damals hatte er beim Kauf einer Hose nicht nach Größe 56 fragen müssen.

»Aber wieso weißt du nach so langer Zeit meinen Namen?«, fragte er verblüfft. »Und dass du mich wiedererkannt hast, finde ich auch bemerkenswert.«

»Na, immerhin hast du mich auch gleich in den *Inselkeller* verortet. Ich denke, es ist deine blonde Locke. Ich habe später nie wieder einen Menschen gesehen, dem eine blonde Locke fast bis in die Augen fällt. Heute wie damals.«

Klar. Die Locke war sein Markenzeichen. Er war genaugenommen sogar ziemlich stolz darauf. Ulf hatte einige Male schon vorgeschlagen, sie abzuschneiden. Aber er hatte sich strikt geweigert.

»Außerdem habe ich in den ganzen Jahren, glaub es oder nicht, kaum jemanden getroffen, der Sigmar heißt. Ein seltener Name.«

Das war ihm nie aufgefallen, aber sie mochte wohl recht haben. »Was machst du, wenn du nicht gerade singst? Vermietest du?«

»Ich betreibe die *Galerie Eiland*. Schau mal rein. Der Künstler, den ich momentan ausstelle, ist im Laden. Meine Schwester Änne, an die du dich vielleicht auch erinnerst, betreibt das Haus. Wo wohnst du?«

»Bei Flegels im *Haus Emma*. Mein Mann und ich bleiben eine Woche«, erklärte er.

»Dann sehen wir uns bestimmt. Ich muss zurück zu meinem Stand.«

Ehe er etwas fragen konnte, war Meta verschwunden. Er brachte sein Glas zurück und schlenderte durch die Ausstellung.

Immer wieder blieb er stehen, wenn bei dem Anblick der Exponate Erinnerungen wach wurden. Er musste unbedingt in Erfahrung bringen, ob Freddy auf der Insel geblieben war. Aber das würde er schon herausfinden.

Er verließ den Bummert. Das Wetter zeigte sich an diesem Tag von seiner besten Seite. Ein kleiner Spaziergang würde jetzt guttun. Er ging am Nationalparkhaus vorbei und hinter dem *Restaurant Witthus* wieder ins Dorf. Da waren die Inselglocke und gleich daneben die alte Kirche. Nur die Feuerwehr schien den Standort gewechselt zu haben. Das Haus neben der Kirche hieß jetzt *Alte Schule*. Er folgte der Straße, wich einem Pferdewagen aus und bog mal links und mal rechts ab. Dann sah er hinter einer großen Schaufensterscheibe mehrere Bilder. Ob das Metas Galerie war? Ein Bild fiel ihm besonders auf. Es erinnerte ihn an den Blick, den er erst vor ein paar Wochen wieder erlebt hatte, als er mit Ulf an den Weserdeich gefahren war. Damals war Ulf sogar gerne mitgekommen. Er öffnete die Tür und grüßte mit einem freundlichen »Moin«. Doch eine Antwort blieb aus.

Er schaute sich die anderen Bilder an. Es waren überwiegend Aquarelle, aber auch einige Kohlezeichnungen, die ihm jedoch ziemlich nichtssagend erschienen. Nach ein paar Minuten hatte er alles gesehen und überlegte, ob er einfach wieder gehen und den Laden allein lassen konnte. Aber letztendlich ging es ihn nichts an, wenn der Künstler meinte, mal eben auf ein Mittagessen zu verschwinden. Oder war er unterwegs, um einen Besen zu holen? Mitten im Raum lagen Pappröhrchen und drumherum war der Boden mit schwarzem Staub bedeckt. Ein weiteres Mal machte er sich bemerkbar, doch vergebens. Er warf einen letzten Blick auf das Bild mit dem Blick über die Weser. Ulf hatte in drei Wochen Geburtstag. Er konnte sich gut vorstellen, das Bild als Geschenk über der Anrichte im Esszimmer aufzuhängen. Gab es eine Signatur? Er schaute genauer und erstarrte. Ausgerechnet Peter Wurzellage? Dieser vollblöde Idiot, mit dem er vor einiger Zeit heftig aneinandergeraten war? Der Mann, der sich selbst als den besten Künstler der Gegenwart bezeichnete? Der Mann wohnte in Brake, dem gleichen Ort, in dem auch Ulf und er lebten. Er, Sigmar, hatte bis zur Rente bei der Stadtverwaltung gearbeitet. Eines Tages war Wurzellage dort mit wehendem Mantel, ohne zu klopfen, in sein Büro gerauscht und hatte sich beschwert, dass man seinem Auto einen Strafzettel unter die Scheibenwischer geklemmt hatte. Sigmar wusste mit der Situation nichts anzufangen, war er doch beim Einwohnermeldeamt beschäftigt. Das war Wurzellage jedoch völlig egal. Der Mann hatte einfach die erste Tür im Rathausflur geöffnet, und das war dummerweise seine gewesen. Wurzellage baute sich vor dem Schreibtisch auf und hielt eine flammende Rede über die Freiheit der Kunst und die Beugung des Rechts. Er bestand darauf, dass genau dort, wo er sein Fahrzeug abgestellt hatte, nirgendwo ein Hinweisschild auf ein Park- oder Halteverbot hinwies. Er wetterte so lange, bis Sigmar einen Anruf tätigte und zwei seiner Kollegen erschienen, die sich mit solchen Fällen auskannten. Sie hatten den

Mann ohne große Umstände vor die Tür gesetzt. Beim Abendessen mit Ulf hatte Sigmar erst einmal seinen Ärger rausgelassen. Es geschah immer häufiger, dass er sich Konfrontationen ausgesetzt sah und hatte kaum sein Leben als Rentner erwarten können. Er war froh, als er endlich morgens nicht mehr ins Büro fahren musste. Der Name Wurzellage verfolgte ihn jedoch immer wieder, brachte die Heimatzeitung doch gerne Berichte über ihn. Mal positiv, meist negativ. Besonders, wenn er wieder einmal zig Fotos von Nummernschildern bei der Polizei abgegeben hatte, um Falschparker anzuzeigen. Dieses Hobby hatte er sich offensichtlich ausgesucht, nachdem er selbst bei dieser von ihm bestrittenen Ordnungswidrigkeit erwischt worden war. Aber das war Geschichte. Das Aquarell gefiel ihm trotzdem. Ein letzter Versuch. Im hinteren Teil des Ladens bemerkte er eine halbgeöffnete Tür. Ob sich der Künstler dort verschanzt hatte?

Vorsichtig schob er die Tür auf. Er erkannte ihn sofort. Es war Wurzellage, der in dem Bürosessel saß, nein, eher lag, den Kopf nach hinten geklappt und mit offenen Augen an die Decke starrend. Was war mit dem Mann los? »Herr Wurzellage, hören Sie mich?« Er reagierte nicht. Er ging zu ihm, sprach ihn eindringlich ein weiteres Mal an und griff nach seinem Arm. Im gleichen Moment kippte der Kopf des Mannes nach vorne und der Körper rutschte, ohne dass Sigmar ihn halten konnte, vom Sessel. Mit einem hellen Knacken schlug das Gesicht auf den Fußboden.

Sigmar kniete sich neben ihn, fühlte, ob die Halsschlagader pulsierte, doch er spürte nichts. Aufgeregt wollte er nach seinem Telefon greifen, doch schnell merkte er, dass er es nicht eingesteckt hatte. In der kurzen Sommerhose war für das Teil einfach kein Platz gewesen. Er blickte sich um und tatsächlich sah er auf dem Schreibtisch ein ganz altertümliches grünliches Gerät mit Wählscheibe stehen. Er griff nach dem Hörer und wählte die 112, doch es erfolgte keine Reaktion. Das Einzige, was er hörte, war, dass die Ladentür schlug. Er warf den Hörer zurück auf den Schreibtisch mit der Folge, dass das Telefon mit lautem Scheppern auf den Boden fiel. Er kniete sich erneut neben Wurzellage und versuchte, seinen Puls zu ertasten.

»Helfen Sie mir«, rief er angespannt, »hier ist ein Notfall!«

»Sigmar?« Ulf stand vor ihm, das Gesicht schlagartig weiß und angespannt.

»Ruf den Notdienst«, stieß Sigmar hervor.

Nervös zog Ulf sein Handy aus der Hosentasche und gab die Meldung durch, dann steckte er es mit zitternden Fingern wieder ein. »Die Ärztin kommt.« Er zögerte einen kurzen Moment, dann fragte er: »Hast du mir nichts zu sagen? Das ist doch dein Lieblingsfeind da unten.«

»Er saß auf dem Stuhl, dann ist er runtergerutscht.«

»Aber warum? Hast du dafür gesorgt, dass …?«

»Aber …« Er kam nicht dazu zu antworten, denn wieder öffnete sich die Tür, und gleich darauf stand ein Polizist im Raum.

»Was ist hier los?« Seine Stimme klang scharf. »Treten Sie zurück!«

Sigmar stolperte beinahe über das Telefon, als er der Anweisung des Polizisten Folge leistete. »Es ist nicht so, wie Sie denken«, stotterte er.

»Ich glaube nicht, dass Sie wissen, was ich denke«, antwortete der Polizist nachdrücklich. »Die Ärztin und mein Kollege werden gleich hier sein. Solange bleiben Sie stehen, wo Sie sind. Beide.«

Sigmar merkte eine kolossale Wut in sich aufsteigen. Wieso war er immer der Blödmann? Selbst jetzt, da Wurzellage tot war, wenn er denn tot war – er hatte keine Gelegenheit mehr gehabt, es genau festzustellen – gab es andere, die meinten, über ihn bestimmen zu können. »Wenn die Ärztin kommt, ist es gut. Dann kann ich gehen. Lassen Sie mich durch.«

»Sie bleiben, wo Sie sind. Wenn Sie das nicht verstehen, fixiere ich Sie auch gerne am Tischbein. Sie haben die Wahl!«

Was bildete sich dieser Kerl ein? Wie hieß der Kaugummi kauende Jungspund eigentlich? Er hätte sich zumindest mal vorstellen können. »Zeigen Sie mir bitte Ihren Dienstausweis!«

Der Polizist kam der Aufforderung sofort nach. »Daniel Gebert«, las Sigmar. Na gut. Wenigstens wusste er jetzt, wie er den Mann ansprechen konnte.

»Wie sind Ihre Namen?« Der Polizist nahm sein Handy aus der Tasche.

»Sigmar Benedikt. Und das ist mein Mann Ulf Martens.«

»Kennen Sie den Mann dort?« Gebert zeigte auf Wurzellage.

»Wir kennen ihn. Das heißt, mein Mann kennt ihn«, sagte Ulf. »Er kommt aus Brake, genau wie wir.«

Daniel Gebert horchte auf. »Die Ärztin ist da. Jetzt treten Sie zur Seite. Genau dorthin!« Er zeigte auf einen schmalen Flur, der vom Büro ausging. »Dort warten Sie auf meinen Kollegen.«

»Geht es auch etwas freundlicher?«, murmelte Ulf und schlurfte ganz langsam die drei Meter Richtung Flur, mit gesenktem Kopf an Sigmar vorbei. Der folgte ihm ohne Widerspruch.

# 6

Es hatte sich bereits eine sehr interessierte Menschenmenge vor dem großen Schaufenster versammelt, als Röder eintraf. Der Rettungswagen stand vor dem Eingang der Galerie, das hatte die Menschen wohl neugierig gemacht.

Daniel ließ ihn herein und informierte ihn mit knappen Worten über die Lage.

Röder rief Meta an und sie versprach, sofort zu kommen. Dann begrüßte er Ellen Neubert, die Ärztin, und die Rettungssanitäter. »Wie sieht es aus?«

Sie schüttelte den Kopf. »Nicht gut. Aber gib uns ein paar Minuten.«

»Wo sind die beiden Männer?«

Daniel deutete in den Flur. »Da stehen sie und warten. Ich habe sie dorthin gebeten, damit sie keine Spuren verwischen und aus dem Blickfeld der Öffentlichkeit verschwinden. Siehst du?« Jetzt zeigte er nach draußen. »Da hat schon einer sein Handy gezückt und macht Fotos.«

Tatsächlich. Röder konnte es mal wieder kaum fassen. Diese verdammten Gaffer! Er sprang auf, entriegelte die Tür und wandte sich resolut an die Leute, die neugierig in den Laden schauten: »Machen Sie, dass Sie fortkommen. Alle. Jeder Einzelne, der in zehn Sekunden noch hier ist, muss mit einer kräftigen Geldbuße rechnen, verstanden?«

Seine Warnung zeigte Erfolg. Nach kurzer Zeit waren

alle, die ihre Nasen neugierig gegen die Scheibe gedrückt hatten, verschwunden.

»So, jetzt können wir.« Röder begrüßte die beiden Männer, fragte sie nach ihren Namen und warum sie auf der Insel waren.

»Unsere Namen haben wir Ihrem Kollegen bereits mitgeteilt. Aber gerne noch einmal: Ich bin Sigmar Benedikt und das ist mein Mann Ulf Martens. Wir sind seit gestern wegen der Partywoche hier und wollten eigentlich ein paar schöne Tage verbringen. Wir wohnen im *Haus Emma* bei Familie Flegel.«

»Warum waren Sie hier im Laden und was hat sich zugetragen, Herr Benedikt?«

Sigmar lachte. »Was will ich wohl in einer Galerie? Bilder gucken natürlich.«

»Und weiter?«

»Ich ging rein und grüßte. Mehrmals. Es antwortete niemand. Dann fand ich Herrn Wurzellage im Büro, und gleich darauf kam Ulf herein und rief Sie und die Ärztin an. Das war es schon.«

Röder stöhnte innerlich. Es gab Momente im Leben eines Polizisten, die er eigentlich nicht brauchte. »Sie haben meinem Kollegen gegenüber gesagt, dass Sie den Toten kennen, richtig?«, wandte er sich an Martens.

»Das stimmt. Mein Mann hatte, als er noch im Dienst war, eine Auseinandersetzung mit ihm. Beziehungsweise, er wurde von Herrn Wurzellage übelst beschimpft«, erwiderte Martens.

»Stimmt das? Sie kennen ihn?«, fragte er Benedikt.

»Ja. Er hat mich beschimpft. Allerdings wusste ich nicht, dass er hier seine Bilder ausstellte. Und wenn Sie jetzt meinen, ich hätte den Mann wegen seines Auftritts auf meiner Dienststelle umgebracht, irren Sie sich. Dafür hätte ich nicht nach Baltrum fahren müssen, das hätte ich auch in Brake erledigen können. Weniger auffällig.«

Röder war sich nicht sicher, ob diese Theorie greifen könnte. Im Gegenteil. War es nicht eine wunderbare Möglichkeit? Nur Benedikt und der Künstler allein im Laden? Wenn sein Gatte nicht aufgetaucht wäre, hätte kein Mensch erfahren, wie Wurzellage zu Tode gekommen war. Natürlich stand zunächst die Obduktion und damit hoffentlich eine genaue Eingrenzung der Todesursache an.

»Michael, wir sind durch.« Ellen Neubert deutete auf das Büro.

Röder stand auf und folgte der Ärztin zur Ladentür. »Wie ist deine Einschätzung?«, fragte er leise.

Sie zuckte mit den Schultern. »Er lebt nicht mehr. Klar. Aber aus welchem Grund, da lege ich mich nicht fest. Also haben wir eine ungeklärte Todesursache. Ein Genickbruch liegt ziemlich sicher vor. Woher die Verletzung stammt, sollen die Kollegen herausfinden. Ich für meinen Teil habe festgestellt, dass kein Leben in dem Mann ist.«

»Danke. Ich melde mich, wenn wir euch brauchen.« Röder nahm sein Handy und unterrichtete seinen Chef in Aurich von der Lage. Der versprach, umgehend den Kriminaldauerdienst auf die Insel zu schicken. Außerdem teilte Müller ihm mit, dass sich die Suche nach dem Brandstifter erledigt hatte. Er war auf frischer Tat beim Anzünden von Strohballen in einer Scheune in Dornum vom Bauern erwischt worden. Der Inselpolizist wandte sich wieder den beiden Männern zu. »Ich habe weitere Fragen an Sie. Ich muss Sie zu 16 Uhr auf die Wache bitten. Es wäre sinnvoll, wenn Sie dort erscheinen und nicht etwa auf den Gedanken kommen, die Insel zu verlassen.

Mein Kollege wird Fingerabdrücke nehmen. Es ist nützlich, wenn Sie sich kooperativ zeigen.«

Martens verdrehte die Augen. »Herr Kommissar, wir haben verstanden. Allerdings – eigentlich brauchen Sie nur die von Herrn Benedikt, oder? Ich bin erst später erschienen.«

»Von Ihnen beiden«, erwiderte der Inselpolizist nur und nahm seine Kamera aus dem Spurensicherungskoffer. Es war sicher nicht verkehrt, schon einmal ein paar Eindrücke festzuhalten, auch wenn seine Kollegen vom Festland die Lage genauestens untersuchen würden. Doch ehe er mit der Arbeit beginnen konnte, hörte er einen spitzen Schrei.

Meta Paulsen war da und starrte auf Sigmar Benedikt. »Was hat das zu bedeuten? Sigmar, was machst du denn hier?«, fragte sie ungläubig.

»Sie kennen sich?«

»Ja, von früher. Wir haben uns heute auf der Feier des Heimatvereins wiedererkannt. Hast du etwa …?«, wandte sie sich an den Mann, der zusammengesunken an der Wand lehnte.

»Ich habe den Mann gefunden, nicht umgebracht. Trotzdem gelte ich offensichtlich als Hauptverdächtiger. Die nehmen sogar meine Fingerabdrücke!«

Beinahe hätte Röder Einspruch erhoben, doch er beschloss spontan, dass es dazu keinen Grund gab. Benedikt konnte trotz seines Protestes durchaus schuld am Tod des Mannes sein. Ebenso wie der andere, der kein Problem damit gehabt hatte, seinen Gatten mit einem Motiv auszustatten. Er bat Meta, einen Blick in den Laden zu werfen, ob ihr Ungewöhnliches auffiele, und sie deutete auf drei Pappröhrchen, die auf dem Fußboden lagen.

»Das war heute Morgen sicher nicht da. Und der Staub drumherum auch nicht.«

Das waren Böller, so viel konnte Röder erkennen. Wie kamen die hierher? Und warum lagen die dort? Der Kriminaldauerdienst würde sich darum kümmern. Die beiden Polizisten entließen Martens und Benedikt, nicht ohne an den Termin auf der Wache zu erinnern. »Weißt du, ob der Mann Familie hat, die wir benachrichtigen können?« Röder hoffte auf eine positive Antwort von Meta, doch er sah sich enttäuscht. Sie wusste nur, dass der Mann in ihrer kurzen Bekanntschaft weder Frau noch Kinder erwähnt hatte. Allerdings hatte sie eine Adresse in Brake vorliegen.

»Sie liegt bei mir im Wohnzimmer. Ich hole sie.« Meta wollte gehen, dann drehte sie sich um. »Es war so ein verdammt schöner Tag. Die Gäste waren gut drauf und haben ordentlich gekauft, gegessen und getrunken, der Auftritt der Gitarrengruppe war ein voller Erfolg, und das Wetter gab sein Bestes. Warum musste er so enden? Zumindest für mich. Die anderen feiern ja weiter.«

»Wann hast du die Galerie verlassen?«

»So gegen 10 Uhr. Als ich ging, war der erste Kunde bereits im Laden. Mehr weiß ich nicht.« Sie verschwand und kam kurz darauf mit einem Zettel wieder. »So, hier ist die Adresse. Ich glaube nicht, dass er verheiratet war. Er war ein wunderbarer Künstler, aber als Mensch? Man brauchte schon starke Nerven, um es dauerhaft mit ihm auszuhalten. Bei mir hat er sich einigermaßen vernünftig benommen. Schließlich wollte er, dass seine Bilder hier ausgestellt werden. Aber als wir über die Preise sprachen, konnte er nicht genug bekommen. Meine Bildpreise dürfen ein oberes Limit nicht übersteigen, und wenn ein Künstler damit nicht einverstanden ist, muss er gehen. Da hatte

Wurzellage echt dran zu knabbern. Beinahe hätte er alles wieder eingepackt. Doch er blieb und hat in den paar Tagen bereits einige Bilder verkauft.«

»Wohnte er bei dir?«, fragte Röder.

»Ja, die meisten Aussteller machen das. Ich habe oben ein kleines Zimmer, das ich kostenlos zur Verfügung stelle. Er hat bei dem Angebot nicht nein gesagt.« Sie lächelte. »Nein gesagt hat er allerdings, als ich ihn darauf hinwies, dass es hier so etwas wie Kurtaxe oder Fremdenverkehrsabgabe gibt, die eventuell zu zahlen wäre. Das ginge ihn nichts an, meinte er. Schließlich würde er die Insel bereits mit seinen Bildern bereichern.«

»Meta, du lässt den Laden heute Nachmittag geschlossen und rührst hier unten und in seinem Zimmer erst einmal gar nichts an, bis wir und der Kriminaldauerdienst neue Erkenntnisse bezüglich Wurzellages Tod haben. Sobald wir hier durch sind, werden wir die Bilder des Toten sicherstellen«, erklärte Röder. Er hatte das Gefühl sich in einem Nachkriegstheaterstück wiederzufinden. Meta stand vor ihm in ihrer Tracht mit dem Charme der 60er-Jahre, als ob sie auf ein Stichwort von ihm wartete.

Sie schaute auf die Uhr. »Meine Mitstreiter beim Heimatverein brauchen dringend Hilfe. Herbert hat versprochen, meine Karten zu verkaufen. Wir waren am gleichen Tisch. Er hat Bernstein angeboten. Aber ich bin mir nicht sicher, ob es eine gute Idee ist, dort wieder aufzutauchen. Es hat sich bestimmt schon rumgesprochen, was passiert ist.«

»Davon kann man ausgehen«, sagte Röder. »Bei der Beantwortung von Fragen seitens Neugieriger solltest du dich zurückhalten. Noch wissen wir nichts.«

»Meinst du, ich gehöre hier zu den Tratschtanten?«

Empört schlug sie mit der Faust auf den Tisch. »Da solltest du mich besser kennen!«

»Beruhige dich. Habe ich nicht so gemeint. Aber du weißt, dass es hartnäckige Menschen gibt.«

»Ich weiß«, seufzte sie, »aber darum ist es umso wichtiger, dass ich mich dort blicken lasse, um Änne aus dem Schussfeld zu nehmen. Die wird bestimmt mit Fragen überhäuft und weiß gar nicht, worum es geht.« Wieder schaute sie auf die Uhr. »Wie gut, dass mein Neffe Johannes heute kommt. Der kann uns unterstützen.«

Der Inselpolizist war sich nicht sicher, ob diese Aussage seine Zustimmung fand. Trotzdem nickte er. »Geh und kläre die Lage. Herr Gebert bleibt hier, während ich die Kollegen vom Flugplatz abhole. Komm bitte so schnell wie möglich wieder. Wir brauchen hier deine Anwesenheit.«

Er kannte Ännes Sohn Johannes kaum. Der Mann hatte bereits die Insel verlassen, als er, Röder, seine Arbeit auf der Insel angetreten hatte. Das Einzige, was er kannte, war dessen Akte. Johannes Paulsen war vorbestraft. Er hatte, nach seiner Aussage, jemanden bei einem Einbruch erwischt und aufgehalten. Allerdings konnte dem Opfer der Einbruch nie nachgewiesen werden, und das Aufhalten hatte so ausgesehen, dass Paulsen dem Mann einiges an Schlägen verpasst hatte, bevor er von zwei Kumpels zurückgehalten worden war. Es war das erste Verfahren gegen ihn, daher war die Strafe relativ glimpflich ausgefallen. Dass Paulsen jedoch gerne mal wütend reagierte, besonders, wenn Alkohol im Spiel war, war auf der Insel bekannt. Und auch, dass sowohl Änne, seine Mutter, als auch Meta eisern zu ihm hielten. Wehe, wenn einer was Böses über Johannes sagte, dann war es vorbei mit der Freundschaft.

Er winkte Daniel zu und stieg auf sein Rad. Sein Chef hatte zugesagt, dass die Kollegen in Kürze eintreffen würden. In gut zwei Stunden sollten dann Benedikt und Martens auf dem Revier erscheinen. Er war gespannt, was sie zu sagen hatten. Und dann? Ja, dann war bald schon Abend und es stand Boogie -Woogie auf dem Programm. Bis vor ein paar Tagen hatte er sich nicht einmal darüber Gedanken gemacht, wie weit sich eine Hüfte zum Takt der Musik schwingen ließ. Jetzt wusste er es. Ziemlich weit. Zumindest so weit, dass die Tanzlehrerin ihm am ersten Abend einen bewundernden Blick zugeworfen hatte, als Sandra und er die Tanzfläche dominiert hatten. Er grinste. Vielleicht hatte er den Blick aber auch verkehrt verstanden und es war doch mehr Mitleid gewesen. Mitleid mit Sandra. Sein Muskelkater am nächsten Tag zeugte jedoch davon, dass er sein Bestes gegeben hatte. Und genau das würde er heute Abend wieder machen, weil er einfach nicht drumherum kam. Wenn nicht, ja, wenn nicht dringende Ermittlungen sein Erscheinen erforderten. Außerdem – was war mit seinem Knöchel? Zu seinem Bedauern schmerzte er nicht mehr, also fiel dieser Grund für einen Rückzieher aus. Aber das konnte Sandra schließlich nicht wissen.

Er holte die Wippe, die neben dem Gartenhäuschen links von der Wache auf ihren Einsatz wartete, und fuhr weiter zum Flugplatz. Gerade stieg eine einmotorige Maschine auf. Es war erstaunlich, wie sich die Menge der Starts und Landungen in den letzten Jahren vervielfacht hatte. Im Sommer war es inzwischen völlig normal, dass bis an die 20 Maschinen neben dem Rollfeld standen, während die Piloten sich am Strand oder in einem der Cafés tummelten. Wiederholt hatte es bereits Proteste seitens der Anwohner gegeben, aber bis jetzt gab es keinerlei Einschränkung des Flugbetriebes. Er stellte sein Rad ab und ging zu dem Container, der als Tower diente.

Melanie, die für den reibungslosen Ablauf auf dem Rollfeld verantwortlich war, empfing ihn freundlich. »Zehn Minuten, dann ist er da. Was ist passiert?«

»Ein Todesfall, der näher untersucht werden muss«, sagte er. Mehr musste sie nicht wissen. Sie fragte nicht weiter nach. Er verließ den Tower, setzte sich auf die Bank und ließ sich die Sonne auf die Nase scheinen. So viel Zeit musste sein. Als der Hubschrauber landete, wäre er am liebsten sitzengeblieben. Aber seine Kollegen warteten.

Martin Brinkmann und sein Kollege Lars Haltegrund begrüßten ihn freundlich. »Ist es wieder mal soweit? Was liegt an? Wieder ein Toter auf dem Friedhof?«

»Gemach, liebe Freunde. Nein, diesmal liegt ein toter Künstler in einer Galerie und wartet auf eure Begutachtung. Schön, dass ihr so schnell kommen konntet«, sagte Röder.

»Reiner Glücksfall«, erklärte Brinkmann. »Wir kamen von einem anderen Einsatz auf eurer Nachbarinsel. Wir saßen im Hubschrauber und sind gleich weitergeschickt worden.«

Sie packten ihren Untersuchungskoffer in die Wippe. Auf dem Weg zur Galerie berichtete der Inselpolizist, was es an Erkenntnissen gab. »Wir haben den Fundort so weit wie möglich unberührt gelassen. Wenn ihr fertig seid, veranlasse ich, dass der Leichnam ans Festland kommt.«

»Gut, dann man los.« Martin Brinkmann zog seine Jacke aus. »Ganz schön warm hier. Auf Norderney war es kälter.«

»Übernachtet ihr hier? Dann muss ich ein Zimmer besorgen.« Röder überlegte, ob sie auf dem Weg zum Einsatzort beim *Hotel Sonnenstrand* anhalten sollten. Henning und Birgit Ahlers machten es immer möglich, für Einsatzkräfte der Polizei einen Raum zur Verfügung zu stellen. Und das seit – er überlegte – seit 14 Jahren. Auch den Klubraum überließen sie der Polizei, wenn er nicht durch Bridgespieler oder andere Vereine belegt war. Dort war einfach mehr Platz als auf der kleinen Wache.

»Wir gehen erst einmal nicht davon aus. Wir haben in Aurich jede Menge zu tun und möchten nach Inaugenscheinnahme gerne wieder ans Festland fliegen«, sagte Martin.

»Schade, sonst könntet ihr meinen Tanzkurs übernehmen.« Michael Röder erzählte den beiden, was es damit auf sich hatte. Dass die ganze Woche unter dem Motto »70er« lief.

Lars lachte. »Nichts lieber als das. Tausche Mord gegen Musik. Kein schlechter Gedanke.«

»Ihr könnt es euch überlegen«, schlug der Inselpolizist vor, »aber erst einmal müsst ihr eure Arbeit erledigen. Wir sind da.« Er öffnete die Haustür, und gleich darauf stand Meta Paulsen vor ihnen. Diesmal ohne Tracht.

»Kommt rein«, sagte sie nur.

»Schlage vor, ihr schaut euch zunächst im Laden und im Büro um, damit wir den Toten wegbringen können. Dann steht das Zimmer des Mannes an.« Röder ging voraus und machte Martin Brinkmann und Lars Haltegrund mit Daniel Gebert bekannt. Die beiden Männer vom Kriminaldauerdienst begannen mit der Arbeit. Die Lage des Toten, jede offene Schublade und alles, was sie auf dem Schreibtisch fanden, wurden peinlich genau abgelichtet und archiviert. Sie tüteten den Böller ein, nahmen Fingerabdrücke und verstauten alles in ihrer großen Kiste.

Dann nickte Martin Brinkmann den Baltrumer Kollegen zu. »Hier wären wir soweit. Veranlasst ihr den Abtransport? Wir gehen dann schon einmal nach oben.«

»Alles klar«, sagte Röder. »Daniel, nimmst du Kontakt mit der Ärztin und Axel Meinders, dem Feuerwehrchef, auf? Wenn zeitnah eine Fähre geht, kann der Tote damit ans Festland gebracht werden, ansonsten muss der Hubschrauber her.«

»Wird erledigt.«

Die drei Männer ließen sich von Meta Paulsen das Quartier des Künstlers zeigen, baten sie jedoch, es nicht zu betreten, bevor sie es gründlich untersucht hatten. Der Raum war nicht groß und sehr gemütlich eingerichtet. Es herrschte Ordnung. Zumindest konnte Brinkmann nicht ein persönliches Teil entdecken, das wahllos herumlag. Das Bett war gemacht, als ob nie jemand darin geschlafen hätte. Er öffnete den Kleiderschrank. Drei Unterhemden und drei Unterhosen lagen gefaltet auf dem Regalbrett, daneben ein Schlafanzug. Zwei Hosen hingen nebeneinander, darunter standen Schuhe wie mit dem Lineal gezogen in einer Reihe. Alles war unauffällig, wenn nicht eine schwarze Ledermappe hinter der Wäsche Brinkmanns Aufmerksamkeit erregt hätte. Er nahm sie, öffnete den Reißverschluss und pfiff leise. »Was haben wir denn da?«

Haltegrund schaute ihm neugierig über die Schulter. Brinkmann zog einen Zeitungsartikel nach dem anderen heraus. Es waren alles Berichte über Wurzellage. Eine Überschrift lautete: *Knöllchen-Peter in Aktion.* »Na, der hat sich zu Hause in Brake keine Freunde gemacht.« Er wandte sich an Meta. »Haben Sie das gewusst? Hat er Ihnen gegenüber von seiner Mission erzählt?«

Verwirrt schüttelte sie den Kopf. »Nein. Hat er nicht.«

Der Schrank war leer. Er hob die Bettdecke an, aber hier fand er nur einen sorgsam zusammengelegten Schlafanzug. Lars Haltegrund durchsuchte derweil die Taschen einer Jacke, die an einem Haken an der Tür hing. Er fand eine Geldbörse mit ein paar Scheinen, mehr nicht. Auch im Badezimmer gleich gegenüber war alles aufgeräumt. Eine Zahnbürste stand in einem blauen Becher, der Rest befand sich, sorgsam verstaut, in einer dunkelblauen Kulturtasche.

»Bettwäsche und Handtücher habe ich ihm zur Verfügung gestellt. Was soll ich mit seinen Sachen machen? Kann ich sie zusammenpacken und irgendwo deponieren, bis wir wissen, ob er Familie hat? Was ist mit den Bildern? Kann ich sie verkaufen, oder soll ich die auch für die Angehörigen aufbewahren? Wer holt sie ab? Der nächste Künstler kommt erst in drei Wochen, aber bis dahin …«

»Meta, beruhige dich«, warf Röder ein, »wir werden alles besprechen, wenn wir Wurzellage weggebracht haben und der Kriminaldauerdienst hier fertig ist. Versprochen.«

# 7

Sigmar knallte die Reisetasche auf den Tisch. Wo war seine Lesebrille? Er war sich sicher, dass er sie eingesteckt hatte.

»Geht es auch ein wenig leiser?«, brummte Ulf vom Bett her.

»Geht es nicht«, erwiderte Sigmar. »Denn wenn man wütend ist, und das bin ich, schmeißt man schon einmal mit Dingen um sich. Mich treibt nämlich eine Frage um – was sollte eigentlich dieser dämliche Spruch bei der Polizei?«

Ulf richtete sich auf. »Welcher Spruch?«

»Das weißt du genau. Nämlich der, dass ich unbedingt auf die Insel wollte. So, als ob ich den Termin, an dem ich den Künstler hier finde, genau ermittelt hätte. Nur um ihn dann um die Ecke zu bringen. Wie bekloppt ist das denn?«

»Hast du nicht?«

Sigmar glaubte, sich gerade verhört zu haben. Meinte sein Mann das wirklich ernst?

Ulf schob seine Beine aus dem Bett. »Schließlich hast du darauf bestanden, genau jetzt die Insel zu besuchen, obwohl du genau wusstest, dass mir die nächste Woche beruflich viel besser gepasst hätte. Ein Schelm, wer Böses dabei denkt. Und wenn ich mich erinnere, wie du daheim auf Wurzellage geschimpft hast, bleiben so manche Überlegungen einfach nicht aus.«

Sigmar ließ sich in den Sessel plumpsen, der energisch unter seinem Gewicht knarrte. Was war mit Ulf los? Sie waren seit fünf Jahren verheiratet, kannten sich seit zehn

Jahren und hatten einander immer vertraut. So zumindest hatte er es wahrgenommen. Und jetzt? Jetzt traute Ulf ihm einen Mord zu? Das durfte nicht wahr sein.

Was sollte er antworten? Wie die Lage erklären? Es war doch ganz einfach. Das Jahr 1977 war auferstanden. Genau in dieser Woche. Das war es, was ihn hergelockt hatte, und er hatte sich sehr gewünscht, dass Ulf ebenfalls seine Liebe für die Insel fand. Er zumindest hatte sie trotz allem, was sich heute ereignet hatte, wiederentdeckt. Beziehungsweise, sie war nie weggewesen. Nein, er musste sich nicht rechtfertigen. Aber er wollte es wissen. »Ulf, bist du der Meinung, dass ich Wurzellage getötet habe? Dann sag es mir.«

Ulf zögerte. »Ich habe dich bei dem Toten gefunden, deine Hände an seinem Kopf. Du hast ihn gehasst. Sage mir, was ich denken soll! Sage es mir!« Ulf nahm eine Weste aus dem Schrank, zog sie über und verließ ohne ein weiteres Wort das Zimmer.

Verdammt, er hatte bei der Polizei in Ulfs Gegenwart genau erklärt, was vorgefallen war. Dass Wurzellage im Bürostuhl gesessen hatte und dann heruntergerutscht war. Warum glaubte ihm denn keiner? Wenn es gegangen wäre, wäre Sigmar noch ein Stück in sich zusammengesunken. Was für ein Tag. Auch die beiden Polizisten hatten bei ihm nicht den Eindruck hinterlassen, dass er verdachtsmäßig aus der Schusslinie war. Im Gegenteil, sie hatten Ulf und ihn eindringlich gebeten, die Insel nicht zu verlassen. Zur Klärung anfallender Fragen, wie der jüngere der beiden erwähnte. Wie hieß er noch? Gebrecht? Nein, Gebert. Auch egal. Er, Sigmar, hatte versprochen zu bleiben. Auch deswegen, weil er sich die Woche einfach nicht kaputt machen lassen wollte. Er war gespannt, ob Ulf zu seinem Wort stand. Also was lag an? Zunächst einmal verspürte er Appetit. Dann wartete der Film beim Heimatverein. Er drückte sich aus dem schmalen Sessel und prüfte, ob er seine Geldbörse dabeihatte. Auf dem Tisch lag der Schlüssel. Bisher hatten sie das Zimmer abgeschlossen, wenn sie rausgegangen waren. Aber nun? Ulf war unterwegs, und sie hatten keinen Zweitschlüssel. Ob Frau Flegel aushelfen konnte? Er verließ das Zimmer und ging hinunter. Links vom Eingang hörte er Stimmen. Er klopfte, und schlagartig verstummte das Gespräch. Dann hörte er ein helles »Herein«. Er öffnete die Tür und sah Frau Flegel mit einem Mann auf einer gepolsterten Küchenbank sitzen.

»Na, Stress mit dem Gatten?«, begrüßte ihn der Mann.

Sigmar sah Entsetzen in Frau Flegels Augen aufblitzen.

»Julian«, zischte sie, boxte ihren Mann in die Seite und stand auf. »Darf ich Ihnen meinen Mann vorstellen? Er hätte Sie beinahe am Hafen abgeholt, aber dann wartete die Angel auf ihn. Er bittet im Nachhinein um Entschuldigung.«

Sigmar hatte in diesem Moment nicht das Gefühl, dass die Worte ihrer Vermieterin der Wahrheit entsprachen, ging jedoch nicht darauf ein und bat stattdessen um einen zweiten Schlüssel.

Sie griff in ihre Hosentasche. »Hier ist er. Zimmer 7. Es ist fertig.«

Sigmar wunderte sich. Wohnten sie nicht in Zimmer 8?

»Ihr Mann hat um ein extra Zimmer gebeten, wussten Sie das nicht?«

Nein, das war ihm neu. Aber er würde den beiden jetzt kein Schauspiel liefern. Er nahm den Schlüssel, bedankte sich und ging nach oben. Dort steckte er den Schlüssel in das Schloss des Nachbarzimmers und verließ das Haus.

Die Haustüren waren auf Baltrum immer offen, das wusste er. So würde Ulf kein Problem damit haben, in seine neue Bleibe zu ziehen. Auf seine Sachen musste er allerdings warten, bis der Film zu Ende war.

Warm war es, fast zu warm. Hätte er nur seine kurze Hose anbehalten. Aber es war ihm unpassend erschienen, zu einer Abendveranstaltung mit nackten Beinen zu erscheinen. Als er am Spielteich vorbei ins Westdorf ging, überlegte er kurz, ob er den wunderbaren Abend nicht lieber am Strand, oder besser an der *Sonnenuntergangsbude* beschließen sollte. Schließlich gehörte ein Bier auf der Strandmauer, wenn die Sonne sich ins Meer verabschiedete, auch zum Baltrumer Pflichtprogramm, wie Frau Flegel ihnen beim Frühstück erklärt hatte. Er würde die Entscheidung bis nach dem Verzehr eines Fischbrötchens verschieben.

Er bestellte sich ein Matjesbrötchen in dem reetgedeckten Häuschen gegenüber von *Stadtlander*. »Mittendrinfisch« stand auf dem weißen Schild an der Straße. Er überlegte, ob dieser Laden dort schon immer gewesen war, war sich jedoch nicht sicher. Langsam ging er, Stück für Stück von dem leckeren Brötchen abbeißend, Richtung Strandmauer. Viele Menschen kamen ihm entgegen, braungebrannt, mit und ohne Badetaschen, die Kinder in Bollerwagen auf dem Weg zum Abendessen.

Er setzte sich auf die Strandmauer und aß den Rest des Brötchens. Verträumt schaute er auf die Buhnen, die wie Finger in die sanften Wellen ragten. Noch stand die Sonne am Himmel, und es würde bestimmt zwei weitere Stunden dauern, bis sie am Horizont verschwand. Damit war die Entscheidung gefallen. Er stand auf und ging zurück zum Marktplatz, dann weiter an der Volksbank und der großen evangelischen Kirche vorbei zum Heimatmuseum. Auch hier herrschte reges Treiben. Die Menschen gingen rein und raus. Der eine oder andere warf einen traurigen Blick zu dem Tisch, wo zwei Frauen die letzten benutzten Teller in Kisten verpackten. Der Kuchen war alle, ebenso der Likör, der am Nachbartisch verkauft worden war. Er schaute auf die Uhr. 19.30 Uhr. Er stieg die Stufen nach oben in den großen Raum. Dort wurde emsig gearbeitet. Schaukästen wurden zur Seite geschoben und Klappstühle aufgestellt.

»Sigmar, wie geht es dir?« Meta stand vor ihm und schaute ihn prüfend an. »Was hat die Polizei von dir gewollt?«

»Nichts weiter. Nur den genauen Ablauf. Wie ich ihn gefunden habe und so«, brummte er. Er hatte keine Lust, über den Nachmittag auf der Wache nachzudenken. Schon gar nicht über die Auslassungen seines Gatten. Er wollte den Abend genießen. Sonst nichts.

»Dann ist es gut. Mich hat die Polizei mit Fragen gelöchert und die Bude auf den Kopf gestellt. Danach musste ich erst einmal raus und habe mich spontan zum Aufräumen gemeldet. Ich hoffe, du bleibst auf der Insel. Es wird in dieser Woche so viel geboten.« Meta lächelte. »Wenn ich mich erinnere, warst du ein Meister im Rock'n'Roll. Also darfst du morgen den Auftritt der Emilys nicht verpassen.«

»Ich werde da sein. Versprochen.« So sicher, wie er tat, war er allerdings nicht. Was war, wenn Ulf die Insel verließ? Würde er mit ihm fahren? Schließlich waren sie gemeinsam mit dem Auto angereist. Das dürfte jedoch kein Problem sein. Wofür gab es die Deutsche Bahn?

Er zog einen Stuhl heran und setzte sich, auch wenn der Film erst in einer Viertelstunde begann.

Allmählich füllte sich der Saal, und als es 20 Uhr schlug, begrüßte ein älterer Herr die Zuhörer. »Liebe Gäste«, begann er, »unsere Woche mit dem Blick in die 70er hat wunderbar begonnen. Gleich schauen wir ein wenig weiter zurück. Doch bevor es richtig losgeht, möchte ich Ihnen eines der vielen Gedichte von Christel Sauerborn vorlesen. Sie hat unsere Insel und dabei einen ganz besonderen Mann in das Zentrum ihres künstlerischen Schaffens gesetzt. Viele von Ihnen werden ihn kennen.« Er nahm ein Blatt aus seiner Mappe und begann.

»Hört, ihr Leute, die Geschichte
von dem Herrn Direktor Fichte,
der zum Zwecke einer Kur
auf die Insel Baltrum fuhr.«

Andächtig hörte Sigmar zu. Für Herrn Direktor Fichte hätte er sich damals sicher nur interessiert, wenn er ihm im *Inselkeller* oder im *Kiek Rin* als schmucker Typ aufgefallen wäre. Aber er mochte das Gedicht. Es passte wunderbar zu diesem Abend. Als der Film begann, war er nur noch gespannt, ob er etwas wiedererkennen würde. Und tatsächlich entdeckte er das Häuschen, in dem er sein Fischbrötchen gekauft hatte. Damals war es ein Blumenladen gewesen. Vieles andere kroch in seine Erinnerungen. *Stadtlander* hatte damals ein völlig anderes Gesicht gehabt, und das ehemalige Reedereigebäude war nun Nationalparkhaus.

Der zweite Teil zeigte Baltrum im Winter. Er überlegte, ob es für ihn vorstellbar wäre, ganzjährig auf dieser Insel zu wohnen, oder ob es in der kalten Jahreszeit zu langweilig wäre. Nein, es könnte eine Option sein. Man musste sich nur zu beschäftigen wissen und damit leben können, dass die Fähre durchaus mal wegen ungünstiger

Witterungsverhältnisse nicht fahren konnte. Da nützte es nichts, einem langgeplanten Termin am Festland hinterher zu trauern. Im krankheitsbedingten Notfall konnte ein Hubschrauber angefordert werden. Aber wirklich nur dann. Und wenn die Schneemassen so hoch waren wie im Winter 1978, dann bedurfte es größter Anstrengungen beim Räumen eines Landeplatzes für den Hubschrauber.

Das größte Problem wäre allerdings Ulf. Sigmar konnte sich seinen Mann nicht dauerhaft auf dieser Insel vorstellen. Dessen Hobbys waren Sport, Lesen, sein Schützenverein und der Braker Bridgeklub. Darauf würde er nicht verzichten wollen. Sigmar war sich sicher, dass Ulf eher auf ihn verzichten würde. Zumal jetzt, da Ulf offensichtlich davon überzeugt war, dass er mit einem Mörder zusammenlebte. Also bis vorhin. Jetzt lebte er in Zimmer 7.

Kräftiger Beifall riss ihn aus seinen Gedanken. Der Film war zu Ende. Der ältere Herr verabschiedete die Zuschauer mit freundlichen Worten. Sigmar erhob sich schwerfällig. Seine Knie mussten erst wieder ans aufrechte Stehen gewöhnt werden.

Vor dem Bummert holte er tief Luft. Es war nicht einmal ganz dunkel, also viel zu schade, jetzt bereits sein Zimmer aufzusuchen. Was also war die Alternative?

Ein Bier im *Käpt'n BRASS*? Das wäre es doch. Es war nicht weit. Nichts war eigentlich weit auf dieser Insel.

Schon aus der Ferne hörte er fröhliches Gelächter. Es schien gut etwas los zu sein. Aber wie sollte es auch anders. Es war wunderbares Wetter und die Insel voller Gäste. Als er sich näherte, stellte er jedoch fest, dass die Stimmen nicht aus der Kneipe kamen, die er von früher so gut kannte. Die gab es nicht mehr. Dort war alles dunkel. Aber ein Haus weiter, wo sich das Lebensmittelgeschäft befunden hatte, standen nun Stühle vor der Tür, und ein buntes Schild zeigte an, dass sich dort das *Sturmeck* befand. Nun gut, dann eben hier. Er stieg die paar Stufen hoch und drängte sich an einem Mann vorbei, der beinahe den ganzen Eingang versperrte. »Entschuldigung, wenn ich mal bitte …« Verblüfft blieb er stehen. Das gab es nicht. »Freddy? Bist du es wirklich?«

Der Mann zögerte kurz, dann nickte er. »Ich weiß, wer du bist. Auch wenn du in den letzten Jahren ein paar Kilo zugenommen hast.« Freddy nahm einen tiefen Zug von der Zigarette und ließ sie fallen.

»Ey, hier stehen genug Aschenbecher rum«, rief jemand erbost.

»Ist ja gut.« Freddy bückte sich, nahm den Stummel und drückte ihn im Aschenbecher aus. »War nur ein Versehen.«

»Das mit den Kilos ist den vielen Jahre auf dem Bürostuhl geschuldet«, erklärte Sigmar, »aber ansonsten bin ich ganz der Alte.«

»Na prima. Dann können wir beide morgen ordentlich abtanzen, wenn die Emilys spielen. Aber dass du mir nicht wieder das Mischpult umwirfst!«

»Daran kannst du dich erinnern?«, fragte Sigmar ungläubig.

»Ich kann mich sehr genau an dich erinnern. Vielleicht liegt es daran, dass ich seitdem beinahe jeden Tag an dich und den schönsten Sommer meines Lebens gedacht habe. Komm her, lass dich drücken. Eine geile Woche kann beginnen.« Gleich darauf lagen sie sich in den Armen. Sigmar merkte nicht, dass jemand die Situation genau beobachtete, sich dann umdrehte und verschwand.

# 8

»Meine Güte, so spät war es gar nicht.« Sandra goss sich eine Tasse Kaffee ein und stellte die Kanne energisch zurück auf die Korkunterlage.

Nein, war es nicht. Röder musste seiner Frau zustimmen. Trotzdem war er hundemüde und das zu recht, wie er fand. Brinkmann und Haltegrund waren erst nach genauer Inaugenscheinnahme der Galerie und des Zimmers von Wurzellage am späten Nachmittag abgefahren. Der Abtransport der Leiche zur Obduktion nach Oldenburg hatte sich hingezogen, und die Befragung der beiden Männer hatte nichts Neues ergeben, jedoch viel Zeit gekostet. Nur eine Sache war ihm aufgefallen. Nämlich dass der eine, Martens, offensichtlich seinem Gatten, dem Benedikt, nicht über den Weg traute. Beziehungsweise immer Erklärungen losließ, die Benedikt nicht unbedingt ins beste Licht rückten. Wenigstens hatten sie zugesagt, auf der Insel zu bleiben. Sollten sie nun doch abhauen, wusste die Polizei, wo sie suchen musste.

Erst spät hatten sie ein schnelles Abendessen zu sich genommen. Sandra hatte ständig auf die Uhr geschaut. Er hatte es kaum geschafft, seine Uniform aus- und die Zivilklamotten anzuziehen, dann mussten sie auch schon los. Der Tanzkurs sollte nicht ohne sie anfangen. Das zumindest war Sandras Wunsch. Ihm blieb keine Wahl. Bei dem Gedanken an die schnellen Bewegungen taten ihm schon auf der Fahrt zum *Hotel Strandhof* die Gelenke weh.

Röder rieb sich die Schulter. Einmal hätte er sie beinahe ausgerenkt. Aber auch da hatte Sandra keine Gnade gekannt. Wieder gähnte er.

Sandra schüttelte nur den Kopf. »Dein Job muss gestern ja ungemein anstrengend gewesen sein.«

Er berichtete, was sich in der Galerie zugetragen hatte und dass sie bis jetzt keinen Anhaltspunkt hatten, ob der Künstler eines natürlichen Todes gestorben war.

»Hat Johannes wieder zugeschlagen?«, fragte sie.

»Nein. Der ist erst seit gestern Abend wieder auf der Insel«, sagte Röder.

Sandra überlegte. »Das stimmt nicht. Den habe ich gestern Morgen bereits gesehen. Ich habe für den Laden ein paar Sachen vom Hafen geholt. Die *Baltrum I* legte gerade an, und Johannes kam von Bord. Da bin ich mir ganz sicher.«

Was war das? Hatte Meta den Jungen nicht erst mit der Abendfähre erwartet? Hatte sie gar nicht mitbekommen, dass Johannes bereits auf der Insel war? Aber wo hatte er gesteckt, als sie den Laden auf den Kopf gestellt hatten? Der Sache musste er unbedingt nachgehen.

»Arndt und Wiebke kommen übrigens bereits am Donnerstag. Sie wohnen bei Henning. Wir treffen uns am Freitag mit Wiebke im Laden, wegen neuer Lieferungen.« Sandra schnitt ein Brötchen auf und musterte das Innenleben kritisch, dann roch sie daran. »Eine neue Sorte. Zum Aufbacken. Mal sehen, wie das läuft.«

Sandra betrieb seit zwei Jahren mit ihrer Freundin einen Bioladen, der sehr gut angenommen wurde. Obst und Gemüse bekamen sie von Kleemanns Hof, dem Zuhause von Arndt und Wiebke in der Krummhörn. Arndt war sein bester Freund und auch Kommissar in Aurich. Zwischenzeitlich hatte er sich für ein Jahr eine Auszeit genommen und sich um den Hof gekümmert, doch dann war er wieder in seinen alten Beruf eingestiegen. »Aber sie haben nichts davon erzählt, dass sie hier Party im Festzelt machen wollen?«

»Was denn wohl sonst? Du weißt genau, dass das der Grund ihres Kommens ist!« Sandra schob ihren Stuhl zurück und stand auf.

Er grinste. Wusste er doch genau, womit er seine Frau ärgern konnte.

»Und dass das klar ist: Wir gehen auch zum Dünensingen, und Karten für die Wahl der Miss Baltrum im *Strandhotel* habe ich ebenfalls besorgt.«

Schon war seine Frau aus der Küche verschwunden. Amir schaute ihr bedauernd hinterher. Röder räumte die restlichen Dinge vom Tisch, dann ging er hinüber zur Wache. Daniel erwartete ihn schon. »Was gibt es Neues?«, fragten sie fast gleichzeitig.

Daniel lachte. »Vom Festland haben wir bis jetzt keine Erkenntnisse erhalten. Ich schätze, die Obduktionsergebnisse werden gegen Mittag hier auflaufen. Und bei dir?«

»Ich merke meine Knochen vom Tanztraining, aber sonst geht es mir gut. Ich will gleich mal zu den Damen Paulsen.« Er erzählte seinem Hilfssheriff, dass Ännes Sohn wohl doch schon länger auf der Insel weilte. »Außerdem will ich die beiden fragen, ob sie inzwischen wissen, wer die Pferdekacke ans Galeriefenster geschmiert hat. Und dann war da noch etwas: Als ich Meta fragte, ob sie Wurzellage schon vor seinem Erscheinen hier auf der Insel gekannt habe, war ihr ›nein‹ etwas zu spontan. Ich mag mich täuschen, aber da werde ich nachhaken.«

»Gut. Ich drehe mal eine Runde und schaue, ob jemand mit einem sehr unerzogenen Kampfhund unterwegs ist. Ich meine, dass ich gestern Abend bei einem Strandspaziergang so etwas gehört habe. Angeleint soll der auch nicht gewesen sein«, sagte Daniel.

»Dann sehen wir uns später wieder hier.« Röder holte sein Rad aus dem Gartenhäuschen. Es war nur ein kurzer Weg zum Haus der beiden Schwestern, doch es war gut was los auf den Straßen. Wie üblich um diese Jahreszeit. Er stellte sein Rad vor dem großen Schaufenster ab. Im Inneren sah er Meta mit einem Bild im Büro verschwinden. Er klopfte. Gleich darauf öffnete sie.

»Es ist keine 10 Uhr«, sagte sie freundlich. »Aber bitte, komm rein.«

»Ich bin nicht als Kunde hier«, erwiderte Röder, »sondern, weil ich ein paar weitere Fragen habe. Zunächst …«

»Warte«, unterbrach sie ihn, »falls du fragen willst, ob schon wieder jemand etwas gegen die Scheibe geschmiert hat – ja, da waren dunkle Streifen drauf, als ich heute Morgen in den Laden kam. Leider konnte ich niemanden erwischen.« Meta nahm ein weiteres Bild und stellte es nach hinten.

»Wir kümmern uns«, versprach Röder. »Aber nun zu den anderen Punkten: Ihr sagtet, dass Johannes mit der Abendfähre auf die Insel kommen würde. Allerdings wurde er schon morgens gesehen. Wie erklärst du dir das?«

Meta zuckte mit den Schultern. »Ich habe keine Ahnung. Johannes war abends da und nicht morgens. Oder habt ihr ihn etwa gesehen, als ihr hier die Bude auf den Kopf gestellt habt?« Ihre Stimme klang schneidend.

Röder überlegte kurz, ließ es jedoch bei der Aussage. Er würde Sandra fragen, wie sicher sie sich mit ihrer Beobachtung war. Oder ob eine mögliche Verwechselung mit einem anderen jungen Mann infrage kam. »Gut, nächster Punkt: Hast du Wurzellage vor seinem Erscheinen hier gekannt? Ich weiß, dass ich diese Frage schon einmal gestellt habe«, winkte er ab. Er sah, wie sich kleine rote Flecken in Metas Gesicht bildeten.

»Das hast du. Und ich habe diese Frage beantwortet. Ich kannte den Mann vorher nur von Telefonaten und E-Mails. Das war es. Und wenn du sonst nichts mehr hast, möchte ich gerne weiterarbeiten. Schließlich muss ich die Bilder des Toten nach hinten schaffen.«

»Was ist hier los?« Jetzt stand auch Änne im Raum. »Kann ich helfen?«

»Du kannst Michael bestätigen, dass Johannes erst abends auf die Insel gekommen ist«, rief Meta aus dem Büro.

»Natürlich. Aber warum ist das wichtig?«, fragte sie. »Wenn du meinst, er hat etwas mit dem Tod des Malers zu tun – Johannes war nicht da!«

Röder sah ein, dass er momentan nicht gegen die geballte Schwesternmacht ankam, und verabschiedete sich. Als er sein Fahrrad nahm, sah er, wie Änne ihrer Schwester etwas ins Ohr raunte. Zu gerne hätte er gewusst, worum es ging. Er fuhr zum Bioladen. Sandra bestätigte, dass sie ganz sicher sei, Johannes auf dem Landgang erkannt zu haben, dann bat sie ihn, zum *Strandhof* zu fahren, um eine Jacke abzuholen, die sie am Abend zuvor dort vergessen hatte. Er versprach es, doch vorher fuhr er zur Wache. Es war möglich, dass ein Ergebnis der Obduktion vorlag.

# 9

Dort angekommen, sah er einen Mann und eine Frau auf den Stufen vor der Eingangstür sitzen. »Brauchen Sie Hilfe?«

»Wir möchten uns nach Herrn Wurzellage erkundigen«, erklärte die Frau.

»Bitte kommen Sie herein.« Er schloss die Tür zur Wache auf und bat die beiden, Platz zu nehmen. »Worum geht es genau?«

»Dieser Mann ist ein guter Bekannter von uns. Was ist passiert?«, sagte der Mann und strich sich über das Gesicht.

»Darf ich um Ihre Namen bitten?«, fragte Röder.

»Ich wüsste nicht, warum das wichtig wäre. Aber dennoch – mein Name ist Eschbach. Knut. Das ist meine Frau Vera«, erklärte Eschbach. »Wir möchten wissen, ob es stimmt, dass der Künstler zur Obduktion ans Festland gebracht wurde. Waren Sie dazu befugt? Haben Sie seine Tochter benachrichtigt?«

Nein, das hatten sie nicht. Sowohl Daniel und er als auch die Kollegen vom Festland hatten keine Tochter ausfindig machen können. Aber das würde er diesem seltsamen Paar nicht mitteilen. Und wieso stellten die die Befugnis der Polizei infrage?

»Wenn Sie angeblich mit ihm befreundet sind, sollten Sie erst recht daran interessiert sein, dass die Umstände seines Todes aufgeklärt werden.«

»Das sind wir. Sonst wären wir nicht hier. Wurzellage war ein großartiger Künstler, der wusste, was er wollte. Er hatte kein Problem damit, sich mit Stellen anzulegen, die im Unrecht waren. Und Hilfe von der Polizei ist ihm oft genug versagt geblieben.« Eschbach war aufgestanden und beugte sich zu Röder. »Er würde sich im Grabe umdrehen, wenn er wüsste, dass Sie jetzt das Sagen über ihn haben.«

»Zurück!«, sagte Röder scharf.

Der Mann winkte ab und setzte sich wieder. »Keine Sorge, wir sind friedliche Menschen.«

Die Frau nahm ein Kärtchen aus der Hosentasche. »Hier ist meine Visitenkarte. Wir wohnen im *Haus Nonnengans*. Dort haben wir eine Eigentumswohnung. Es war unsere Idee, Herrn Wurzellage mit dieser Insel bekanntzumachen.«

»Wissen Sie etwas über Familienangehörige von Herrn Wurzellage?«, fragte Röder.

Vera Eschbach schüttelte den Kopf. »Nein. Wir wissen nur, dass seine Tochter Heike heißt und auch in Brake wohnt. Sie hat Kinder, allerdings wissen wir nicht, ob sie verheiratet ist und ob sie einen anderen Namen trägt. Eine Ehefrau hat Peter nie erwähnt. Peter Wurzellage und wir haben so manchen Abend mit politischen und weltanschaulichen Diskussionen verbracht. Dabei habe ich immer wieder festgestellt, dass er so gut wie nie von seiner einmal gefassten Meinung abwich, diese jedoch immer gut begründen konnte. Auch wenn mir oftmals zu weit ging, wie er seine eigenen Anschauungen gegen Recht und Gesetz stellte.«

»Aber ich gebe zu, dass er mich in vielen Dingen überzeugt hat. Daher war ich so entsetzt, dass er mit seinem Tod plötzlich der Ordnungsmacht unterstellt war, der er gerne mal misstraut hat«, fügte Knut Eschbach hinzu. »Darum frage ich erneut: Können Sie mir den Grund nennen, warum Sie sich um den Tod des Mannes kümmern?«

Röder schüttelte den Kopf. »Bis jetzt gibt es keine Erkenntnisse über die genauen Umstände. Und wenn ich sie hätte, dürfte ich sie Ihnen, wie Sie verstehen werden, sicher nicht bekanntgeben. Aber kurz zu Ihnen: Bleiben Sie länger? Falls sich Fragen ergeben.«

»Ja. Es ist ein wunderbarer Ort zum Leben. Wir kommen aus der Großstadt mit all ihren Negativseiten. Zu viele Autos, zu viel Lärm, zu wenig Grün. So nehmen wir hier unsere Auszeit«, sagte Frau Eschbach. »Wir sind beide Zahnärzte. Da sind unsere Tage restlos ausgefüllt.«

»Und wenn es nur unsere Arbeit wäre, ginge es, aber der ganze Papierkram ist fürchterlich. Das heißt, Papierkram ist es kaum, sondern die Arbeit am PC. Was das Finanzamt wissen will, welche neuen Gesetze beachtet werden müssen, welche Gelder an welche Kammern abgeführt werden müssen, Stress mit den Krankenkassen … Wir sind froh, dass wir hier einen Ort zum Ausruhen haben.«

»Knut, wir sollten gehen«, unterbrach ihn seine Frau. »Ich denke nicht, dass das Herrn Röder interessiert.«

Röder stand auf. »Gegebenenfalls komme ich auf Sie zurück. Sollte Ihnen etwas einfallen, das uns bei der Klärung der Umstände von Wurzellages Tod weiterhilft, melden Sie sich bitte.«

Vera Eschbach und ihr Mann erhoben sich ebenfalls. »Das werden wir.« Gleich darauf waren sie verschwunden.

Er nahm Kontakt mit den Festlandskollegen auf und gab den Namen Heike durch. Vielleicht half das weiter auf der Suche nach Angehörigen. Dann fuhr er zum *Strandhof*, um, wie versprochen, Sandras Jacke zu holen. Ob er

Amir mitnehmen sollte? Ein kleiner Ausflug tat dem Heidewachtel gut. Davon war Amir offensichtlich auch überzeugt, denn der Hund holte ihn mit einem kräftigen Ruck beinahe vom Fahrrad, als er über den Marktplatz fuhr. Es war richtig was los. Alle Bänke waren von Gästen belegt, die sich die Sonne auf die Nasen scheinen ließen. In Höhe des Rathauses sah er Andrea Burgat stehen. Er winkte ihr zu, und sie zeigte an, dass er anhalten möge. »Moin. Was gibt es?«, fragte er freundlich.

»Ich habe von dem Todesfall gehört«, sagte sie. »Es stört aber nicht, dass wir in unserem Programm fortfahren?«

»Ich denke nicht«, erwiderte er. »Zumal wir die genauen Todesumstände nicht kennen. Es sterben immer Menschen. Trotzdem geht das Leben der anderen weiter.«

»Das ist wohl so«, stimmte sie zu und deutete auf das *Haus des Gastes*. »Unsere Leute nehmen gerade die Stühle raus, und die Emilys proben. Heute Abend geht da richtig die Post ab.«

Röder hatte das Gefühl, dass er diesen Satz jetzt nicht unbedingt gebraucht hätte, aber was nützte es. Gute Miene zum bösen Spiel, oder wie es so nett hieß. »Ja, Sandra und ich werden auch erscheinen.«

»Wunderbar. Fete unter Polizeischutz, was kann es Besseres geben«, lachte sie, »dann pass mal auf, dass du dir nicht die Beine verrenkst und arbeitsunfähig bist.«

Wenn die Frau wüsste, wie nahe sie mit diesem Satz seinen innersten Wünschen gekommen war. Aber er würde ihr nicht die Genugtuung gönnen, davon zu erzählen. »Nix da, wir haben unseren Rock'n' Roll Kurs erfolgreich hinter uns. Wir werden abtanzen bis in den frühen Morgen.«

»Prima. Dann bis heute Abend.« Sie winkte ihm zu und verschwand im Rathaus.

Sollte er bei den Emilys reinschauen? Warum nicht? Er kannte Max seit dem letzten Jahr. Da hatten sie ihren ersten Auftritt auf der Insel gehabt. Er stellte sein Rad ab und knotete Amirs Leine an den weißen Holzzaun. Schon beim Öffnen der Tür hörte er laute Musik, und, er konnte es kaum fassen, seine Beine fingen an zu zucken und er verspürte den Wunsch loszutanzen. Die Halle war bereits von Stühlen befreit, aber die Mitarbeiter des Bauhofes standen noch vor der Bühne und lauschten der Musik. *Hotel California* von The Eagles. Röder wartete, bis die Band das Stück beendet hatte, klatschte laut und begrüßte den Bandleader. »Hallo, Herr Liebermann, wie schön, Sie hier wieder zu sehen. Und die anderen natürlich auch.«

»Billy, bitte. Sie wissen doch: Ich heiße Billy Blackwell, und meine Fans nennen mich Billy. Einfach nur Billy.«

»Alles klar, Billy. Wir hören voneinander.«

»Herr Ahlers sagte, der Klubraum sei frei für uns. Stimmt doch, oder? Ich habe gehört …«

»Der Raum ist frei«, erwiderte Röder. »Wenn wir ihn brauchen, finden wir eine Lösung.«

»Klar«, rief Billy hinter ihm her, »wir machen Mucke, während Sie ermitteln. Das passt doch prächtig.«

So toll die Musik auch war, das war keine Option, die erstrebenswert war. Er stieg wieder auf sein Rad, holte die Jacke und kam fast gleichzeitig mit Daniel auf der Wache an. Er brachte Amir zurück in sein Körbchen und warf den PC an. Jetzt gab es eine neue Nachricht. Die Obduktion wies Herzversagen auf. Ebenfalls war die Nase gebrochen und es gab Abschürfungen im Gesicht. Ob die Verletzungen vor oder nach seinem Tod entstanden waren, wurde noch untersucht. Röders Telefon meldete sich. »Hallo

Arndt«, begrüßte er seinen Freund. »Ich weiß bereits, dass ihr übermorgen anreist.«

»Das ist nur zum Teil richtig«, hörte Röder seinen Freund, »ich komme früher. Da gibt es diesen etwas mysteriösen Todesfall, und unser aller Chef Müller hat mich gebeten, euch zu unterstützen. Darum bin ich ab heute bereits auf der Insel.« Und nach einer kurzen Pause: »Wenn ich darf.«

Röder lachte. »Immer gerne.« Er erzählte von Billys Plänen der Zusammenarbeit.

»Ich denke, zu dritt halten wir es auf der kleinen Wache gerade so zusammen aus. Wenn die Emilys weg sind, können wir immer noch umziehen«, schlug Arndt vor. »Henning wird nichts dagegen haben. Ein Zimmer für mich habe ich bereits bestellt.«

»Na prima, ich hole dich am späten Nachmittag von der Fähre ab. Abends geht es dann zum Abtanzen in das *Haus des Gastes*.«

»Natürlich, was sonst?«, erwiderte sein Freund.

Röder war in diesem Moment klar, dass er aus der Sache nicht wieder rauskam. Aber immerhin konnte er sich das Tanzaufkommen des Abends mit seinem Freund teilen. Sandra würde begeistert sein. Und wenn er ehrlich war, freute er sich auf den Abend. »Wie war es bei dir?«, fragte er seinen Kollegen, der wieder einmal unermüdlich sein Kaugummi von einer Backe in die andere schob.

»Ich habe Frauchen und Hund tatsächlich gefunden. Zumindest, wenn ich der Beschreibung der wütenden Bürger Glauben schenken darf. Ich habe die Frau eindringlich ermahnt, ihre Töle anzubinden. Sie ist meiner Bitte nach einigem Zögern gefolgt, als sie hörte, welche Konsequenzen Nichteinhaltung nach sich ziehen würde. Ich habe die beiden eine gewisse Zeit beobachtet, sie hat den Hund aber nicht wieder frei laufen lassen. Außerdem sind wir die wohl bald los. Sie sprach von einem hundefeindlichen Flecken Erde und dass man am Neßmersieler Strand viel freundlicher mit Vierbeinern umginge.«

»Na wunderbar. Dann brauchen wir uns darum nicht mehr kümmern.«

»Sehr gut. Dann hätte ich eine neue Aufgabe. Mir lässt Johannes Paulsen keine Ruhe. Kümmerst du dich um die Frage, wann der Mann wirklich angereist ist?«, bat Röder. »Sandra ist sich ganz sicher, dass er bereits morgens auf der Insel war, und ich möchte gerne wissen, warum die Schwestern das so vehement abstreiten.«

Daniel lachte. »Du traust dich wohl nicht, oder? Dir ist klar, dass du mit den beiden Frauen hier leben musst, wenn ich schon längst wieder abgereist bin. Gib es zu!«

Röder antwortete nicht, konnte sich ein leichtes Grinsen jedoch kaum verkneifen.

Als sein Kollege die Wache verlassen hatte, ließ er sich die ganze Situation wieder und wieder durch den Kopf gehen. Was war mit diesem Benedikt? Hätten sie ihn sich energischer zur Brust nehmen sollen? Immerhin hatte sein Gatte ihn mit Blut an den Händen neben der Leiche gefunden. Oder war Wurzellage durch Umstände, von denen sie bis jetzt nichts ahnten, ums Leben gekommen? Ein Unfall vielleicht? Er war froh, dass Arndt bald da sein würde.

# 10

Was für eine Stimmung. Sigmar rieb sich die müden Augen. Es war Nachmittag. Die Sonne schien von einem strahlendblauen Himmel, die Luft war warm, und das Wasser der Nordsee lud zum Baden ein. Und was machte er? Lag im Bett und wünschte die Nacht herbei. Er strampelte die Decke zur Seite. Brachte doch nichts, faul hier abzuhängen. Ihr Urlaub dauerte nur sieben Tage. Also war es einfach schändlich, einen Tag mit im Bett Herumliegen zu vergeuden.

Sigmar ging ins Bad und drehte die Dusche auf. Vielleicht machte ihn das etwas munterer. Zumindest zum Abend hin musste er topfit sein. Freddy hatte ihm bereits eine Nachricht geschickt, dass er ihn auf ein Bier erwartete. Sigmar stöhnte. Bloß kein Bier. Auch keinen *Kümmerling*. Er war das Schnapstrinken gar nicht mehr gewohnt gewesen, aber gestern hatte es irgendwie dazugehört. Genau wie zu den Abenden im *Inselkeller*. Damals, vor 40 Jahren. Sie hatten in Erinnerungen geschwelgt. Wenn Freddy etwas ausgrub, setzte Sigmar einen drauf und umgekehrt. Sie konnten es kaum glauben, wie schnell die Zeit vergangen war, als der junge Mann hinter der Theke ankündigte, schließen zu wollen. Sie baten um ein letztes Bier.

Doch der Mann hinter der Theke schüttelte bedauernd den Kopf. »Das war's für heute. Morgen geht es weiter. Dann kommen Sie gerne wieder. Ich habe, immer wenn ein wenig Zeit war, Ihrer Unterhaltung gelauscht. Muss echt der Bär losgewesen sein damals.«

Freddy und er waren die Letzten, die das *Sturmeck* verließen. Sie setzten sich draußen noch ein wenig auf die Mauer, doch die Müdigkeit, die sie beide ergriff, ließ keine rechte Unterhaltung mehr aufkommen. Freddy legte seinen Arm um Sigmar, und so blieben sie einen Moment sitzen, bevor Sigmar sich auf den Weg nach Hause machte.

Es war angenehm, so angenehm, wie das Wasser seinen Körper einhüllte. Er senkte den Kopf und ließ den warmen Strahl auf seinen Nacken rauschen. *Standing in The Rain* summte er leise vor sich. Auch ein Hit aus den 70ern von John Paul Young. Freddys Lieblingslied. Mit geschlossenen Augen, wohlig genießend, griff er nach dem Duschgel, doch der Griff ging ins Leere. Das stand, so wie er es aus dem Koffer genommen hatte, auf dem kleinen Schränkchen gleich neben dem Shampoo. Es war ihm egal. Es wurde eh viel zu viel Brimborium um die Tiegel und Tuben gemacht. Wasser reichte, um sauber zu werden. Wenn er daran dachte, was Ulf alles über dem Waschbecken stehen hatte, das alles benötigte er nicht. Was er allerdings brauchte, war ein Handtuch. Das lag auf dem Hocker, der leider zwei Schritte zu weit von der Dusche entfernt stand. So blieb ihm nichts anderes übrig, als nass aus der Dusche zu steigen. Er hinterließ zwei größere Pfützen auf dem Weg dorthin. Er rieb sich ab, fuhr sich durch die nassen Haare und griff nach seiner Zahnbürste. Im gleichen Moment hörte er das Schlagen einer Tür. Sollte er nachsehen, wer da etwas von ihm wollte? Lieber nicht, stellte er mit einem Blick an sich herunter fest. Unterhose und Unterhemd lagen auf dem Bett. Also war es besser abzuwarten. Stattdessen rief er: »Ist da jemand? Bin im Bad.«

Er hörte keine Antwort, also nahm er den Reiseföhn, den er im Schrank unter dem Waschbecken gefunden hatte, und begann, seine restlichen Haare in Form zu bringen. Die blonde Locke über der Stirn war Pflicht. Er öffnete die Badezimmertür einen Spalt, schaute sich um und horchte. Alles war ruhig, kein Besucher wartete auf ihn. Er zog sich an, steckte seine Geldbörse ein und wollte seine Pension verlassen, als Antje Flegel ihn anhielt. »Herr Benedikt, auf ein Wort.«

»Was gibt es?«, fragte er freundlich.

»Ich habe ein Problem. Sie schrieben mir, dass Sie das Geld für die Übernachtung überwiesen haben. Allerdings ist bis jetzt keines eingegangen. Mit Ihrem Mann habe ich abgesprochen, dass er mir den Aufschlag für das zweite Zimmer bar bezahlt, aber was ist mit dem anderen Geld?«

Sigmar überlegte. Hatte er vergessen, die Überweisung zu tätigen? Nein, Ulf hatte sich darum kümmern wollen, und darauf hatte er sich verlassen. Sie hatten getrennte Konten. Immer schon, also konnte er die Erledigung der Zahlung auch nicht kontrollieren. Schon häufiger hatte er das Thema angesprochen, aber bis jetzt hatte Ulf nicht auf seine Fragen reagiert. Ähnlich ging es mit Hinweisen, was im Todes- oder Krankheitsfall zu tun sei. Thema Vollmacht. Da zeigte er sich ebenfalls taub. »Ich kümmere mich darum und sage Ihnen später Bescheid. Versprochen.«

»Gut. Es wird sich schon klären«, lächelte Frau Flegel. »Ich dachte, es ist besser, ich sage es. Nicht, dass es auf einem verkehrten Konto gelandet ist. Die Zeit der Schecks ist ja lange vorbei.«

Sigmar schaute seine Vermieterin irritiert an. Was wollte sie damit sagen?

»Früher brachten die Gäste Schecks mit. Das haben meine Eltern oft erzählt«, fuhr sie fort. »Jeder Scheck war bis zu 400 D-Mark gedeckt. Mit den gesammelten Schecks gingen die Vermieter dann zur Bank. So gab es montags regelrechte Schlangen vor den Schaltern. Besonders Hotelbesitzer hatten dicke Taschen dabei. Manche Gäste legten auch von daheim aus ein Kurgastkonto bei der Baltrumer Sparkasse an, weil man von hier aus nicht auf das heimatliche Konto zugreifen konnte. Vorauszahlungen waren unüblich. Das haben sich die Insulaner erst von den großen Reiseveranstaltern abgeschaut. Damals wohnten auch viel mehr Vermieter, so wie wir, als Ansprechpartner mit in den Häusern.«

»Damals gab es auch nicht so viele Zweitwohnungsbesitzer«, hörte Sigmar eine Stimme aus der Küche.

»Halt den Mund, Julian. Die haben das gleiche Recht, hier zu leben, wie wir.«. Wütend schloss Antje Flegel die Küchentür. »Hören Sie nicht auf ihn. Habe ich mir auch schon lange abgewöhnt.«

Sigmar hatte das Gefühl, dass es Zeit war zu gehen. Sein Kopf war nicht frei für Streitgespräche. Er brauchte dringend eine Schmerztablette. Aber eine Frage musste er loswerden. »Haben Sie eben bei mir geklopft? Ich konnte nicht reagieren, ich stand unter der Dusche.« Im gleichen Moment fragte er sich, was diese Frau seine Duschgewohnheiten angingen.

»Ja, ich habe erst bei Ihrem Mann geklopft. Er reagierte nicht. Dann hörte ich Geräusche aus Ihrem Zimmer und habe es bei Ihnen versucht. Ich hätte Sie auch beim Frühstück fragen können, aber da sind Sie leider beide nicht erschienen. Ich habe mir ein wenig Sorgen gemacht«, antwortete sie.

»Alles klar.« Er winkte ihr zu und verließ das Haus. Wo war die Apotheke noch? Genau. Im, wie hatte Freddy es genannt, Bankenviertel. Schräg gegenüber der Volksbank. Er war gestern auf dem Weg zum *Mittendrinfisch* dort vorbeigekommen.

Er bog rechts ab, ging an der Teestube vorbei und die lange Straße ins Westdorf hinunter. Gegenüber der kleinen reetgedeckten Kirche sah er einen Laden. Den hatten die drei auf dem Schiff erwähnt. Und tatsächlich sah er auf einer Tafel vor dem *Knusperhuuske* ein Schild. »Bestellung für unser Weißbrot werden gerne entgegengenommen« Ihm lief das Wasser im Munde zusammen. Aber wann sollte er es essen? Vielleicht konnte er eines als Erinnerung mit nach Hause nehmen.

In der Apotheke dauerte es einen Moment, dann hielt er die Tabletten in der Hand. Sollte er bei *Stadtlander*, seiner alten Arbeitsstätte, vorbeischauen? Er war gespannt, ob der Chef noch lebte. Nein. Die Kopfschmerzen wurden immer schlimmer. Nichts als nach Hause, die Dinger schlucken, einen Moment aufs Bett und dann überlegen, was er mit den restlichen Stunden des Nachmittages anfangen konnte. Vermutlich wäre ein Strandgang die beste Möglichkeit, den Kopfschmerz endgültig zu besiegen. Immerhin hatte er sich für die abendliche Fete mit Freddy zum Schwofen verabredet. Er musste es nur Ulf beichten. Aber vielleicht sah das sein Mann ja recht locker und kam einfach mit.

# 11

»Schön, dass du da bist.« Röder knuffte seinen Freund in die Seite. »Hast du viel Gepäck?«

»Einen kleinen Koffer. Wiebke hat mir ihre Sachen schon mitgegeben, dann braucht sie sie nicht mitzuschleppen.«

Röder wunderte sich. Welche Sachen? Es war Sommer, also Zeit für T-Shirts und kurze Hosen. Aber egal, die Frauen wussten, was sie taten. Meistens jedenfalls. »Container?«

»16.« Arndt stellte seine Reisetasche in die Wippe. »Und dann erzählst du mir, was ich wissen muss.«

»Gemach, lieber Freund«, antwortete Röder. »Warte, bis wir auf der Wache sind. Daniel ist ebenfalls da. Dann können wir in Ruhe alles besprechen, und keiner hört mit.«

Tatsächlich schauten einige Insulaner zu ihnen herüber. Viele kannten Arndt Kleemann, und oftmals war es so in den letzten Jahren, dass sich, wenn er auf der Insel war, vorher üble Dinge ereignet hatten.

Als die Container von Bord geladen und zum Ausgabepunkt gefahren worden waren, nahm auch Arndt seinen Koffer. Dann gingen die beiden, wie so viele neu angekommene Gäste, über die Hafenstraße in den Ort. Auf der Wache wartete Daniel bereits auf sie.

»Also erzählt«, bat Arndt erneut.

Röder berichtete, was sich nach den jetzigen Ermittlungen in der Galerie abgespielt haben könnte. Dass Peter

Wurzellage tot im Büro gelegen hätte und ein Gast, Sigmar Benedikt, bei ihm gewesen wäre.

»Habt ihr ihn befragt?«, erkundigte sich Arndt.

»Natürlich«, sagte Daniel, »aber er behauptet, den Mann nur gefunden zu haben. Benedikts Gatte ist etwas später aufgetaucht und hat uns benachrichtigt. Den Bericht über die Sachlage habe ich ausgedruckt, kannst du aber auch im PC nachlesen.« Er schob eine Mappe zu Arndt. »Heute habe ich mit Johannes Paulsen gesprochen. Besser gesagt, ich habe es versucht. Er wurde wie ein Schoßhund von seiner Mutter und seiner Tante bewacht, die ihn kaum zu Wort kommen ließen. Selbst als mein Ton etwas rauer wurde, änderte sich nichts. Dann habe ich die Frauen rausgeschickt. Endlich gab Paulsen zu, dass er bereits morgens gekommen sei, er jedoch seine Ruhe haben wollte, was auch zunächst funktioniert hat, weil Meta und seine Mutter beim Fest des Heimatvereins waren. Von dem Todesfall im Haus hat er nichts mitbekommen, da er sofort zum Strand gegangen ist, weil sein Lieblingssportgerät, das Surfbrett, bereits auf ihn wartete. Das ist seine Version des Tages.«

»Dann ist er auch nicht dem Künstler über den Weg gelaufen und hat ihm aus uns nicht bekannten Gründen ans Leder wollen?«, fragte Arndt.

»Seiner Aussage nach nicht, was natürlich kein Wunder ist. Vorsichtshalber habe ich dem Mann Fingerabdrücke abgenommen, was er widerwillig zuließ.«

Der Inselpolizist berichtete dann vom Besuch der beiden Eschbachs auf der Wache. »Wurzellage war wohl kein einfacher Mensch, der stets auf seinen Überzeugungen beharrte. Aber die beiden schienen mit ihm auszukommen. Eschbach selber war ziemlich aufgewühlt, als sie auf der Wache erschienen, aber seine Frau war recht friedlich.«

»Kann es sein, dass der Künstler Feinde hat, die vom Festland angereist sind, um ihn umzubringen?«, überlegte Arndt.

»Natürlich. Alles ist möglich. Auch dass bereits Leute hier waren, denen seine Art nicht gefiel. Wir dürfen den Pferdemist an den Galeriefenstern nicht außer Acht lassen«, sagte Daniel. »Und was es mit den Böllern auf sich hat, die auf dem Boden der Galerie lagen. Wollte jemand die Schwestern ärgern oder den Künstler?«

»Ich werde morgen früh die Galerie aufsuchen, damit ich den Ort des Geschehens besser vor mir habe. Jetzt werde ich mein Gepäck ins Hotel bringen und …«

»… und dann wirst du in der Dienstwohnung erscheinen, und wir werden zusammen Abendbrot essen.« Röder wandte sich an Daniel. »Wenn du magst, kannst du ebenfalls dabei sein.«

Daniel schüttelte den Kopf. »Danke für das Angebot, aber ich bin zum Surfen verabredet. Ich werde später essen.«

»Du hast den Mund ja auch nicht frei.« Arndt stand auf und griff nach seiner Reisetasche. So sah er nicht, wie Daniel dunkelrot anlief. Röder wunderte sich nur, wie schnell sein junger Kollege die Wache verließ.

»Soll ich die Klamotten für heute Abend hierlassen?«

Röder schaute seinen Freund fragend an. »Welche Klamotten?«

»Na die, die unsere Frauen für uns bestellt haben. Bei mir ist es ein buntschillernder Overall. So, wie man sie damals getragen hat. Die Frauen haben sich doch auch Glitzerkleider zugelegt. Weißt du das nicht?«

Röder fiel das Paket ein, das der Postbote vor einigen Tagen vor die Tür gelegt hatte. Sandra hatte es reingetragen, und seitdem hatte er von dem Paket nichts mehr gesehen und völlig vergessen, danach zu fragen. »Du meinst jetzt nicht im Ernst, dass wir …«

»Ich fürchte schon«, antwortete Arndt, »aber vielleicht haben wir Glück, und die Sachen passen nicht.«

»Ich weigere mich. Ich weigere mich ganz entschieden«, murmelte Röder. Er sah sich vor dem Spiegel stehen mit einem … Nein, er mochte nicht darüber nachdenken.

»Na, da warten wir mal ab, wer gewinnt«, lachte sein Freund.

# 12

Andrea Burgat schob erst die linke, dann die rechte Schulter nach vorne. Sie hatte einmal gelesen, das sollte gegen Muskelkater helfen. Allerdings hatte nicht dabeigestanden, wann die Besserung eintreten würde. Die Sache mit der Gartenarbeit bei Karsten hätte sie sich besser verkneifen sollen. Nun half nur eine Therapie: abtanzen. Und genau das war jetzt dran! Das hatte sie sich verdient. Schließlich hatte sie einige Stunden damit verbracht, die Halle mit bunten Girlanden zu schmücken. Auch über Luftballons hatte sie kurz nachgedacht, die Idee jedoch gleich wieder verworfen. Seitdem sie bei ihren Strandspaziergängen immer wieder kaputte Ballons und Plastikbänder gefunden und sogar einmal eine tote Möwe mit blauen Bändern um die Krallen entdeckt hatte, fand sie Ballons nur grässlich und wünschte sich, dass diese Dinger verboten werden sollten. Also hatte sie es bei den Girlanden belassen. Sie hatte die Dekoration aus Recyclingpapier auf einer Ausstattermesse entdeckt, und ihr Chef ließ sich netterweise überreden, sie zu kaufen, auch wenn sie etwas teurer waren als herkömmliche.

Andrea hatte die Gäste und die Emilys mit einer freundlichen Ansprache im *Haus des Gastes* empfangen. Eigentlich hatte das der Bürgermeister übernehmen wollen, aber der war am Festland und würde erst am nächsten Tag wieder auf der Insel sein. Gleich darauf legten die Emilys los, und die Tanzfläche füllte sich. Genau genommen war es proppenvoll. Gäste und Insulaner rockten ab, als gäbe es kein Morgen mehr und sangen laut mit der Band *Tür an Tür mit Alice* von Howard Carpendale. Natürlich mit dem dazugehörigen Text zwischen den offiziellen Zeilen. Alle waren da. Nur der Mann, den sie im Moment am meisten herbeiwünschte, war nirgendwo zu sehen. Ob Karsten draußen am Bierstand war? Sie bahnte sich einen Weg durch die Menschenmenge. Selbst im Flur tanzten die Leute. Auch der Inselpolizist war dabei. Sie musste lachen. Er trug ein buntschillerndes Jackett und warf die Arme bei jedem Takt in die Höhe. Als sie die Halle verlassen hatte und draußen stand, atmete sie tief durch. Tatsächlich sah sie ihren Freund mit einem Bierglas in der Hand mit einigen Männern zusammenstehen. Der Abend zeigte sich von seiner schönsten Seite. Die Sonne ging langsam im Westen unter, und es war nach langer Zeit sogar mal windstill. Das kam nicht mehr so häufig vor, wie ihr Nachbar, Hilko Tebben, ihr noch gestern erzählt hatte. Er hatte diesen *früher-war-alles-besser-Blick* draufgehabt und wieder einmal erst aufgehört zu reden, als sie ihn genervt unterbrochen hatte mit den Worten: »Ich muss los. Mein Freund wartet.« Und was hatte sie nun davon? Ihr Rücken schmerzte vom Bücken beim Unkrautjäten im Gemüsebeet.

Als sie näherkam, hörte sie zwei Männer lautstark miteinander diskutieren. Der eine war Julian Flegel, den anderen kannte sie nicht. Sie hatte ihn wohl schon mal gesehen, aber nicht in Erinnerung, wo.

»Leute, quatscht woanders«, mischte sich Karsten ein. »Hier wird gefeiert und nicht gestänkert.«

»Wenn nicht jetzt, wann dann. Jetzt habe ich den Knaben da und kann ihm meine Meinung sagen«, entgegnete Flegel.

»Genau das gehört hier nicht hin. Das erledige, wenn es sein muss, wenn du nüchtern bist. Und du, Johannes«, er wandte sich an den anderen jungen Mann, »hältst dich auch zurück. Ist kein Ort für Streitereien.«

»Das mach dem Heini dort klar.« Johannes Paulsen deutete auf Flegel. Mit kräftigem Ruck stellte er sein halbvolles Bierglas auf den Tresen des Bierwagens und verschwand.

»Das wäre geklärt«, sagte Karsten.

»Noch lange nicht!« Auch Julius Flegel stellte sein Glas ab und verließ den Stand.

»Wer war dieser Johannes?«, fragte Andrea.

»Johannes Paulsen. Er ist Insulaner, wohnt jedoch seit einigen Jahren am Festland und kommt nur zwischendurch mal rüber. Der gehört zu den beiden Schwestern, die die Galerie betreiben.«

»Gut, wo jetzt hier alles geklärt ist, lass uns reingehen und tanzen. Bitte.« Sie nahm Karstens Hand.

»Also los.« Er nahm einen letzten Schluck, dann schoben sie sich durch das Gedränge in den Saal. Die Emilys spielten alles, was das Jahr 77 an Topliedern hatte, wie genau jetzt *Lay back in the arms of someone* von Smokie. Dieser Titel kam Andrea gerade recht. Sie klammerte sich an Karsten und vergaß die Welt um sich herum. Ein Lied folgte dem nächsten, aber als Karsten sie fragte, ob es einen anderen Ort gäbe, an dem sie den Abend beschließen könnten und sie dabei auf seine ganz besondere Art anschaute, lachte sie nur und sang: *Sorry, I'm a Lady*. Der Song von Baccara passte genau. Der Ortswechsel musste warten. Es vergingen mehrere Lieder, als Billy Blackwell, der Sänger und Bassist der Band, das letzte ankündigte. Ein Raunen ging durch den Saal. Keiner wollte das Ende hinnehmen.

Aber Blackwell verwies auf den Abend im *Hotel Sonnenstrand*. »Dann werden wir Lieder von Elvis Presley vortragen. Morgen ist sein Todestag. Und deswegen machen wir gleich Schluss, denn morgen müssen wir fit sein. Aber ein letztes Lied zum Abschied folgt. Und wenn Sie ganz lieb nach Hause gehen, überlegen wir uns, bis zum Freitag auf dieser schönen Insel zu bleiben und das Festzelt mit unserer Musik zu füllen!«

Die Menschen grölten und applaudierten begeistert. Zu den Tönen von *Anita* von Costa Cordalis leerte sich der Saal nur langsam. Immer wieder tönte »Zugabe« aus den Reihen. Andrea wäre nun gerne gegangen, hatte jedoch versprochen, das *Haus des Gastes* abzuschließen, wenn auch die Band ihre Sachen gepackt hatte. Dass die Jungs bis zum Wochenende blieben, hatte sie kurz vor dem Auftritt mit ihnen abgesprochen. Glücklicherweise hatten sich alle für diese Woche nichts vorgenommen und waren frei. Auch finanziell stellten sie keine großen Ansprüche. Die Gemeinde würde für den Zimmerpreis aufkommen, das war es auch schon.

»Du, bei dir dauert es sicher. Hast du was dagegen, wenn ich mich verabschiede?« Karsten gähnte.

Andrea schaute ihn erstaunt an. Hatte er vor einer halben Stunde nicht von einem anderen Abendabschluss gesprochen? Egal. Sie konnte damit leben. Auch sie war müde. »Wir sehen uns morgen«, sagte sie und gab ihm einen Kuss.

Dann ging sie zur Bühne und bedankte sich bei den Musikern.

»Wir sind gleich fertig«, rief der Schlagzeuger und packte die dicke Trommel ein.

»Andrea.« Sie sah Karsten mit schnellen Schritten auf sich zukommen. »Ist unser Polizist noch hier?«

Sie schaute sich um. Obwohl die Musik schwieg, mochten einige Leute den Abend wohl noch nicht beenden und standen mit einem Bier in der Hand fröhlich in Gruppen zusammen und unterhielten sich. Hinten in einer Ecke sah sie Michael Röder mit seiner Frau und einem anderen Mann. »Dort!«

Karsten wandte sich um und rannte auf die drei zu. »Draußen gibt es Stress.«

Sofort folgten Michael und der andere Mann ihrem Freund nach draußen, und auch Andrea lief hinterher. Da waren sie wieder, die Stimmen von vorhin. Julian Flegel und dieser Johannes hatten sich ineinander verkeilt, schrien einander an und schlugen zu. Ganz schnell waren Michael Röder und sein Begleiter dazwischen. Jeder griff sich einen der Männer und zog ihn zur Seite. Sie wehrten sich und versuchten, sich aus der Umklammerung zu lösen. Ein Kreis von Menschen hatte sich um die vier Männer gebildet. Die meisten schwiegen, doch der eine oder andere feuerte die Kontrahenten mit lauten »weiter, weiter«-Rufen an.

»Haltet verdammt noch mal die Klappe!«, versuchte sich Röder Respekt zu verschaffen, und tatsächlich, es funktionierte.

Auch Julian Flegel und Johannes Paulsen beruhigten sich ein wenig. »Geht es?«, fragte der andere Mann. Er stellte sich mit Arndt Kleemann, Kripo Aurich, vor.

Johannes Paulsen nickte, Julian Flegel ebenso.

»Dann lassen wir euch los. Aber bitte benehmt euch. Was war der Grund für die Hauerei?«, fragte Michael.

»Wir haben eben unterschiedliche Meinungen, wie das Leben auf der Insel abzulaufen hat«, sagte Julian Flegel stockend. »Der Typ will tatsächlich wieder eine Disko aufmachen. Der hat doch einen Knall. Das will hier keiner. Die Gäste sind froh, wenn sie ihre Ruhe haben.«

»Und das ist ein Grund, sich an die Klotten zu gehen? Wer hat angefangen?«, fragte der Inselpolizist.

Andrea kam sich vor wie im Kindergarten, als die beiden Männer gleichzeitig »Der da« sagten und aufeinander zeigten.

»Aha. Und darum hat alles, was zwei Beine hat, hier heute Abend abgetanzt?«, widersprach Johannes Paulsen. »Genau das fehlt den Gästen doch! Und genau das muss wieder her! Außerdem will ich dort Kinderfeste veranstalten, Jugenddisko und Soccer Turniere schweben mir vor.«

»Nur damit du deine Drogen verkaufen kannst, was?«

Das war zu viel. Paulsen riss sich los, rannte auf Flegel zu und boxte ihn in den Unterleib, sodass der Mann, ohne ein weiteres Wort zu sagen, zusammenklappte.

Der Kommissar aus Aurich beugte sich über den Mann, der nun auf der Erde lag, und sprach ihn an. Zurück kam nur ein Röcheln. »Ich rufe Ellen an. Nimm du den anderen mit, Michael.«

Andrea stöhnte. Was für ein blödes Ende eines wunderschönen Abends. Jetzt hätte sie sich gerne in Karstens Arme gekuschelt, doch ihr Freund war nirgendwo zu sehen. Dann eben nicht. Sie wartete, bis sich die Menschenmenge verlaufen hatte, und schloss die Halle ab. Die Ärztin war bereits eingetroffen und kümmerte sich um den Mann, der laut schniefend am Boden lag und nicht einmal den Versuch machte aufzustehen. Andrea kam das Ganze ein wenig übertrieben vor, aber vielleicht irrte sie sich. So ein Schlag konnte einen Menschen bestimmt ganz schön verletzen.

»Brauchen Sie mich noch?«, fragte sie den Inselpolizisten, doch der schüttelte den Kopf.

»Danke, nein. Wir haben alles im Griff«, erwiderte er.

Ein Gesicht tauchte neben ihr auf. Es war Freddy, ihr Nachbar von ein paar Häusern weiter. »Ist er wieder mal ausgeflippt?«

»Eine blöde Situation. Musste ich jetzt echt nicht haben«, erwiderte sie.

»Er lernt es wohl nie«, sagte Freddy kopfschüttelnd und verschwand.

Es war eine kuriose Situation, dachte sie auf dem Weg nach Hause. Da schlagen sich zwei Männer, und die Polizisten greifen ein. Soweit so gut. Aber dass beide Ordnungshüter in bunten Glitzerjacketts steckten, hatte das Bild irgendwie verzerrt.

## 13

»Kaum bist du hier, geht es los mit der Hauerei.« Birgit Ahlers, die Chefin des *Hotels Sonnenstrand*, stellte die Kaffeekanne vor ihm ab und schüttelte ratlos den Kopf. Dann lachte sie. »Schön, dass du da bist. Wiebke kommt morgen schon?«

Arndt Kleemann nickte mit vollem Mund. Er kaute angestrengt, dann sagte er: »Ja. Eigentlich erst Freitag, aber wir wollen das ganze Wochenendprogramm mitmachen. Hoffentlich enden die kommenden Abende nicht wie der gestrige.«

»Johannes Paulsen ist echt ein schwieriger Fall. Ich glaube nicht einmal, dass der richtig böse ist«, überlegte Birgit, »es ist nur so, dass die beiden Schwestern dem seit seiner Geburt die Hand vor den Hintern gehalten haben. Will sagen, alles, was der machte, war richtig und gut. Keine Hausaufgaben? Die Lehrer hatten Schuld. Bei *Stadtlander* Süßes geklaut? Warum haben die da nicht besser aufgepasst? Mitschüler im Schwimmbad vom Rand ins Wasser geschubst? Die anderen haben angefangen. Er hat sich nur gewehrt. Einmal hat er sogar beim Surfunterricht ein Mädel ins Wasser gedrückt. So, dass die kaum wieder hochkam. Nur weil sie ihn aus Versehen gerammt hatte, wenn ich mich recht erinnere. Wenn der Surflehrer nicht eingegriffen hätte, wer weiß, was dann passiert wäre. Da kann nichts draus werden, oder?«

»Zumindest wird es einem Menschen dadurch nicht einfacher gemacht, Regeln zu akzeptieren«, antwortete Arndt.

»Und wenn dann so ein Bollerkopp wie Flegel auftaucht, eskaliert die Situation.«

Er konnte Birgit nur recht geben. Sie hatten die beiden kaum auseinanderbekommen, so wie die sich ineinander verkeilt hatten. Sein rechtes Handgelenk tat immer noch weh. Wenn es nicht besser wurde, würde er Ellen Neubert einen Besuch abstatten. Immerhin war es einem Dienstgeschehen geschuldet. Dass Paulsen sich noch einmal auf Flegel stürzen würde, damit hatte weder Michael noch er gerechnet, wenn er ehrlich war. Ein festerer Griff wäre, im Nachhinein betrachtet, sicher sinnvoll gewesen. Jetzt lag Flegel zu Hause im Bett und nervte seine Frau. Zumindest hatte er den Eindruck gewonnen, als er bei Flegels heute Morgen angerufen und nach dem Befinden des Mannes gefragt hatte.

Antje Flegels Stimme hatte müde geklungen, als sie erwähnte, dass ihr Mann darauf bestand, Anzeige zu erstatten. »Er will es unbedingt, ich möchte das nicht. Mit Meta und Änne komme ich sehr gut aus. Erst gestern haben sie bei mir in der Küche gesessen, und wir haben getratscht«, hatte sie erzählt.

Arndt nahm an, dass dort auch über die Diskopläne des jungen Paulsen gesprochen worden war, und dass Julian Flegel sehr genau zugehört hatte. »Ja, die beiden passen zueinander wie Gurke und Schokolade«, sagte er.

Birgit schaute ihn erstaunt an. »Woher hast du denn diesen Vergleich?«

Er lachte. »Ach, der kam in einem Fernsehfilm letzte Woche vor. Seitdem warte ich auf den richtigen Zeitpunkt, ihn anzuwenden.«

»Na, dann hast du gestern Abend richtig Glück gehabt, dass die Männer sich geschlagen haben«, sagte sie und ging zum Buffet. »Nimm dir Aufschnitt. Käse, Obst und Räucherfisch sind auch reichlich da. Alles bio, wie du weißt.«

Das wusste er. Darum kam er auch so gern her. Zu Hause betrieben sie einen Biohof. Zumindest seine Frau. Auch er war in das Geschäft mit dem Biogemüse eingestiegen, als ihm die Arbeit als Kommissar zu viel geworden war. Aber seit einem Jahr arbeitete er wieder in seinem alten Job. Nur ging er nachhaltiger mit seiner Zeit um. Er konnte auch mal freinehmen oder nein sagen, wenn der Chef ihn um Überstunden bat. Und Müller zeigte zum Glück Verständnis.

»Hast du unsere Musiker heute schon gesehen?«, fragte er.

»Nein. Die schlafen. Sie haben gestern hier an der Theke noch zwei Bierchen getrunken und sind dann in ihren Zimmern verschwunden. Seitdem war Ruhe im Nest. Schließlich müssen die Jungs heute Abend wieder fit sein.«

»Wer muss fit sein?« Ohne dass Birgit und Arndt es mitbekommen hatten, stand Max Liebermann, als Künstler Billy Blackwell, im Frühstücksraum.

»Na, ihr natürlich«, antwortete Birgit spontan. »Daher gibt es jetzt zu Beginn des Tages erst einmal lecker Essen.«

»Meine Kumpel schlafen. Aber ich lange gerne zu. Darf ich mich zu Ihnen setzen?«, fragte Max den Kommissar.

»Gerne.«

Der junge Mann holte sich einen gewaltigen Teller voll vom Buffet und schob sich einen Stuhl zurecht. Natürlich drehte sich das Gespräch dann um den gestrigen Abend und dessen unerwarteten Abschluss. »Hoffentlich tauchen die nicht heute Abend hier im Hotel auf. Darauf habe ich so gar keinen Bock.«

»Wer hat das schon.« Sie unterhielten sich eine Weile, dann stand Arndt Kleemann auf. Er war gesättigt, und es war Zeit, seine Kollegen in der Wache aufzusuchen. »Aber Sie bekommen Polizeischutz. Ich werde mir das Konzert natürlich nicht entgehen lassen.«

»Na prima. Bis dann«, rief Max hinter ihm her, als er das Hotel verließ.

Die Sonne schien bereits von einem strahlendblauen Himmel. Eigentlich viel zu schade zum Arbeiten, dachte Arndt. Den Tag am Strand zu verbringen, wäre jetzt viel angebrachter. Das dachten wohl auch die meisten Gäste. Sie zogen mit Wippen und Bollerwagen voller Strandtaschen, Bällen und Schaufeln zum Strandaufgang beim *Hotel Wietjes*.

Daniel und Michael erwarteten ihn bereits in der Wache.

»Ich habe Daniel von unserem Erlebnis gestern Nacht erzählt«, begrüßte ihn sein Freund.

»Und ich habe mit Frau Flegel gesprochen. Ihrem Mann geht es ein wenig besser. Er will Anzeige erstatten.«

»Das war zu erwarten«, sagte Michael. »Ich habe noch in der Nacht eine intensive Gefährderansprache bei Paulsen durchgeführt und ihm so polizeiliches Interesse an seiner Person klargemacht.«

»Gut. Wir werden das erneut vertiefen. Nicht, dass er die Insel verlässt, bevor wir uns mit ihm ausgetauscht haben. Natürlich werden wir auch ein Wort mit diesem Flegel wechseln. Der Name ist Programm, oder? Daniel, bleibst du hier und nimmst Kontakt mit den Festlandkollegen auf?«, bat Arndt. »Ich hoffe, dass es neue Infos bezüglich der Todesumstände und eventueller Fingerabdrücke gibt.«

»Wird erledigt.« Daniel setzte sich hinter den Schreibtisch und warf den Computer an.

Röder und der Kommissar vom Festland fuhren los, doch kaum waren sie um die Ecke bei der Kneipe *Kleine Freiheit*, die bis vor Kurzem *Alte Liebe* geheißen hatte, bremste Röder. »Wir sollten Herrn Benedikt in die Befragung einbeziehen. Schließlich hat er den Toten angeblich gefunden.«

»Das habe ich bereits mit Frau Flegel besprochen. Sie hat zugesagt, ihm Bescheid zu geben, dass wir ihn um 11 Uhr auf der Wache erwarten. Sollte sie ihn nicht erreichen, gibt sie uns eine Nachricht.«

»Dann wäre alles geklärt.« Röder fuhr weiter.

Als sie die Galerie erreichten, sah Arndt eine kräftige, nicht mehr ganz junge Frau im Laden hin und her laufen, ein Bild in den Händen. Sie stellte es mal auf die eine, dann wieder zügig auf eine andere Staffelei, nur um es dort wieder wegzunehmen.

»Das ist Meta Paulsen. Die Chefin der Galerie und die Tante von Johannes«, sagte Röder.

»Ist sie nervös oder ist es bei ihr üblich, so geschäftig durch den Laden zu flitzen?«, fragte Arndt, bevor sie den Laden betraten.

»Eigentlich kenne ich sie als recht ruhige Zeitgenossin. Allerdings ist sie gestern Nacht bei unserer Heimkehr wach geworden, weil Johannes nicht ganz leise war. Ich habe sie aufklären müssen, warum ich den Jungen begleitet habe, und ich denke, dass sie das Theater ziemlich mitgenommen hat.«

Meta Paulsen zuckte erschreckt zusammen, als die beiden Männer den Laden betraten. »Nehmen Sie ihn jetzt mit?«, flüsterte sie angstvoll.

»Nein, beruhigen Sie sich.« Arndt Kleemann stellte sich vor und bat darum, sich den Laden und das Büro ansehen zu dürfen. Er ließ sich von dem Inselpolizisten erklären, wo man den Toten aufgefunden hatte und welche Rolle Sigmar Benedikt und Ulf Martens bei der Sache gespielt hatten. Auch Wurzellages Zimmer schauten sie sich an. »Haben Sie inzwischen eine Erinnerung an jemanden, der ein Problem mit dem Mann hatte?«, wandte er sich an Meta Paulsen.

»Nein. Wie ich schon sagte, er war nicht einfach. Aber ich habe nie bemerkt, dass er in den paar Tagen, in denen er hier war, Streit mit Kunden hatte. Allerdings war er auch nicht von morgens bis abends in der Galerie. Ob er sich mit jemandem gestritten hat, während er auf der Insel unterwegs war, kann ich natürlich nicht sagen.«

»Was ist mit Ihrer Schwester? Hat sie unangenehme Erfahrungen mit Wurzellage gemacht?«, fragte Arndt Kleemann.

Empört schüttelte Meta Paulsen den Kopf. »Meine Schwester hat mit der Galerie nichts zu tun, sie …«

»Aber sie wohnte mit Wurzellage im gleichen Haus«, unterbrach Kleemann die Frau. »Da kann es doch sein, dass man sich über den Weg läuft. Was übrigens auch auf Ihren Neffen zutrifft. Selbst wenn er an Wurzellages Todestag erst morgens vom Festland angereist ist.«

»Lassen Sie Johannes aus dem Spiel«, zischte die Galeriebesitzerin. »Er ist ein guter Junge!«

»Was wir gestern Nacht erlebt haben«, erwiderte Röder.

»Was würden Sie denn tun, wenn Sie angegriffen werden?« Metas Stimme schallte schrill durch den Raum.

»Beruhigen Sie sich. Das alles werden wir mit Ihrem Neffen besprechen. Er ist volljährig. Sie können ihn gerne in Schutz nehmen, aber wir ziehen unsere eigenen Schlussfolgerungen. Und jetzt holen Sie ihn bitte«, forderte Kleemann die Galeriebesitzerin auf.

Wortlos verließ Meta Paulsen die beiden Männer und verschwand im Flur. Kurz darauf erschien Johannes, dicht gefolgt von seiner Mutter. Ihm stand der Ärger über die Situation ins Gesicht geschrieben. Kleemann war sich nicht sicher, ob das Auftauchen der Ermittler oder das ständige betüddelt werden durch die beiden Frauen den Ärger hervorgerufen hatte. Vermutlich war es beides. Sicher hätte Paulsen jetzt lieber im Bett gelegen und seinen Rausch ausgeschlafen.

Er ließ sich auf den schmalen Sessel fallen, schlug die Hände vors Gesicht und murmelte: »Was wollen Sie schon wieder?«

Noch einmal stellte Kleemann sich vor und bat Paulsen, den nächtlichen Angriff aus seiner Sicht zu beschreiben.

»Herr Flegel hat Anzeige erstattet«, sagte er, nachdem Paulsen fertig war. »Es wird also noch einiges auf Sie zukommen. Nächste Frage: Haben Sie Herrn Wurzellage gekannt? Sind Sie ihm an dem Morgen begegnet?«

»Nein. Bin ich nicht. Ich war bei Karsten Wendler im Rathaus. Er ist hier für das Bauamt zuständig. Ich habe mit ihm über meine Pläne zum Bau einer Disko, oder Tanzhalle oder wie immer Sie es nennen wollen, gesprochen. Sie können ihn gerne fragen.«

»Das werden wir. Allerdings stellt sich mir die Frage, warum Sie uns zunächst gesagt haben, Sie seien sofort nach Ihrer Ankunft zum Surfstrand aufgebrochen. Wie passt das zusammen?«

Ehe Paulsen eine Antwort geben konnte, drehte sich seine Mutter zu ihm um. »Disko? Wieso kenne ich die Pläne nicht?«

»Vielleicht war es deswegen?« Johannes zeigte auf seine Mutter. »Weil ich nicht wollte, dass der Plan den Weg über die Insel macht? Zumal Karsten Wendler mir auch nicht sehr viel Unterstützung zugesagt hat. Eher das Gegenteil war der Fall.«

»Aber mein Junge, das hättest du mir wirklich erzählen können. Soll ich mal mit Herrn Wendler sprechen?« Behutsam streichelte Änne ihrem Sohn über den Arm.

Johannes Paulsen sprang auf. »Lasst mich doch alle in Ruhe!« Gleich darauf war er verschwunden.

Der Kommissar fragte dessen Mutter nach ihren Erlebnissen mit Wurzellage. Doch er hörte nur das, was auch die Schwester bereits ausgesagt hatte. Änne behauptete, den Mann nicht gesehen zu haben. Dann hatte er nicht das Gefühl, dass hier noch etwas auszurichten war. Er nickte Röder zu, und sie verließen den Laden. »Was jetzt?«

»Julian Flegel? Und gegebenenfalls auch die beiden Gäste an Ort und Stelle?«

»Gut. Dann zeig mir, wo die wohnen. Fahr du voraus.« Arndt nahm sein Rad vom Zaun. »Die Bilder gefallen mir übrigens sehr gut. Könnte glatt ein Weihnachtsgeschenk für Wiebke dabei sein.«

# 14

»Kommst du mit? Der Schutzmann hat mich erst zu 11 Uhr auf die Wache bestellt. Ein Spaziergang tut gut.« Sigmar stand auf. Er musste unbedingt raus. Am liebsten hätte er gar nicht gefrühstückt, so müde wie er nach der langen Nacht war, aber schon wieder ausfallen lassen, war keine Option. Schließlich hatte Frau Flegel alles für sie und die anderen Gäste vorbereitet.

»Das heißt heutzutage Polizist oder Kommissar oder Ermittler. Die Zeit der Schutzmänner ist vorbei«, stöhnte Ulf.

»Ich versuche, die deutsche Sprache zu erhalten. Ist das denn so schlecht?«, fragte Sigmar seinen Mann. »Also geh auf den Donnerbalken, zieh deinen Anorak an, und los geht es.«

»Pass auf, dass du dir keine Backpfeife einfängst«, erwiderte Ulf und grinste.

Auch Sigmar stand auf und ging in sein Zimmer. Ja, sein Zimmer. Ulf war nicht zu ihm zurückgekehrt. Im Gegenteil. Er hatte seinen Koffer gepackt und alles mit in sein neues Zimmer getragen. Es sei einfacher morgens mit dem Anziehen, hatte er gesagt, als Sigmar ihn gebeten hatte, wieder zurückzukommen. Es war für Sigmar schon ein kleines Wunder gewesen, dass Ulf morgens im Frühstücksraum aufgetaucht war und sich zu ihm gesetzt hatte.

Sollte er eine Jacke überziehen? Es war bereits warm draußen. Aber es ging auch ein kräftiger Wind. Er nahm sein leichtes Baumwollblouson und zog es über. Konnte nicht schaden. Ausziehen ging immer. Er lächelte. Beinahe wäre es gestern Nacht so weit gekommen. Freddy und er hatten abgetanzt, bis die Fete zu Ende war. Es war wie früher, genau wie früher. Sie hatten einen Halt im *Sturmeck* eingelegt. Und dann? Dann war es beinahe selbstverständlich gewesen, dass Sigmar mit zu Freddy gegangen wäre. Aber nur beinahe. Er war verheiratet. Nachdem er sich diesen Umstand eindringlich ins Gedächtnis gerufen hatte, hatte er sich mit Freddy zum Dünensingen am übernächsten Tag verabredet und sich von ihm verabschiedet. Selten war ihm eine Entscheidung so schwergefallen.

Er wartete einen Moment vor der Tür, dann stand Ulf neben ihm. »Wohin?«

»Bis zum *Turnerbund* und dann durch die Dünen zurück?«, schlug Sigmar vor.

»Ich weiß zwar nicht, wo und was der *Turnerbund* ist, aber ich folge dir.«

Sie gingen am Friedhof vorbei und folgten dem Weg in den Ostteil der Insel.

»Ist es das?« Ulf zeigte auf ein mächtiges Haus, das in die Dünen eingebettet lag.

»Nein, das ist das *BK Heim*, das Bibelkreis Heim, wenn ich mich recht erinnere. Da war ich auch mal und habe Fotos von einer Jugendgruppe gemacht. Der Leiter hatte mich darum gebeten«, antwortete Sigmar. »Aber das ist es«, sagte er, als sie die nächste Düne hinter sich gelassen hatten. »Hier ist ein festes Haus und dahinter sind Zelte. Ein Campingplatz ist da, glaube ich, auch.«

»Und dann? Ist dann die Welt zu Ende?«, fragte Ulf.

»Nein, dann können wir auf dem Katastrophenweg zum Osten der Insel laufen. Es ist wunderschön dort.«

»Darauf habe ich jetzt aber keine Lust«, murrte Ulf.

»Dann biegen wir links ab und gehen langsam zurück ins Leben«, schlug Sigmar vor. »Es wäre auch gar nicht gegangen. Der Termin auf der Wache wartet.«

»Ich frage mich echt, was die schon wieder wollen.« Genervt schaute Ulf ihn an. »Ach nee, eigentlich will ich es gar nicht wissen.«

»Es ist wohl ein neuer Ermittler vom Festland gekommen, der ein paar Fragen hat.«

»Sigmar, ich denke, wir sollten die Insel verlassen. Ist doch nichts als Ärger hier. Ich weiß beim besten Willen nicht, was du an dieser Insel findest. Ein paar Häuser, jede Menge Sand und Wasser drumherum, das ist es. Mehr nicht.« Ulfs Schritte wurden kräftiger.

Sigmar zögerte. Sollte er Ulf sagen, dass seine Liebe zu dieser Insel aufs Neue erwacht war? Wenn sie überhaupt je verschwunden und nicht nur unter dem täglichen Leben versteckt gelauert hatte. Dazu kam das Treffen mit Freddy. Sie hatten sich auf Anhieb verstanden. So, als wären sie nie getrennt gewesen. Sigmar war sich allerdings nicht sicher, ob es die Erinnerung an Zeiten, in denen sie jung und unbeschwert in die Nacht getanzt hatten, war, die ihn zu Freddy hinzog, oder ob es der Mann selbst war. Es war so unkompliziert mit ihm. Gestern Abend hatten sie miteinander getanzt, getrunken und geredet. Ulf hatte sich nicht blicken lassen. Und das war gut so gewesen. »Ich möchte gerne bis zum Wochenende hierbleiben. So, wie es geplant war. Ich schlage vor, dass wir den Abend heute gemeinsam verbringen. Du kannst gerne entscheiden, ob du ins *Hotel Sonnenstrand* oder zu dem plattdeutschen Theaterstück möchtest. Morgen das Dünensingen will ich auf keinen Fall versäumen, und auch die Misswahl bei *Wietjes* steht auf meinem Plan.«

Ulf blieb stehen. »Wie nett, dass ich die Auswahl habe. Entschuldige bitte, aber ich muss zurück und dringend meine Laufklamotten anziehen. Während ich über den Strand jogge, werde ich über dein Angebot nachdenken.« Er drehte sich um und war gleich darauf hinter der nächsten Kurve verschwunden.

Was habe ich denn nun wieder verkehrt gemacht, dachte Sigmar bedrückt. Jetzt war Ulf weg, und er hatte keine Gelegenheit gehabt, ihn zu fragen, ob sie weiterhin in getrennten Zimmern schlafen sollten. Aber irgendwie tat es ihm auch nicht leid darum. Er schaute sich um. In der Ferne sah er das Dach des *Hotels Strandburg*. Ein Blick auf die Uhr machte ihm klar, dass er sich beeilen musste, wollte er nicht zu spät kommen und sich vielleicht dadurch bei den Ermittlern verdächtig machen. Nicht dass die eine Fahndung nach ihm starteten!

Beim *Strandcafé* überquerte er den Weg, der zum Strand führte, und ging weiter, am Kinderspielhaus und an den Tennisplätzen vorbei. Auf dem Platz vor dem Rathaus war gut etwas los. Was er allerdings vermisste, war die große Dornkaat-Uhr. Dort hatten sie sich damals zum abendlichen Treiben verabredet.

Vor der Tür der Wache stand der junge Mann in Uniform, der sofort vor Ort gewesen war, als Ulf die Polizei benachrichtigt hatte. Er erinnerte sich unangenehm an dessen schroffe Art.

»Guten Tag, Herr Benedikt. Die zwei Herren warten auf Sie«, begrüßte der Polizist ihn und hielt die Tür auf.

Das klang schon um einiges freundlicher. Er trat ein und sah den Inselpolizisten und einen weiteren Mann, der sich als Kommissar aus Aurich vorstellte. Auf Wunsch der Männer berichtete er noch einmal, wie er Wurzellage gefunden hatte, und dass der Künstler vom Bürostuhl gerutscht und mit dem Kopf aufgeschlagen war. »Ulf, mein Mann, kam kurz darauf herein und hat Sie alarmiert. Alles andere ist Ihnen bekannt.«

»Sie haben also nicht zusammen mit Herrn Martens die Galerie betreten?«, fragte Kleemann.

»Nein, wir waren getrennt unterwegs. Es war reiner Zufall, dass er dort auftauchte. Ich denke, auch er hat seine Heimat Brake auf den Bildern wiedererkannt.«

»Sie haben nicht darüber gesprochen?«, fragte der Kommissar verwundert.

»Nein, ich habe ihn nicht nach den Gründen seines Erscheinens gefragt. Ich war nur froh, dass er da war«, erwiderte Sigmar genervt. Er hatte keinen Bock mehr.

»Ich hörte, dass Sie Herrn Wurzellage von daheim kennen und dass er Ihnen gedroht hat.« Kleemann schaute in den PC. »Was war da los?«

Sigmar konnte sich ein Stöhnen kaum verkneifen. Das alles wusste die Polizei bereits. Er hatte den Mann nicht umgebracht, warum also all diese Fragen? Er berichtete, wie Wurzellage in seinem Büro aufgetaucht war mit der Behauptung, er sei unschuldig und es gäbe keinen Anlass, dem Staat Geld zu überlassen, nur weil er sein Fahrzeug genau an dieser Stelle geparkt habe. Und er würde nicht aufgeben zu beweisen, dass es keinen Hinweis auf ein Parkverbot gegeben habe. »Kann ich jetzt gehen? Ich möchte den Tag lieber draußen in der Sonne genießen.«

Die beiden Polizisten schauten sich an, und Kleemann nickte. »Können Sie. Bitte richten Sie Ihrem Mann aus, er möge sich bei uns melden. Auch an ihn haben wir Fragen. Natürlich können wir uns auch direkt mit ihm …«

»Schon gut. Ich richte es aus.« Als Sigmar rausging, hatte

er ein Lächeln auf den Lippen bei dem Gedanken, wie Ulf auf die Aufforderung der Polizei reagieren würde.

Jetzt war es endlich Zeit, seinen alten Arbeitgeber zu besuchen. Das Geschäft war am alten Platz, aber völlig neu eingerichtet. Vergeblich suchte er die Theke, an der damals Fotoartikel verkauft wurden. Das war zu seiner Zeit die wichtigste Anlaufstelle im Laden gewesen. Die einzige Theke, die er sah, war die Kassentheke. Sollte er das junge Mädchen fragen? Nein, sie würde ihn vermutlich nur ratlos ansehen. In der heutigen Zeit benutzten die Leute Handys, um Bilder zu machen. Da war so etwas wie ein Strandfotograf ein Relikt aus grauer Vorzeit. Er war damals von morgens bis abends auf der Insel unterwegs gewesen. Dann wurden seine Filme im hauseigenen Labor entwickelt und die großformatigen Bilder vor dem Laden in Schaukästen gehängt. Für viele Gäste war es morgens das erste Gebot nachzusehen, ob sie auf einem der Bilder verewigt waren und natürlich, das Bild zu kaufen. Außer ihm gab es eine weitere Fotografin und zwei Laborantinnen, um der Nachfrage Herr zu werden. Abends ging es dann weiter. Bei den Festen im *Strandhotel* hatte er ebenfalls nicht fehlen dürfen. Große Namen waren damals aufgetreten, wie Iwan Rebroff und Billy Mo. Dazu gab es Tanzpartys unter dem Motto *Wer hat die schönste Strandburg*, oder wie morgen Abend *Die Wahl der Miss Baltrum*. Das würde er sich auf keinen Fall entgehen lassen. Er fotografierte immer noch gerne. Seine alte *Voigtländer*, eine der ersten Kleinbildkameras mit eingebautem Elektronenblitz, war sein ständiger Begleiter. Bis auf wenige Ausnahmen. So wie diese Woche. Er hatte sie auf der Flurgarderobe vergessen, als Ulf zum Aufbruch gedrängt hatte. »Wenn wir da schon hinmüssen, sollten wir wenigstens das Schiff nicht verpassen«, hatte er genörgelt.

Er ärgerte sich. Was hätte er für wunderbare Bilder machen können. Er verließ den Laden. Die Lust, alte Erinnerungen aufzufrischen, war ihm vergangen. Ein Strandspaziergang, das war das Einzige, was jetzt helfen konnte. Er zog seine Jacke aus und band sich die Ärmel um den Bauch. Es ging gerade so. Er würde in Zukunft überlegen müssen, ob er abnehmen oder Jacken mit längeren Ärmeln kaufen sollte.

Ob er seine Schuhe ausziehen sollte? Er fühlte mit den Händen in den Sand. Was war mit Teerflecken? Gab es dieses Problem immer noch? Damals hatte vor jeder Eingangstür ein Körbchen mit Bürste, Putztuch und *Flecko*, dem Reinigungsmittel in der kleinen Glasflasche, gestanden, damit die Gäste, die vom Strand kamen, ihre Füße und Schuhe säubern konnten. Verdammt, da war er wieder in die Vergangenheit abgetaucht. Das Heute war dran. Und die Frage, wie es mit ihm und Ulf weiterging. Er stellte fest, dass die Gegenwart lange nicht so vergnüglich war wie die Erinnerung an frühere Zeiten. Zum Jetzt gehörte auch, dass er daran denken musste, Geld abzuheben und seine Miete bar zu bezahlen, falls die Überweisung immer noch nicht eingetroffen war.

# 15

»Die Auricher haben uns die Daten zu Wurzellages Tochter Heike Blume übermittelt, und ich habe mit ihr telefoniert«, berichtete Daniel seinen Kollegen.

»Und, wie ist sie mit dem Tod ihres Vaters umgegangen?« fragte Arndt.

»Sie war erstaunlich ruhig. Zurückhaltend. Es hörte sich beinahe an, als hätte sie so etwas erwartet. Das klingt vielleicht etwas übertrieben, aber sie erklärte, dass ihr Vater bereits einige Drohbriefe erhalten habe. Er hatte sie ihr empört gezeigt, als sie ihn besuchte. Sie sagte auch, dass ihre Besuche nicht sehr häufig waren, da sie mit der konsequenten Lebenseinstellung ihres Vaters überhaupt nicht klargekommen war. Einmal nein – immer nein. Damit hatte sie bereits seit ihrer Kindheit zu kämpfen gehabt.«

»Hat Wurzellage etwas wegen der Briefe unternommen?«, fragte Arndt.

»Die Tochter sagte, er habe auf diese Frage nicht direkt geantwortet, nur empört abgewinkt.«

»Was ist mit der Identitätserkennung?«, fragte Röder.

»Haben die Kollegen natürlich in die Wege geleitet. Die Tochter hat bestätigt, dass es sich um ihren Vater handelt«, sagte Daniel.

»Gut. Wie geht es weiter?«, überlegte Röder. »Ich denke, wir sollten uns Johannes ein weiteres Mal vornehmen. Es kann doch nicht sein, dass ein erwachsener Mann Angst vor zwei alten Frauen hat und sich deswegen vor ihnen versteckt. Der kann viel erzählen. Und dass er zu Gewalt fähig ist, hat er bewiesen«

»Ich denke, wir sollten den Benedikt auch nicht aus den Augen lassen. Irgendwie traue ich dieser Aussage nicht, dass das Opfer tot vom Stuhl gerutscht ist«, sagte Daniel.

Und Arndt fügte hinzu: »Nicht zu vergessen die dritte, vierte und fünfte Möglichkeit. Der Mann ist von allein unglücklich vom Stuhl gerutscht, was dem Bewusstlosen den Rest gegeben hat. Die Männer haben aus Rache den Mord gemeinsam begangen. Oder ganz jemand anders, schauen wir auf Flegel, hängt damit drin.«

»Du machst uns richtig Mut.« Der Inselpolizist drohte mit dem Zeigefinger. »Aber stetes Fragen und Umhören höhlen den Stein, oder wie heißt das Sprichwort?«

»So ähnlich. Darum frage ich Eschbachs, ob ihnen nicht noch etwas einfällt. Vielleicht hat Wurzellage denen auch von den Drohbriefen erzählt«, überlegte Arndt.

»Ich rede erneut mit Frau Blume. Sie soll in die Wohnung ihres Vaters gehen und die Briefe, falls sie da sind, zur Polizei bringen. Es sollten Fingerabdrücke genommen werden«, beschloss Daniel. »Was hat eigentlich das Gespräch mit dem Flegel ergeben?«

»So gut, wie nichts. Er hatte wohl ziemliche Schmerzen. Zumindest tat er so, als ob. Und die wenige Kraft, die dem armen Mann verblieben war, nutzte er, um seine Frau mit Aufträgen durch die Wohnung zu treiben und auf Johannes zu schimpfen. Ansonsten will er die Welt und besonders Baltrum vor bösen Einflüssen schützen«, berichtete Röder.

»Und genau das ist der Punkt. Die beiden Schwestern sind gut mit Antje Flegel bekannt, und die drei sitzen gerne mal zusammen. Gerade erst waren die beiden bei ihr. Da ist es doch nur normal, dass Meta und Änne Paulsen über ihren Gast gesprochen haben. Nach dem Motto: Er hat sich geweigert, Kurtaxe zu bezahlen. Und was ist, wenn Flegel hinter der Tür gelauert und nicht nur Paulsens Diskopläne, sondern auch Wurzellages Weigerung mitbekommen hat? Er, Baltrums Hüter? Ich kann mir gut vorstellen, wie die beiden Besserwisser aufeinandergetroffen sind und Flegel sich den Mann etwas zu heftig vorgeknöpft hat. Wundern würde es mich nicht, wenn es so abgelaufen wäre. Wir werden unbedingt ein weiteres Mal mit dem Mann sprechen müssen.« Arndt stand auf. »Wo wohnen die Eschbachs noch?«

»Im *Haus Nonnengans*.« Auch Röder war aufgestanden. »Was soll ich übernehmen?«

»Du fragst Karsten Wendler, ob Johannes Paulsen tatsächlich bei ihm war. Und wenn ja, wann«, sagte Arndt.

Der Inselpolizist verließ die Wache und ging zu Fuß zum Rathaus. Für das kurze Stück brauchte er kein Rad.

Gleich im ersten Büro hinter der Glastür saß der Mann vom Bauamt und schaute ihn freundlich an. »Welche Ehre, tritt ein, was kann ich für dich tun?«

»Na, ja, ob es eine Ehre ist, das warten wir mal ab«, sagte der Inselpolizist lächelnd. »Eigentlich brauche ich nur eine Auskunft von dir. Es geht um Johannes Paulsen. War er vorgestern Morgen bei dir, um seine Pläne wegen einer Disko zu besprechen?«

Wendler zögerte. »Warte. Ehe ich etwas Verkehrtes sage.« Er blätterte in einem Kalender, der vor ihm auf dem Schreibtisch stand. »Ja, da war er hier.«

»Worum ging es genau? Und wie lange hat er dich besucht?«

»Tja, allzu lange kann es nicht gewesen sein. Gut, er erzählte ausführlich, was er plante. Seine Ideen zur Belustigung der Gäste und Insulaner sprudelten nur so aus ihm heraus. Als ich ihn allerdings fragte, wo er seine Disko aufmachen wollte, wurde er ruhiger und meinte, dass es meine Aufgabe sei, ihm einem geeigneten Platz und Hilfe beim Planen und Bauen anzubieten. Schließlich könne es für den Tourismus auf der Insel nur von Vorteil sein.« Karsten lachte. »Den Zahn habe ich ihm ziehen müssen. Daraufhin murmelte er so etwas wie: ›Dann muss mein Elternhaus eben daran glauben. Das Grundstück ist groß genug.‹ Ich habe ihn nicht gefragt, was seine Mutter und seine Tante davon hielten, da ich keinen unnötigen Stress aufbauen wollte. Geht mich auch nichts an. Allerdings erwähnte ich dummerweise, dass es sein könnte – ich habe wirklich *könnte* gesagt – dass man zum Eröffnen einer Lokalität ein Führungszeugnis benötigt. Dazu eine Unbedenklichkeitsbescheinigung des Finanzamtes, dass keine Schulden da sind, und vieles mehr. Da war es vorbei mit lustig. Er sprang auf und war verschwunden. Das Ganze hat ungefähr 20 Minuten gedauert, und er war so um 11 Uhr hier.«

Röder bedankte sich und verließ das Rathaus. Seine Vermutung, Johannes Paulsen könnte etwas mit dem Tod des Künstlers zu tun habe, verstärkte sich. Er stellte sich vor, wie der junge Mann wutentbrannt zu Hause angekommen und auf Wurzellage getroffen war. Der musste nur ein falsches Wort gesagt haben, und schon hatte Johannes zugeschlagen. Außerdem – wenn er das Haus zu einer Disko umfunktionieren wollte, was würde sich da besser anbieten, als dem Laden und den beiden Frauen Schaden zuzufügen? Wenn sich Künstler dort nicht mehr sicher fühlten und deshalb keiner mehr ausstellte, war es vorbei mit der Galerie. Es passte also alles perfekt. Sollte er ihn jetzt aufsuchen? Nein, er würde auf Arndt warten. Paulsen konnte leicht ausrasten, da war es besser, zu zweit oder sogar zu dritt bei ihm aufzutauchen. Er ging nach Hause, holte Amir und ging zum Bioladen, in dem seine Frau mit ihrer Freundin arbeitete. Sandra hatte ihn morgens gebeten, vorbeizukommen und eine Tasche voll Fleisch mitzunehmen. Einmal in der Woche bestellten einige Insulaner Biofleisch, und ein Biobauer gleich hinter dem Deich am Festland, der selbst schlachtete und einen Hofladen betrieb, lieferte die Ware. An diesem Morgen war wieder ein Kühlbehälter mit der *Baltrum II*, dem Frachtschiff, angeliefert worden. Sandra und Michael waren sehr begeistert von der Qualität, ebenso wie die anderen Kunden.

Es war einiges los in dem kleinen Laden. Röder stellte sich in der Schlange an. Sandra winkte ihm kurz zu, dann wandte sie sich an den Mann, der ihr eine leere Tüte entgegenhielt. »Mein Hackfleisch und die zehn Schnitzel hätte ich gerne.«

Sie nahm die Tüte und verschwand kurz im Lager. Als sie zurückkam, war die Tüte prall gefüllt.

»Alles korrekt abgewogen, wie immer«, lächelte der Mann.

»Natürlich. Sonst würden wir mit dem Bauern nicht zusammenarbeiten«, erwiderte Sandra.

Der Lieferant hatte, wie abgesprochen, alle Waren nach Wunsch der Kunden abgepackt und ausgewogen und dann einen Zettel mit der Gewichtsangabe darauf geklebt. So brauchten Sandra und ihre Freundin nur noch den Betrag in die Kasse eingeben und mussten nicht mit dem rohen Fleisch hantieren. Röder fand diese Regelung perfekt. Als alle Kunden versorgt waren, hielt auch er seine Tasche über den Tresen. »Ich hätte gerne unser Abendessen.«

Sandra lachte. »Wenn du das alles schaffen willst, hast du viel zu tun. Bitte alles einfrieren. Für heute ist genug im Kühlschrank. Wir haben gar nicht so viel Zeit. Billy wartet auf uns.«

Röder wunderte sich, dass er sich bei dem Gedanken nicht einmal ein Stöhnen verkneifen musste. Im Gegenteil, er freute sich auf den Abend. »Muss ich wieder meine Glitzerjacke anziehen?«

»Das darfst du heute selbst entscheiden«, antwortete Sandra. »Aber denk dran, als du sie gestern trugst, gab es eine Keilerei. Sie dient also der Sicherung deines Jobs. Und du konntest in der Menschenmenge leichter ausfindig gemacht werden, was der Ausführung deiner Arbeit dienlich war. Vielleicht solltest du deinen Chef fragen, ob sie nicht als Dienstkleidung anerkannt werden kann.«

Röder lachte. »Ich denke kaum, dass sich Müller auf diese Argumentation einlässt.«

»Gut, wir werden das beim Abendessen vertiefen«, sagte Sandra. »Aber jetzt muss ich weiterarbeiten.« Sie gab ihm die Tasche. »Bis später«, rief sie hinter ihm her, als er den Laden verließ.

Weiterarbeiten. Eine gute Idee. Das sollte er auch, nachdem er den Inhalt der Tasche verstaut hatte. Aber womit? Er würde mit Arndt besprechen, ob die neuen Erkenntnisse über Johannes für eine weitere Befragung ausreichten. Manchmal war es nicht verkehrt, Wissen zurückzuhalten und auf den richtigen Moment zu warten. Er nahm Amirs Leine und ging zurück zur Dienstwohnung. Er musste aufpassen, dass immer ein ordentlicher Abstand zwischen der Tasche und Amir gewahrt blieb. Offensichtlich wusste dieser Hund genau, was sich in der Tasche befand, so aufgeregt, wie er schnüffelte.

## 16

Arndt Kleemann stellte sein Rad am Zaun vor *Haus Nonnengans* ab. Er sah einige Klingelschilder neben der Eingangstür. Auch das mit »Eschbach« darauf. Noch bevor er die Klingel betätigen konnte, öffnete sich die Haustür, und ein Mann mit kurzen roten Haaren und sportlicher Figur stand vor ihm. »Herr Eschbach?«, fragte er auf gut Glück.

»Nein, bin ich nicht. Ich wohne zwar auch in diesem Haus, jedoch gegenüber den Eschbachs. Mein Name ist Hans Vorderwühlbecke. Wenn ich nicht hier bin, wohne ich in Verl. Das liegt in Ostwestfalen.« Der Mann gab ihm die Hand. »Wer sind Sie?«

Arndt überlegte. Sollte er sich zu erkennen geben? Warum nicht? »Arndt Kleemann. Ermittler aus Aurich.«

»Ach, dann sind Sie wegen des toten Künstlers hier? Ich habe ihn gesehen, als er bei Eschbachs war. Normalerweise ist mir egal, wer aus- und eingeht, aber die Unterhaltung der drei wurde kurz nach Eintreffen des Mannes ziemlich laut. Man kam nicht umhin zuzuhören.«

»Und worum ging es, wenn ich fragen darf?«

»Um eine Skulptur, glaube ich. Ich hörte nur, wie der Mann mit ziemlich schroffer Stimme sagte: ›Dann nehme ich sie eben wieder mit.‹ Kurz darauf hörte ich eine Tür schlagen. Mehr war nicht.«

»Danke«, sagte Arndt, »sollten Ihnen weitere Einzelheiten einfallen, melden Sie sich bitte bei uns auf der Wache. Sie wissen, wo die ist?«

»Ja sicher. Ich bin schon als Kind hier gewesen, und ein Jahr ohne Baltrum geht gar nicht. Darum habe ich mir von dem Erbe meiner Eltern diese Wohnung zugelegt. Die beste Entscheidung meines Lebens. Findet übrigens auch meine Frau. Und bald auch unser Kind.« Er lächelte. »Meine Frau ist im sechsten Monat. Im November ist Termin, und nächstes Jahr Ostern können wir mit der Kleinen schon wieder hierher reisen. Super geplant, oder?«

»Bestens«, musste Arndt zugeben. »Aber jetzt zeigen Sie mir, wo ich hinmuss.«

»Gleich hier im Erdgeschoss. Im Flur links wohnen Eschbachs und rechts wir.«

»Danke.« Er klopfte an der Tür, an der ein Schild aus Ton den Namen trug, den er suchte. Gleich darauf stand eine Frau im Bikini vor ihm. Schnell verscheuchte er den Gedanken, dass sie mit ein wenig mehr Textil um den Körper wesentlich besser ausgesehen hätte. Das war jetzt nicht relevant. Er zeigte seine Marke und bat, hereinkommen zu dürfen.

Wortlos öffnete sie die Tür und deutete ins Wohnzimmer. »Mein Mann sitzt im Wintergarten.«

Noch einmal stellte er sich vor und unterrichtete die beiden über den Grund seines Kommens. Wieder schwieg die Frau, doch Eschbach fragte: »Haben Sie den Kerl, der Peter umgebracht hat? Ist Peter freigegeben zur Bestattung? Haben Sie mit seiner Tochter gesprochen?«

»Moment. Ganz langsam. Nein, wir haben bis jetzt keinen Verdächtigen festgenommen. Außerdem steht nicht fest, ob Wurzellage tatsächlich getötet wurde oder ob er Opfer eines Unglücksfalles wurde. Alles andere ist intern.«

»Klar. Intern. Klingt gut.« Eschbach schüttelte den Kopf.

»Knut!« Vera Eschbach hatte sich vor ihrem Mann aufgebaut und stemmte die Fäuste in ihre kräftigen Hüften. »Der Mann weiß, was er tut. Lass den Kommissar fragen, was er zu fragen hat. Dann sehen wir weiter.« Sie drehte sich zu Kleemann um. »Bitte schön, was möchten Sie wissen?«

Arndt musste beinahe lachen. Vielleicht konnte man diese Frau in den Polizeidienst integrieren, wenn es bei ihr immer so gut mit der Deeskalation klappte. »Ist es richtig, dass der Künstler auf Ihre Anregung hin hier auf der Insel seine Bilder ausstellte?«

»Ja, wir waren befreundet«, sagte Vera Eschbach. »Wir haben ihn über seine Bilder und Skulpturen kennengelernt. Wir besuchten eine Ausstellungseröffnung von ihm und waren sehr begeistert. Er war zugegen, aber wir hatten das Gefühl, dass ihm die ganze Sache eher unangenehm war. Das hat unseren Ehrgeiz geweckt, und wir haben ihn angesprochen. Er taute ein wenig auf, und aus dem Gespräch hat sich eine lose Freundschaft entwickelt.«

»Hat er Ihnen auch von seinem Hobby erzählt, dem er in Brake nachgeht?«

Knut Eschbach nickte. »Das blieb nicht aus. Es gehörte quasi zu seiner Lebenseinstellung, Vorschriften über Recht und Ordnung infrage zu stellen. Er ließ sich nicht davon überzeugen, dass man solch ein Verhalten ein wenig übertreiben kann. Selbst, als er die Drohbriefe bekommen hatte, hat er nicht aufgehört. Da sollten Sie auch mal nachforschen. Wahrscheinlich finden Sie dort Ihren Mörder!«

»Knut!«

Eschbach zuckte zurück. »Ja, alles klar. Ich sage schon nichts mehr.«

»Das wäre schade«, sagte Arndt. »Ich möchte nämlich gerne wissen, was es mit der Skulptur auf sich hat, die Wurzellage bei einem seiner Besuche hier mitgebracht hat.«

Die beiden Eschbachs schauten sich erschreckt an, dann sagte er: »Das ist ganz dumm gelaufen. Wir haben bei dieser Vernissage eine große Skulptur gesehen, die uns sofort gefallen hat. Einen liegenden Bären aus Diabas. Das ist uraltes Gestein. Allerdings war der für unseren Geschmack viel zu groß, und wir haben ihn gebeten, einen kleineren für uns anzufertigen, was er auch zugesagt hat. Den brachte er mit. Ein wunderbares Geschöpf hat er geschaffen. Doch als es um den Preis ging, sind wir fast vom Stuhl gefallen. Das Abbild war genauso teuer wie der Große. Schließlich habe er genauso lange daran gesessen, war Peters Argument.«

»Was wir eingesehen haben«, fuhr Vera Eschbach fort. »Doch es war natürlich lange nicht so viel Material. Daher haben wir nicht mit dieser horrenden Summe gerechnet.«

»Was wollte er denn dafür haben?«, fragte Arndt.

»5.000 Euro. Das müssen Sie sich mal vorstellen. Und das, wo wir seine Freunde sind. Zumindest haben wir das gedacht. Er sagte noch, er müsse hier auf der Insel seine Kunstwerke so billig verkaufen, da wäre das ein gerechter Ausgleich.«

»Und dann?«

»Wir haben ihm deutlich zu verstehen gegeben, was wir davon halten. Er ist dann gegangen. Mit seinem Bären. Wir haben ihn seitdem nicht wiedergesehen. Inzwischen fragen wir uns natürlich, ob er die Freundschaft mit uns nur vorgeschoben hat, um seine Kunst zu verkaufen. Zumal wir auf der Vernissage spontan ein Bild von ihm erstanden haben.« Eschbach deutete auf ein Bild, das über einem Schreibtisch hing. Es zeigte eine Flusslandschaft. »Aber wir haben ihn gemocht. Darum ist es uns wichtig, was mit ihm passiert.«

»Gibt es noch etwas, was Ihnen zu dem Künstler einfällt?«, fragte Arndt.

Vera Eschbach langte nach einem Heft, das auf der Anrichte lag. »Hier. Das ist eine Kopie des Originals, welches er im Eigenverlag herausgeben wollte. Er hat es uns geschenkt.« »Der Deutsche Michel. Panoramakarikaturen«, las Arndt auf dem Titelblatt. Er blätterte weiter. Mit jeder Grafik war eine Situation abgebildet, die ganz und gar zu Wurzellages antistaatlicher Haltung passte. Im Mittelpunkt standen zwei Männer. Der eine klein und kräftig, der andere groß und schlank, die sich politische Entscheidungen vornahmen und ihre Meinung dazu kundtaten. Es war hervorragend gezeichnet, doch wenn es zum Lachen animieren sollte, ging es völlig daneben. Es stank nach Protest. Hier war Satire als Waffe eingesetzt. Sarkasmus in Reinform. Wenn der Mann mit diesem Land so unzufrieden war, warum war er dann nicht längst ausgewandert? Jetzt war es allerdings zu spät.

»Darf ich das mitnehmen?«, fragte er.

»Ungern. Es soll als Erinnerung hierbleiben.« Knut Eschbach nahm dem Kommissar das Heft aus der Hand und steckte es in eine Schublade.

»Aber wenn der Kommissar es doch braucht …«, wandte Vera Eschbach ein.

»Nein. Was musstest du ihm das auch zeigen«, grummelte Eschbach.

Arndt Kleemann verließ ohne ein weiteres Wort die Wohnung. Draußen atmete er tief durch. Was für eine Stimmung. Er wünschte, Wiebke wäre da. Natürlich hatten auch sie die eine oder andere Diskussion. Meistens ging es jedoch um sachbezogene Themen. So richtig gestritten hatten sie sich seit Jahren nicht mehr. Genaugenommen hatten sie gar keine Zeit zum Streiten. Die Arbeit auf dem Biohof in der Krummhörn nahm Wiebkes Zeit voll und ganz in Anspruch. Ohne die Hilfe ihres Mitarbeiters wäre die Arbeit gar nicht zu schaffen. Aber sie war glücklich. Es war genau das, was sie sich gewünscht hatte. Und er war zufrieden, nach einjähriger Pause im Vorjahr wieder in seinen alten Beruf eingestiegen zu sein. Das hieß natürlich nicht, dass er nicht in seiner Freizeit auf dem Hof mithalf. Sie stellten den Betrieb gerade auf die *SoLaWi*, die solidarische Landwirtschaft, um und packten Woche für Woche Gemüsekisten mit allem, was die Felder saisonal hergaben und brachten sie zu ihren Kunden. Oder die Menschen holten die Ware auf dem Hof ab. Außerdem wurden kleine Läden, wie der Bioladen auf der Insel, mit Gemüse beliefert.

Er stieg auf sein Rad und fuhr zur Wache. Er spürte ein leichtes Ziehen in der Magengegend. In den Jahren, als die Frau seines Freundes und Kollegen Röder noch nicht im Bioladen beschäftigt war, konnten sie während der Ermittlungen in solchen Fällen immer auf ihren selbstgebackenen, wunderbar schmeckenden Apfelkuchen zurückgreifen. Vielleicht hatte er Glück.

Doch als er die Tür öffnete, kam ihm kein Kaffeeduft entgegen. Auch Michael und Daniel waren nicht zu sehen. Also sah er sich gezwungen, zum *Hotel Sonnenstrand* zu fahren und Birgit Ahlers um eine Kaffeespende zu bitten. Ermitteln kostete Kraft, da konnte er sich nicht erlauben, den Körper zu schwächen.

Er hatte Glück. In der gemütlichen Privatküche sah er Henning Ahlers vor mehreren großen Glasschalen stehen. Allerdings roch es weniger nach Kaffee, sondern eher durchdringend nach Alkohol. »Was wird das?«, fragte er, nachdem er den Chef des Hotels begrüßt hatte.

»Pfirsichbowle«, antwortete Henning. Und mit einem verschmitzten Lachen: »Mit ganzen Früchten, wie es früher immer so schön hieß.«

Spontan fielen Arndt die Partys seiner Eltern ein. Auch da war Bowle ein beliebtes Getränk gewesen. Er war damals noch zu jung, um sie zu probieren. Bis auf das eine Mal, als seine Eltern sonntagmorgens ihren Rausch ausschliefen und ihn nichts mehr im Bett hielt. Er war ins Wohnzimmer gehuscht und hatte aus allen Gläsern, die vom Abend zuvor auf dem Tisch standen, die Reste getrunken. Danach war ihm erst schwindelig und dann schlecht geworden. Er war wieder ins Bett gekrabbelt. Die Eltern hatten sich an diesem Morgen nur gewundert, warum ihr Sohn so lange geschlafen hatte.

»Heute Abend spielt die Theatergruppe im *Haus des Gastes*, und wir haben uns überlegt, dass eine Bowle zu dem Stück wunderbar passen könnte. Es war nur nicht ganz einfach, Bowle-Töpfe aufzutun. Wir hatten einen, aber, wie du siehst, reicht das nicht. Netterweise haben uns unsere Nachbarn ausgeholfen. Die sammeln gerne mal Dinge für den Flohmarkt und hatten drei uralte auf dem Dachboden. Die hatten auch die Idee, Pfirsiche zu nehmen. Alles andere wäre nicht richtig, meinten sie. So denn – ich habe jede Menge Dosen gekauft und die kleingeschnittenen Früchte über Nacht eingelegt«, erklärte Henning und deutete auf eine Flasche Weinbrand. »Jetzt bastle ich alles zusammen.« Er öffnete eine Flasche Wein, dann eine zweite und eine dritte. »Der Sekt kommt erst ganz frisch heute Abend dazu. Aber gleich werden zwei von der Theatergruppe alles abholen.«

»Habt ihr auch die passenden Gläser? Die bauchigen mit dem Henkel?«, fragte Arndt in Erinnerung an die, die er mit der Zunge ausgeschleckt hatte.

»Ein paar schon. Ansonsten werden die Gäste auf Wassergläser zurückgreifen müssen. Und wir haben natürlich Bowle-Spieße. Echt retro.« Er öffnete eine Pappschachtel.

Arndt sah jede Menge Metallspieße mit einer Holzkugel darauf. »Bin gespannt, wie viele davon am Ende des Abends noch da sind«, sagte er.

»Sei nicht so negativ. Aber das ist wohl eine Berufskrankheit«, erwiderte Henning. »Oder liegt es daran, dass dir ein Kaffee fehlt?«

»Wie kommst du darauf?«, fragte Arndt verblüfft.

»Na, warum steht denn sonst wohl ein Kommissar bei mir in der Küche, wenn er mich nicht gerade festnehmen will?«, lachte Henning.

»Gut. Ich entscheide mich für den Kaffee.«

Henning zeigte auf eine Thermoskanne. »Bediene dich. Wir haben ihn vor einer halben Stunde aufgebrüht. Er müsste also schmecken. Milch und Zucker stehen daneben, und eine Tasse ist oben im Schrank.«

Arndt überkam ein wohliges Gefühl. Es ist wie zu Hause, dachte er, als er die Schranktür öffnete. Er kannte

Familie Ahlers seit über zehn Jahren, und sie hatten sich von Anfang an gut verstanden.

»Was gibt es Neues bei euren Ermittlungen?«, fragte Henning.

»Genau genommen nichts«, antwortete Arndt. Nicht, dass er aus ermittlungstaktischen Gründen schwieg, nein, er vertraute Henning völlig, aber es gab wirklich nichts Neues. Zumindest nichts, was erwähnenswert gewesen wäre. »Wir wissen weder, wie der Mann zu Tode gekommen ist, noch, wonach wir suchen müssen. Wir verfolgen einige Spuren, das war es dann.« Er berichtete von seinem Besuch bei den Eschbachs.

Henning Ahlers goss die letzte Flasche Wein in einen der Töpfe, als es klopfte und zwei Männer eintraten. »Hallo, Henning. Bist du bereit?«

»Bin ich. Ihr könnt alles mitnehmen. Wie lief die Generalprobe?«

»Bestens. Wir haben eine gute Vorlage«, sagte der eine.

»Drei«, verbesserte der andere. »Erstens haben wir das Hörspiel, das 1977 vom *Ohnsorg Theater* aufgenommen wurde, zweitens haben wir die Texthefte und drittens die Unterstützung unserer Eltern. Mein Vater hat nämlich damals auf der Baltrumer Bühne den Bürgermeister Jan Kreyenborg gegeben.«

»Und meine Mutter war die Tochter des Schneidermeisters, Lena Witt, bei der er gefensterlt hat und dabei erwischt wurde«, erzählte der andere. »Ihr seht, wir können auf jede Menge Erfahrung zurückgreifen. Das ist auch gut so, denn das *Haus des Gastes* ist ausverkauft.«

»Ob dann die Bowle reicht?« fragte Henning.

»Wer keine mehr bekommt, soll etwas anderes nehmen. Wir haben reichlich Bier und alkoholfreie Getränke da.

Aber ich denke, dass vier volle Töpfe eine ganze Weile vorhalten.«

Die beiden trugen einen Behälter nach dem anderen hinaus, dann kam einer von ihnen wieder zurück. »Danke für deine Arbeit. Abrechnung erfolgt morgen, wenn wir die Sachen zurückbringen«, sagte er zum Abschied und nahm die Tasche mit dem Sekt. »Viel Spaß mit den Emilys.«

Henning winkte hinter dem Mann her, der als Letztes den Karton mit den Spießen vom Tisch nahm. Gleich darauf war er verschwunden.

»So, jetzt brauche ich auch einen Kaffee. Nicht mehr lange, dann fängt das Abendgeschäft an. Mein Koch ist mit seiner Mannschaft schon fleißig mit den Vorbereitungen beschäftigt.« Henning goss sich einen Kaffee ein und setzte sich zu Arndt. »Seid ihr heute Abend hier oder ist bei euch Theater angesagt?«

»Michael, Sandra und ich werden natürlich den Emilys zuhören. Was der Hilfssheriff vorhat – keine Ahnung.«

# 17

Genüsslich biss Sigmar in sein Brötchen. Was für ein schöner Abend. Ulf hatte sich bereiterklärt, mit ihm zum *Hotel Sonnenstrand* zu gehen und den Emilys bei ihrer Reise durch das Leben des großen Elvis Presley zuzuhören. *Return to sender. In the ghetto. It's now or never.* All diese wunderbaren Lieder ertönten im Klubraum des Hotels. Dieser Frontsänger Billy Blackwell hatte eine wunderbare Stimme. Aber das wusste Sigmar ja schon von dem Abend im *Haus des Gastes*. Auch Ulf schien von dem jungen Mann und dem, was die Band auf die Bühne brachte, sehr angetan zu sein. Und als der Abend mit Elvis' letztem Lied, *Moody blue*, zu Ende ging, hatten er und Ulf ganz dicht beieinandergestanden, und Ulf hatte ihn, so wie zu Anfang ihrer Beziehung, ganz lieb gebeten, mit nach Hause zu kommen. Der Abend hatte genauso schön geendet, wie er begonnen hatte.

Ulf schlief noch, aber Sigmar hatte es nicht mehr im Bett gehalten. Sein Magen hatte geknurrt. Er hatte sich leise angezogen und war nach unten in den Frühstücksraum gegangen, wo er von Antje Flegel freundlich begrüßt wurde.

»Kaffee, wie immer?«, hatte sie ihn gefragt, und er hatte genickt und sich dann am Buffet bedient. Auch drei der anderen Tische waren mit Gästen besetzt.

Gerade kam die Vermieterin wieder herein und brachte frischen Aufschnitt. »Waren Sie im Theater?«, fragte er.

»Ja. Ich helfe an der Theke«, erklärte sie. »Wir haben die Pause gestern Abend etwas länger als sonst geplant, und die Leute haben bei der Bowle zugeschlagen, als hätten sie ein neues Lieblingsgetränk erfunden. Es passte alles. Die Gäste waren wunderbar zufrieden.«

»Das ist schön. Auch wir hatten einen sehr gelungenen Abend.« Er berichtete von dem Auftritt der Emilys. »Es war richtig voll und sehr gemütlich. Auch wir fühlten uns in die 70er-Jahre zurückversetzt. Eine tolle Zeit damals. Und verdammt lang her.«

Und doch war die Zeit bis heute so schnell vergangen. Das Leben war einfach zu kurz, um es zu vergeuden. Elvis war nur 42 Jahre alt geworden. Er hatte nicht viel Zeit gehabt, um seine wunderbare Musik zu schaffen. Aber sie war um die Welt gegangen und hatte sie ein kleines bisschen reicher gemacht.

Ob Ulf noch kam? Sigmar überlegte, ob er seinem Mann ein paar Brötchen schmieren sollte. Es war auch sicher kein Problem, eine Thermoskanne mit Ulfs geliebtem Milchkaffee mit nach oben zu nehmen. Er fragte die Vermieterin, und sie holte sofort eine Kanne.

»Auf dass es ihm schmecke«, sagte sie. »Soll ich Ihnen ein Tablett mitgeben? Dann können Sie es leichter tragen.«

»Gerne.«

Er stellte alles auf das Holztablett und brachte es ins Zimmer. Ulf drehte sich schlaftrunken um, schnupperte und setzte sich auf. »Das ist mal ein Service.«

Er stand auf und stürzte sich beinahe auf das Frühstück. »Das möchte ich jeden Morgen so serviert bekommen.«

»Gerne. Aber nur, wenn du gleich mit mir zum *Inselmarkt* gehst, eine Zeitung kaufst und dann einen Spaziergang mit mir machst«, erwiderte Sigmar.

»Kein Problem«, nuschelte Ulf mit vollem Mund, dann schaute er ihn lächelnd an. »War schön, gestern Abend, nicht?«

»Das war es«, bestätigte Sigmar.

Ulf aß in Ruhe sein zweites Brötchen, goss sich einen letzten Schluck Kaffee ein, dann ging er ins Bad. Eine halbe Stunde später blinzelten sie in die Sonne.

»Kommst du heute mit ans Wasser?«, fragte Ulf.

»Klar. Das sollten wir uns nicht entgehen lassen. Aber jetzt erst einmal zum *Inselmarkt.*«

Es war einiges los. Einige Kunden standen in der Obstabteilung und suchten sich die schönsten Früchte aus, andere stellten Cola und Wasser in ihre Einkaufswagen. Irgendwo musste doch Freddy sein. Sigmar schaute durch den langen Schlauch; und dann sah er ihn ganz hinten bei dem Kaffeeregal. Auch Freddy hatte ihn gesehen, kam lachend auf ihn zu und umarmte ihn. »Mensch, Sigmar, du Traum meiner schlaflosen Nächte. Schön, dass du dich blicken lässt.«

Auch Sigmar freute sich, Freddy zu treffen. Doch diese Begrüßung war ihm genau in diesem Moment etwas peinlich, wusste er doch Ulf direkt hinter sich. Er drehte sich um. »Ulf, darf ich dir Freddy vorstellen, meinen Freund aus Jugendtagen?« Und zu Freddy gewandt: »Freddy, das ist Ulf, mein Mann.«

Sigmar hatte das Gefühl, dass die Art, wie sich die beiden zunickten, etwas frostig ausfiel, aber er konnte es nicht ändern. Schließlich hatte er auch Freunde gehabt, bevor er Ulf kennengelernt hatte.

»Wir sehen uns heute beim Dünensingen, oder? Ich muss weitermachen. Die Ware wartet nicht«, sagte Freddy knapp.

»Ich bin dabei.« Sigmar hatte das Gefühl, als ob Freddy sehr plötzlich die Lust auf ein Gespräch verloren hatte. Aber egal. Er ging zurück zur Kasse, nahm eine *Nord-WestZeitung* aus dem Rundständer und bezahlte. Draußen faltete er das Papier und schob es in seine Jackentasche.

»Wenn du sie online lesen würdest, brauchtest du sie jetzt nicht mit dir herumschleppen«, hörte er Ulfs Stimme neben sich.

»Nicht schon wieder dieses Thema, bitte«, sagte er freundlich. »Das hatten wir schon so oft. Ich brauche etwas in der Hand beim Lesen, das weißt du. Aber jetzt etwas anderes – gehen wir zum Strand?«

»Bin dabei.« Ulf bog rechts ab, zügig unter der weißen Brücke durch und am Tennisplatz vorbei.

»Hallo, warte. So schnell bin ich nicht«, prustete Sigmar hinter ihm her.

Ulf bremste. »Du solltest mehr für deine Gesundheit tun. Es könnte dein Leben verlängern.«

»Sport ist einfach nicht meine Welt. War es nie«, antwortete er und wischte sich den Schweiß aus der Stirn. »Aber ein langes Leben ist nicht zu verachten. Ich werde darüber nachdenken.«

»Aber möglichst bald, ehe es zu spät ist«, forderte Ulf ihn auf und wurde wieder schneller.

Sigmar versuchte, ihm zu folgen. Am Strandaufgang hatte er ihn eingeholt und klopfte ihm auf die Schulter. »Sollen wir den Spaziergang durch den Sand gemütlich zu zweit gehen?« Er zog seine Schuhe aus und krempelte die Hose hoch. »Oder willst du allein dein Tempo machen? Ich möchte die Natur und alles um mich herum genießen und mich zurückversetzen in das wunderbare Jahr 1977. Ich erinnere mich genau – das Wichtigste war der

Strandburgenwettbewerb. Die Väter schleppten unzählige Gießkannen voll Wasser an, um das Kunstwerk zu befestigen. Die Schaufeln konnte man bei *Stadtlander* ausleihen und Plättbretter kaufen. Eine echt geniale Zeit damals. Jede Familie wollte die schönste Burg vorweisen können, wenn das Sandburgenkomitee am Strand herumlief, um die künstlerisch beste auszuwählen. Und wehe, wenn eines der Kinder beim Toben aus Versehen der Burg zu nahe kam und womöglich auf den Seehund trat, der mit Muscheln auf der Burg verewigt war, dann konnte schon mal der Burgsegen schief hängen.«

Ulf blieb stehen. »Ich glaube, ich muss deine Erinnerung ein wenig relativieren. Vergiss nicht, dass im gleichen Jahr nicht nur Elvis gestorben ist, sondern auch der Bankier Jürgen Ponto von der *Roten Armee Fraktion* ermordet und der Arbeitgeberpräsident Hanns Martin Schleyer entführt wurde. Drei Polizisten und der Fahrer ließen während der Aktion ihr Leben. Im Herbst wurde dann die Boeing 737 in Mogadischu nach fünftägigem Irrflug gestürmt. Herr Schleyer hat, wie wir wissen, seine Entführung auch nicht überlebt.«

»Aber – aber was hat das denn mit dem Baltrumer Strandleben zu tun?« Sigmar starrte seinen Mann fassungslos an.

»Ach ja, nicht zu vergessen Generalbundesanwalt Sigmar Buback und seine zwei Fahrer. Auch sie erlebten das Ende dieses *wunderbaren Jahres* nicht«, fuhr Ulf fort, ohne auf Sigmars Einwand zu achten. Doch dann zeigte er mit dem Arm in die Runde. »Aber sonst ist es wirklich nett hier.«

»Hältst du jetzt endlich die Klappe? Ich möchte wissen, was du hier für ein Bohei machst. Es fehlt nur noch, dass du mir erzählst, dass das ZDF in diesem Jahr die letzte Folge von *Bonanza* ausgestrahlt hat! Wenn es dir nicht gefällt, dann hau ab. Heute fährt sicher ein Schiff, das dich ans Festland bringt. Ich habe die Schnauze voll.«

Jetzt war es Ulf, der ihn unsicher anschaute. So etwas kannte er nicht. Sigmar hatte, soweit er sich zurückerinnerte, nie derart harsch mit Ulf geredet. Aber Sigmar hatte endgültig genug. Er wollte die Zeit auf der Insel genießen und nicht jedes Mal überlegen, was er von damals erzählen durfte oder nicht. Er hatte keine Ahnung, warum Ulf so genervt auf seine Erinnerungen reagierte. Er, Sigmar, hatte auch kein Problem damit gehabt, in Brake auf der Bank zu sitzen, die auf dem Spielplatz stand, auf dem Ulf als Kind bereits seine Zeit mit Rutschen und Schaukeln verbracht hatte. Zumindest hatte Ulf behauptet, dass es immer noch die gleiche Bank war. Sie hatten viele Abende damit verbracht, Fotoalben aus ihrer Kindheit und Jugendzeit anzusehen. Er hatte Ulfs Eltern zugehört, wenn sie von früher erzählten. Also warum wollte Ulf nichts von seiner Zeit auf Baltrum wissen? Er wusste es nicht, aber es war ihm langsam auch egal.

»Tut mir leid. Ich wollte deine rosigen Retrospektiven nicht kaputtmachen. Komm, lass uns weitergehen. Ich verspreche dir, lieb zu sein.« Ulf hakte ihn ein und schob ihn fast weiter.

»Meine was?«

»Deine wohligen Rückblicke auf die schönste Zeit deines Lebens.«

Wie sollte er damit umgehen? Ulfs Entschuldigung hatte sich eher mau angehört, und eine Erklärung, warum er so biestig auf beinahe alles hier reagierte, war es schon gar nicht. Aber Ulf hatte recht. Warum sollten sie sich streiten? Sigmar steckte seine Socken in die Hosentasche, knotete die Riemen seiner Sandalen aneinander und legte die Schuhe über seine Schulter. Sie gingen schweigend bis zum Badestrand, dann rechts ab, dorthin, wo keine Strandkörbe mehr standen und nur wenige Menschen zu sehen waren. Es tat gut, den warmen Sand unter den Füßen zu spüren.

## 18

»Ich geh surfen.«

Meta Paulsen hatte nicht einmal Zeit, eine Antwort zu geben, schon war Johannes verschwunden. Er hatte schon morgens nach einem späten Frühstück sein Surfbrett aus dem Keller geholt und auf die kleine Wippe geladen. Sie würden ihn wohl den ganzen Tag nicht wiedersehen. Änne war bereits zum Hafen gefahren, um Gäste zu verabschieden. Also blieb ihr nichts anderes übrig, als selbst den Tisch abzuräumen. Sie hatten Kartoffelpuffer gegessen. Das selbstgemachte Apfelmus mit den ersten Äpfeln aus dem eigenen Garten hatte wunderbar geschmeckt. Zumindest ihr und Johannes. Änne hatte immer wieder säuerlich den Mund verzogen und war schließlich aufgestanden, um sich den Zuckertopf zu holen. Meta hatte es nicht kommentiert. Sollte doch jede so viel Süßes essen, wie sie mochte. Sie stellte Teller, Bestecke und Töpfe in die Spülmaschine, dann ging sie in die Galerie. In einer Stunde würde sie wieder öffnen. Es sah etwas kärglich aus ohne die Bilder von Peter Wurzellage. Von den Bildern, die sie von anderen Künstlern liegen und dann ausgestellt hatte, waren in den letzten zwei Tagen erstaunlich viele verkauft worden.

Wurzellages Bilder hatte sie verpackt und ins Büro gestellt. Michael Röder hatte erlaubt, dass sie den Raum, in dem der Mann umgekommen war, wieder betreten durfte. Von der Tochter, die angeblich existierte, hatte sie bisher nichts gehört. Aber das würde sich bestimmt in Kürze klären. Sie konnte sich nicht vorstellen, dass die Frau nicht an den Werken ihres Vaters interessiert war. Sei es, weil die Bilder bestimmt gutes Geld brachten, oder weil sie sie als Erinnerung an ihren Vater behalten wollte.

In einer Ecke der Galerie lag Sand. Da war wohl jemand direkt vom Strand zur Kultur gewechselt. Unter der Treppe, die vom Flur aus ins obere Stockwerk führte, hatten ihre Eltern bereits vor vielen Jahren von einem Tischler einen kleinen Raum einbauen lassen, in dem sie seitdem ihre Reinigungsmittel verstaute. Sie öffnete die Tür und griff nach dem Besen, der neben dem Schrubber und dem Teppichklopfer hing. Den Klopfer hatte sie ewig nicht mehr gebraucht. Er hing dort wohl nur, weil es bei ihren Eltern auch schon so gewesen war. Nun noch Handfeger und Schaufel. Sie fasste dorthin, wo sie immer lagen, doch da war nichts. Nur dass sie ihren Zeigefinger an etwas Festem stieß. Noch einmal griff sie zu, aber das Ergebnis war das Gleiche. Diesmal erwischte es ihren Mittelfinger. Was konnte das sein? Dumm, dass ihre Eltern damals keine Elektroleitung in den Abstellraum hatten legen lassen. Sie kniete sich hin und suchte. Dann fanden ihre Hände etwas Kaltes, Festes. Es hatte ordentlich Gewicht. Sie zog es näher zu sich und hob es auf. Es war ein Bär aus schwarzem Stein. Wie um alles in der Welt kam der hierhin? Sie stand auf und ging mit dem Teil in die Galerie. Dort war das Licht besser. Sie drehte den Bären hin und her und fand auf der Unterseite eine schwache Signatur. P.W. Peter Wurzellage? Das konnte nicht sein. Der Künstler hatte ihr nie erzählt, dass er auch Skulpturen anfertigte. Geschweige denn, dass er eine mitgebracht hätte. Und wenn doch, warum sollte er sie hier im Dunklen aufbewahren? Der Mann hätte nicht einmal gewusst, wo die Kammer war. Sie erschrak. Der nächste Gedanke war unangenehm. Denn ihr wurde klar, dass außer ihr nur Änne und Johannes von dem Raum wussten. Alles andere musste reiner Zufall sein. Sie erinnerte sich, dass der Mitarbeiter der *EWE*, der einmal im Jahr den Strom ablas, nicht hatte kommen können und einen Vertreter geschickt hatte. Der hatte sich im Haus nicht ausgekannt, aber alles unternommen, dass sich dieser Zustand in kurzer Zeit änderte. Genau der hatte die Tür geöffnet und gleich wieder geschlossen. Aber sonst? Sie konnte sich keinen weiteren Versuch vorstellen. Zumindest wusste sie nichts davon. Sie stellte die Figur auf den Schreibtisch und stellte fest, dass sie dort perfekt hinpasste. Wenn also keiner Besitzansprüche anmeldete, ob sie dann einfach …?

Sie fegte den Sand zusammen und schloss auf. Es machte nichts, wenn es etwas früher war als üblich.

Es dauerte nur einen kleinen Moment, sie hatte gerade wieder Besen, Handfeger und Schaufel weggebracht, als der Hilfssheriff hereinkam und sie freundlich, aber knapp begrüßte.

»Was kann ich für Sie tun? Gibt es Neuigkeiten?«, fragte sie ihn, doch er schüttelte den Kopf.

»Nein. Nichts Neues. Ich habe nur ein Bild gesehen, dass seit heute Morgen bei Ihnen ausgestellt ist. Ich finde es sehr schön. Was kostet es?« Er deutete auf eine Wattenlandschaft, die eine Künstlerin aus Neuharlingersiel, der sie vor vier Wochen ihre Räumlichkeiten zur Verfügung gestellt hatte, als Dankeschön zurückgelassen hatte.

»300 Euro«, sagte Meta und deutete auf ein kleines Schild.

»Gut. Packen Sie es mir ein?« Daniel Gebert lächelte.

Wenn der junge Mann wüsste, wie gut er dabei aussieht, würde er das öfter tun, überlegte Meta. Aber vielleicht gehörte Lächeln nur zu dessen Freizeit. Während er seinen Job tat, gab es sicher nicht viel Grund dazu. »Kommen Sie mit ins Büro. Dort habe ich Papier«, sagte sie und wusste im gleichen Moment, dass das wohl keine gute Idee gewesen war. Schließlich hatte sie erst kurz vor dem Erscheinen des Mannes den Entschluss gefasst, darüber nachzudenken, die Skulptur einfach zu behalten, wenn sich kein Besitzer meldete. Auf der anderen Seite – warum sollte sich Gebert ausgerechnet für den Bären interessieren?

»Was ist das für eine Skulptur?«

»Ich, ich habe sie …« Egal. Sollte er die Wahrheit erfahren. Es nützte nichts. »Ik heb een Bessen unnert Öken weghalt. Und een Handbessen un een Schüpp. Düsse

Saken liggen jümmers unnert Leiwagen. Un doar heb ik dat funnen.« Erst am ratlosen Blick des Polizisten merkte Meta, dass sie in ihrer Aufregung in ihre Heimatsprache gefallen war. »Kommen Sie mit.« Sie zeigte Gebert den Raum, in dem sie die Skulptur gefunden hatte.

»Und Sie haben sie entdeckt und ins Büro gestellt?«

Sie nickte.

»So kann man Fingerabdrücke auch verwischen«, sagte er nur, ging zurück und nahm eine Plastiktüte aus der Uniformtasche. »Ich nehme den Bären zur Untersuchung mit. Wenn Sie jetzt das Bild zu Ende einpacken würden? Ach nein. Lassen Sie sich Zeit. Ich komme heute Nachmittag vorbei und hole es ab.«

»Aber warum nehmen Sie den Bären mit?«, fragte sie.

»Das ist ein Teil unserer Ermittlungen«, erwiderte Gebert. »Gibt es von Peter Wurzellage weitere Objekte?«

Aha. Er hatte also auch die eingeritzten Buchstaben an der Skulptur entdeckt. »Nein. Es sei denn, er, wenn er es denn war, hat weitere Kunstwerke bei uns versteckt, die wir bis jetzt nicht gefunden haben. Für die Ausstellung hat er uns Bilder mitgebracht, keine Skulpturen.«

»Da sind Sie ganz sicher?«

Langsam wurde Meta sauer. Alles klang so, als ob sie unter dringendem Verdacht stehen würde. »Ja. Ich habe nichts weiter gesehen und auch keine weiteren Tiere irgendwo in diesem Haus unter die Bettdecke geschoben! Aber Sie können gerne alles durchsuchen. Damit habe ich kein Problem!«

»Danke für das Angebot. Wir werden gegebenenfalls darauf zurückkommen«, sagte er und lächelte. Dann wurde der Polizist wieder ernst. »Sie verstehen doch, dass wir alles, was in Zusammenhang mit dem Tod des Mannes steht, genau untersuchen müssen, um herauszufinden, wie und warum er zu Tode gekommen und wer dafür verantwortlich ist. Es wäre fahrlässig, auch nur einen Weg nicht zu gehen. Und wenn hier plötzlich ein Kunstwerk steht, das vorher nicht da war, dann mache ich mir Gedanken. Es wäre leichtsinnig, es nicht zu tun. Und dass Sie uns nicht sofort von diesem Fund unterrichtet haben, gibt mir ebenfalls zu denken.«

Er hatte recht, dass musste sie zugeben. Aber sie konnte ihm einfach nicht weiterhelfen. Sie hatte keine Idee, wie der Bär in ihre Kammer gekommen war. »Es stimmt. Ich hätte es Ihnen sagen sollen. Aber ich habe ihn erst kurz vor Ihrem Eintreffen gefunden«, versuchte sie, sich zu rechtfertigen.

»Alles klar. Bis heute Nachmittag.« Daniel Gebert winkte knapp und verschwand.

Sie atmete tief durch. Das war es also mit ihrer neuen Errungenschaft. Gerade eine halbe Stunde lang hatte sie ihren Schreibtisch geziert. Jetzt blieb tatsächlich nur die Frage nach dem Wer und dem Warum.

Die Haustür klapperte. Änne war wohl zurück. Sollte sie sie fragen? Warum nicht, auch wenn sie sicher war, die Antwort zu kennen.

Genauso war es auch. Änne schaute sie ungläubig an, dann schüttelte sie den Kopf. »Von uns war das keiner, also muss er es wohl selbst vor seinem Tod getan haben.« Sie hängte den Fahrradschlüssel an den Haken. Sie gehörte zu den wenigen Insulanern, die ihr Rad immer und überall abschlossen, nachdem ihr vor Jahren ein Rad entwendet worden war. Es hatte am Hafen gestanden, während sie einen Tag am Festland verbracht hatte. Abends hatte sie damit nach Hause fahren wollen, aber es war nicht mehr aufzufinden gewesen. Erst ein paar Wochen später hatte der Ranger bei der Vogelzählung das Rad in den Dünen gefunden. »Die Gäste sind weg. Ich säubere das Zimmer. Morgen werden die nächsten da sein«, fügte sie hinzu, bevor sie mit schnellen Schritten die Treppe hinauf verschwand.

Meta war sich sicher, dass ihre Schwester eigentlich vor der Frage davongelaufen war, ob ihr Sohn in diese mysteriöse Sache verwickelt war.

# 19

»Was waren die Jungs gut.« Wohlig schloss Michael Röder seine Arme im Nacken. »Sie sollten viel öfter hier auftreten.«

»Am Freitag kannst du sie immerhin noch mal erleben. Das Festzelt wartet.« Auch Arndt Kleemann sah nicht so aus, als hätte er unbedingt Lust auf intensive Ermittlungsarbeiten. Als jedoch Daniel Gebert die kleine Wache betrat und einen Bären aus schwarzem Stein auf den Tisch legte, waren beide Kommissare hellwach. »Was hast du uns mitgebracht?«, fragte Röder erstaunt.

»Diese Skulptur hat Frau Paulsen in der Abstellkammer gefunden. Wir sollten Fingerabdrücke feststellen lassen, und schaut mal hier – da klebt etwas. Man kann es nur schwer erkennen durch die Tüte, aber es sieht mir beinahe aus wie ein Haar, oder?«

Röder und Arndt beugten sich über die Tüte mit dem Bären.

»Wäre möglich. Sie muss schnell rüber ans Festland. Wann geht die Fähre?« Ein Blick auf den Fahrplan zeigte dem Inselpolizisten, dass das Schiff vor 20 Minuten abgelegt hatte. »Ruf Tim Seebald an. Er ist nicht nur unser Totengräber, sondern auch Vormann der Rettungsgesellschaft. Und melde dich bei den Kollegen am Festland. Sie sollen einen Wagen nach Neßmersiel schicken. Das ist der schnellste Weg, um die Skulptur an Land zu bringen. Einen Hubschrauber wird man dafür nicht extra anfordern.«

»Das denke ich wohl, aber so reicht es zeitlich auch«, überlegte Arndt.

Röder packte die Skulptur in einen Karton und steckte ihn in eine feste Tasche. »Ich fahre schon mal los. Mach es dringend bei Tim. Er muss seine Toten vorübergehend allein lassen.«

»Die werden mit dem Warten kein Problem haben«, grinste Daniel. »Also mach dich auf den Weg.«

Genau das tat Röder. Am Hafen angekommen stieg er hinunter zum Anlegeplatz der *Elli Hofmann-Röser*. Er dachte an das Jahr zuvor. Da waren sie mit dem Schiff im Einsatz gewesen und hatten einen Kollegen gerettet.

»Hallo, Michael, was liegt an?« Auch Tim Seebald war da.

Röder erklärte ihm, was es mit der Tasche auf sich hatte.

»Gut. Wir warten auf den zweiten Mann, dann können wir los«, sagte Tim. Er zeigte zum *Verhungernix*. »Da kommt Bernd schon.«

Die drei gingen an Bord, Tim Seebald warf den Motor an, Bernd Bohlen löste das Tau und sie fuhren los. Das Wasser war ruhig. Es mutet an wie eine Ausflugsfahrt, dachte der Inselpolizist. Schön wäre es, nicht zum Festlandshafen, sondern vor die Insel zu fahren, dort den Anker zu werfen und den Oberkörper der Sonne entgegenzustrecken. Zwischendurch zum Abkühlen ein Bad in der Nordsee, ein prächtiger und zugleich unrealistischer Gedanke.

In Neßmersiel angekommen, sagte Tim: »Wir haben Glück. Die *Baltrum I* liegt noch am Kai. Sie fährt erst in einer Viertelstunde wieder los. Das schaffen wir vorher.« Er fuhr an dem großen Schiff vorbei und machte am Steg der DGzRS, der Deutschen Gesellschaft zur Rettung Schiffbrüchiger, fest.

Zu Röders Erstaunen war bereits ein Einsatzwagen vor Ort.

Zwei Kollegen standen am Steg und begrüßten sie. »Da staunt ihr, was?«

»In der Tat.« Röder stieg von Bord und übergab die Tasche.

»Wir hatten einen Unfall zu begutachten. Ein Trecker und ein Gast, der nach Baltrum wollte, sind hinter dem Deich zusammengestoßen. Es gab nur Blechschaden. Es hätte auch schlimmer ausgehen können, wenn der Trecker schneller gewesen wäre. Wir waren just fertig, als die Nachricht kam, dass ihr unsere Hilfe braucht.« Der Kollege stellte die Tasche in das Einsatzfahrzeug.

»Können wir dann wieder los?«, rief Tim. »Die Fähre wird gleich ablegen. Dann wird es eng im Hafenschlauch.«

So schnell wie möglich kletterte Röder wieder an Bord des Rettungsbootes. »Seid bedankt. Wo das Paket genau hinmuss …«

»Wissen wir. Kommt gut auf die Insel.« Die beiden winkten kurz und stiegen ins Auto.

Im gleichen Moment kam Bewegung in die *Elli.* Röder verlor kurz das Gleichgewicht und wäre beinahe über Bord gegangen, wenn nicht Bernds Arm in Griffweite gewesen wäre. Er krallte sich fest, was zur Folge hatte, dass auch Bernd gefährlich ins Schwanken geriet.

»Bist du verrückt?«, schrie er und umfasste die Reling.

Röder entschuldigte sich, als er sich einigermaßen gefangen hatte.

»Alles klar«, erwiderte Bernd Bohlen, »als Seenotretter muss man mit so was rechnen. Ich habe nur nicht geahnt, dass sich ein Polizist von solch einer kleinen Bootsbewegung umhauen lässt.«

»Ich übe meinen Job an Land aus, vergiss das nicht«, gab Röder zurück.

Sie verließen die Neßmersieler Hafeneinfahrt, und Tim Seebald zog die Geschwindigkeit ein wenig mehr an. Sie folgten der Fahrrinne zum Ostende Norderneys. Dort lagen wie immer Hunderte von Seehunden. Nur einen kurzen Moment später legten sie wieder auf Baltrum an.

»Danke, Jungs. Ihr habt uns sehr geholfen.« Röder kletterte von Bord.

»Aber du willst uns nicht erzählen, was in der Tasche war?«, fragte Tim.

Röder grinste. »Ein kleiner toter Bär.«

»Verulken können wir uns alleine.« Tim Seebald schüttelte den Kopf. »Komm du noch mal und frag um Hilfe.«

»Ich bin Ordnungshüter und würde nie lügen«, lachte Röder, ging zu seinem Rad und fuhr hinüber zum großen Anleger, um zu schauen, ob sein Freund Arndt schon da war. Es dauerte zwar noch eine Weile, bis die große Fähre mit Wiebke, Arndts Frau, darauf anlegte, aber vielleicht hatte Röder Glück. Einige Menschen warteten bereits auf die Fähre, die in der Ferne gerade aus der Hafeneinfahrt bog. Eine Kutsche kam an, um Gäste aufzunehmen, die den Weg zur Unterkunft nicht zu Fuß zurücklegen wollten, aber Arndt war weit und breit nicht zu sehen.

Er fuhr die Hafenstraße hoch, an der Inselglocke und der *Schatzinsel* vorbei und direkt zur Wache. Auch hier kein Arndt. Dafür saß Daniel am Schreibtisch und schaute ihn an, als ob er unbedingt etwas loswerden wollte.

Und genau so war es auch. »Morgen ist doch der Lampionumzug. Kommen da eigentlich viele Menschen zusammen? Brauchen wir Verstärkung vom Festland? Muss so etwas angemeldet werden?«

Röder lachte. »Ich gehe von einem gemütlichen Beisammensein ohne Schlägerei aus. Lass die Leute über die Insel ziehen. Du kannst gerne Flagge zeigen, aber Hilfe vom Festland brauchen wir nicht.«

# 20

Antje Flegel wischte ein letztes Mal über den Tresen im *Haus des Gastes*. Die Bowle war bei den Gästen wunderbar angekommen. Vor einer Viertelstunde war ihre Mithelferin erschienen, hatte alle Bowle-Behälter auf die Wippe gepackt und sie zum *Hotel Sonnenstrand* gefahren. Auf Familie Ahlers war Verlass. Wenn man sie um etwas bat, machten sie vieles möglich. Vielleicht sollte man das Bowle-Ritual dauerhaft einführen, wenn eines der alten Stücke aus der Versenkung geholt wurde. Auch das Stück von August Hinrichs, *Wenn de Hahn kreiht*, war ein voller Erfolg gewesen. Die Schauspieler hatten das Stück Henry Vahl gewidmet, der im Jahr 1977 nach einem langen, erfolgreichen Bühnenleben beim Hamburger *Ohnsorg Theater* gestorben war. Mit kräftigem Beifall hatten sich die vielen Gäste bei den Baltrumer Darstellern für die großartige Aufführung bedankt.

Sie steckte die Putztücher in ihre Tasche. Sie würde sie zu Hause waschen. Das war schon immer so gewesen, seit sie an der Theke mithalf. Als sie die Halle verließ, sah sie eine Jacke an der Garderobe. Sie ließ sie dort, wollte aber beim Fundbüro Bescheid geben.

Eigentlich hatte sie keine Lust auf ihr Zuhause. Zumindest nicht auf Julian, der mit verkniffenem Gesicht auf dem Sofa rumhing. Nur wenn er sich unbeobachtet fühlte, schaute er aus wie immer und ließ der Fernbedienung keine Ruhe. Sie fragte sich, ob es eine Männerangewohnheit war, keinem Programm vor dem Umschalten länger als fünf Minuten Zeit zu schenken. Das einzig Gute an der Situation war, dass Julian schwieg, während er durch das Programm zappte.

Neben dem *Haus des Gastes* war das Zelt für den morgigen Tanzabend beinah fertig aufgebaut. Gerade trugen zwei Männer Bistrotische herein. Da wird bestimmt die Post abgehen, dachte sie, als sie ihr Rad bestieg. Die Gäste in den umstehenden Häusern würden die ganze Nacht kein Auge zubekommen. Da half nur mitfeiern.

»Hallo, Antje.«

Vor dem Bioladen sah sie Meta winken. Sie bremste.

»Wie wäre es mit einem Kaffee?«, fragte Meta und deutete auf den Laden. Antje nickte. »Gute Idee.« Etwas Besseres konnte ihr kaum passieren. So rückte ihre Heimkehr ein Stück weiter weg.

Im Laden sah sie Sandra Röder hinter der Theke stehen.

»Wir hätten gerne einen Kaffee«, sagte Antje.

»Dann setzt euch schon mal. Habt ihr einen besonderen Wunsch? Milchkaffee? Cappuccino?«

»Zwei Milchkaffee«, erwiderte Meta, ohne eine Antwort von Antje abzuwarten.

Ihr war es recht.

»Stück Kuchen? Apfel? Pflaume?«

Wieder war Meta schneller und schüttelte den Kopf. »Kaffee reicht. Wir setzen uns schon mal.«

In einer Ecke des Ladens hatten Sandra und ihre Freundin eine kleine Sitzecke eingerichtet. Schlicht und einfach, zwei Sitzbänke, die fast so aussahen wie die, auf denen sie in der Schule gesessen hatten, und ein kleiner Tisch, aber sehr gemütlich und ein wenig abseits, sodass nicht alle Kunden ihr Gespräch mitbekamen.

»Hast du deine Galerie geschlossen?«, begann Antje das Gespräch, nachdem auch Meta sich gesetzt hatte.

»Für ein Stündchen habe ich Änne die Aufsicht überlassen. Sie macht das nicht zum ersten Mal, wie du dir denken kannst. Sie hat zwar wenig Ahnung von den Bildern, doch es nützte nichts – ich musste mal raus. Und da ich auch etwas einzukaufen habe, habe ich in den sauren Apfel gebissen. Und du? Bist du vor deinem Mann geflohen?«

Antje lachte. »Man könnte es meinen.« Sie erzählte, warum sie unterwegs war und dass der Abend zuvor ein voller Erfolg gewesen war. »Es ist schön, zwischendurch mal was Positives zu erleben«, schloss sie ihren Bericht.

»Das ist ein guter Satz.« Sandra brachte den Kaffee und stellte die Tassen vor ihnen ab. Dann verschwand sie wieder hinter der Theke, da ein Kunde hereingekommen war.

»Das ist wohl wahr«, bestätigte auch Meta. »Bei uns ist ebenfalls nicht gerade Stimmung angesagt. Änne läuft den ganzen Tag mit gewollt strahlendem Lächeln herum und umsorgt Johannes von vorne bis hinten. Dem geht das an die Nerven, und er haut schon morgens ab zum Strand. Das wiederum macht seine Mutter traurig, und sie lächelt noch versteinerter. Ständig nennt sie ihren Sohn ›mein Liebling‹.«

»Warum ist Johannes dann hier? Er wohnt doch am Festland«, wunderte sich Antje.

»Er hat Urlaub, und sein großes Hobby ist surfen. Außerdem wollte er wohl mit seiner Diskoidee vorankommen. Aber davon redet er im Moment nicht mehr. Ich weiß nicht, ob er sie aufgegeben hat, nachdem er mit Karsten Wendler gesprochen hat. Du weißt, ich liebe meinen Neffen. Auch wenn er in seinem Leben schon viel Blödsinn gemacht hat. Aber da ist noch etwas …« Meta senkte ihre Stimme zu einem Flüstern. Dann erzählte sie von dem Bären aus Stein, den sie morgens gefunden hatte. »Der Polizist hat ihn mitgenommen, und nun habe ich Angst, richtige Angst, dass Johannes den Bären in die Öken gelegt hat, verstehst du? Dass es mit ihm durchgegangen ist. Warum auch immer.« Jetzt weinte Meta.

Antje zog ein Taschentuch heraus und schob es zu ihr herüber.

Und als hätte Metas Schluchzen nicht gereicht, öffnete sich die Tür des Ladens, ein Paar trat ein und wurde von Sandra fröhlich begrüßt. »Wiebke, Arndt, schön, dass ihr da seid. Meine Freundin kommt gleich, dann können wir Pläne machen.«

»Oh Gott, der Kommissar.« Jetzt überkam Meta ein kräftiger Husten. Zwischendurch holte sie tief Luft. »Der, der hat mir gerade noch gefehlt.«

»Beruhige dich. Er ist nicht unseretwegen hier«, versuchte Antje, Meta zu trösten, doch sie merkte, dass auch ihr nicht wohl war. Nicht unbedingt, weil sie eine Befragung fürchtete, sondern weil ihr mit aller Macht bewusst wurde, dass wieder einmal ein schwarzer Schatten auf dieser Insel lag. Und sie steckte mittendrin. Nicht nur Johannes konnte den Künstler auf dem Gewissen haben, sondern jeder, der sich an dem Morgen auf der Insel befunden hatte. Und die Menschen, die leicht aufbrausten und immerzu ihren Weg für den richtigen hielten, standen ganz vorne auf der Verdachtsliste. Sie weigerte sich, Julians Namen zu denken, aber es gelang ihr nicht so richtig. Als sie ihn geheiratet hatte, war er ein lieber Kerl gewesen. Zumindest hatte sie es so empfunden. Sonst hätte sie den Schritt nicht gemacht. Auch wenn ihre Mutter sie damals schon gewarnt hatte, das aber hatte sie mit einem Schulterzucken abgetan.

Im Laufe der Jahre war Julian immer biestiger geworden. Neuerungen kamen für ihn nicht infrage. Seien es Ideen zur Inselentwicklung oder einer neue Tapete in ihrem Haus. Es hatte zäher Verhandlungen ihrerseits bedurft, dass sie die Zimmer auf den neuesten Stand bringen durfte. Nur die zurückgehenden Gästezahlen und einige kritische Bemerkungen im Gästebuch hatten ihn überzeugen können. Der Flur war im nächsten Herbst dran. Aber auch dafür hatte sie ein Jahr lang Überzeugungsarbeit leisten müssen, und das, obwohl es eigentlich ihr Haus war. Aber dieses Thema hatte sie nur ein einziges Mal erwähnt, dann war 14 Tage Funkstille gewesen. Wieder stieg Ärger in ihr auf, wie jedes Mal, wenn sie über ihre Rolle in diesem Spiel nachdachte. Warum steckte sie immer zurück? Sie konnte es sich nicht erklären, hielt sich doch eigentlich für selbstbewusst und über den Dingen stehend. Aber ihrem Mann, der jaulend auf dem Sofa lag, hatte sie diese Seite an sich bisher nicht gezeigt. Wieder einmal nahm sie sich vor, das zu ändern. Und zwar sehr bald. Gleichzeitig wusste sie, dass *sehr bald* durchaus noch einige Zeit dauern konnte. Zu oft hatte sie sich diese Maßnahme bereits vorgenommen und jedes Mal hatte sie sie verschoben. Warum auch immer. Vielleicht weil ihr klar war, dass Julian doch eigentlich kein schlechter Mensch war, es nur nicht so richtig zeigen konnte. Zumindest bildete sie sich das in den nötigen Momenten gerne ein.

»Antje, ich habe eine Idee«, schnuffelte Meta mit einem scheuen Blick auf den Kommissar. »Wir müssen etwas tun.«

»Und was?«

»Wir müssen herausfinden, ob Johannes etwas mit diesen Dingen zu tun hat. Wie nennt man das? Ermitteln.

Genau. Ermitteln. Damit wir unsere Ruhe haben. Egal, wie es ausgeht, ich will Gewissheit!«

Ungläubig schaute Antje ihre Freundin an. »Das meinst du jetzt nicht im Ernst, oder?« Sie deutete kurz auf den Mann, der sich mit Sandra unterhielt. »Dafür sind diese Leute zuständig. Stell dir vor, Johannes merkt was, und stell dir vor, dass ihm das gar nicht gefällt, was ist dann? Liegen wir dann auch tot irgendwo rum? Nein, meine Liebe. Wir sind hier nicht im Fernsehen. Das Ermitteln überlasse ich den Profis.«

»Na, wenn du meinst.« Meta schien nicht ganz überzeugt zu sein.

»Weißt du was? Heute Abend ist Dünensingen. Da gehen wir beide hin und singen laut und fröhlich mit. Was hältst du davon?«, versuchte Antje, Meta auf andere Gedanken zu bringen.

Ein wenig zweifelnd schaute Meta Antje an, dann stahl sich ein Lächeln in ihr Gesicht. »Das machen wir.«

»Gut, ich bezahle mal. Fühl dich eingeladen. Und deine Idee – vergiss es!« Antje sah, dass der Kommissar den Laden verließ. Sie nahm den letzten Schluck Kaffee aus der Tasse und stand auf. Meta folgte ihr. Antje mochte den Laden. Abgesehen davon, dass Obst und Gemüse immer wunderbar frisch waren, umgab sie hier das Gefühl von früher, wenn ihre Mutter sie zu *Feinkost Janßen* zum Einkaufen geschickt hatte. Hier wurde noch bedient, viele Sachen wie Nudeln, Reis oder Nüsse füllten Sandra und Eva direkt ab. Dazu kam dieser ursprüngliche Duft nach Kräutern, gemischt mit dem Aroma von frisch zubereitetem Kaffee, und das war es, was den Laden so gemütlich machte. Sie legte einen Schein auf die Theke, und Sandra gab ihr Kleingeld zurück.

»Wie geht es deinem Mann?«, fragte Sandra.

»Er liegt auf dem Sofa und leckt seine Wunden«, antwortete sie und fügte mit einem Lächeln hinzu: »Wie Männer eben so sind.« Sie wollte mit Blick auf Meta nicht näher auf seinen Zustand eingehen. Die Frau hatte genug unter ihrem Neffen zu leiden.

»Gute Besserung.« Sandra lächelte zurück und wandte sich einer Kundin zu, die unruhig von einem auf das andere Bein trat. Wahrscheinlich winkte der Strand bei dem herrlichen Wetter. Oder auch sie wollte den Beginn des Dünensingens hinter der katholischen Kirche nicht verpassen.

»Wir sehen uns später«, verabschiedete Antje sich von Meta und stieg wieder auf ihr Rad. Sie war gespannt, ob Julian in der Zwischenzeit aufgestanden war. Sie hatte ihn gebeten, nach dem Licht im ersten Kellerraum zu sehen. Es flackerte beim Einschalten, und das konnte sie gar nicht gebrauchen, wenn sie den Inhalt ihres Gefrierschrankes inspizierte. Zumal sie Sorge hatte, dass unter Umständen der Strom im ganzen Keller ausfallen könnte und somit ihre tiefgefrorenen Vorräte auftauen könnten. Ein Gedanke, den sie gar nicht mochte. Wohin dann mit den Brombeeren und Apfelstücken, die seit dem letzten Sommer auf die Verwertung für Marmelade und Kuchen warteten? Fisch und Fleisch würden eine längere Zeit bei Plusgraden auch nicht überstehen, und der Gefrierschrank in ihrer Küche war ebenfalls proppenvoll.

# 21

Natürlich. Er hatte es sich denken können. Ulf kochte wieder einmal sein eigenes Süppchen. Dünensingen wäre nichts für ihn, hatte er behauptet. Dabei kannte Sigmar Ulfs wunderbare Tenorstimme sehr gut. So hatten sie sich überhaupt kennengelernt. Sigmar hatte mit Freunden am Weserdeich gesessen, und nach ein paar Bierchen hatten sie rührseliger Stimmung ein Lied angestimmt. Ausgerechnet *Griechischer Wein* von Udo Jürgens. Es passte eigentlich nicht, genau so wenig wie ihre Stimmen. Da hatte sich Ulf eingeschaltet, der zufällig des Weges kam, und schon bald saßen sie atemlos zuhörend und klatschten begeistert.

Ulf hatte sich zu ihnen gesetzt, direkt neben ihn, Sigmar, und das war es gewesen. Ein halbes Jahr später waren sie verheiratet. Aber jetzt? Jetzt hatte sein Mann keinen Bock mehr auf Singen, und das zeigte eigentlich das ganze Dilemma ihrer Beziehung. Aber es war egal. Sigmar zog sich eine lange Hose an, nahm seine Jacke aus dem Schrank und ging los. Er war nur gespannt, ob Ulf in dieser Nacht wieder bei ihm schlafen würde.

Die Straßen waren voll. Ein Pferdefuhrwerk kam ihm entgegen, beladen mit Tiefkühlbehältern. Das Volk wollte versorgt werden. Er bog in die D-Straße ein, ließ das *Hotel Strandburg* hinter sich und bog bei der *Pension Seepferdchen* rechts ab. Einige der Häuser erkannte er wieder, doch es war in den vielen Jahren manches neue hinzugekommen. Das meiste passte architektonisch sehr gut in die Insellandschaft. In der Dünenmulde hinter der katholischen Kirche saßen bereits erste Gäste. Auch die drei von der Fähre hatten es sich schon auf einer Decke gemütlich gemacht. »Darf ich zu euch?«, fragte er, und alle nickten freundlich.

»Aber gerne«, sagte Magda. Und hielt ihm eine *Mundorgel* entgegen. »Ich habe vier gekauft, weil ich dachte, ein weiterer Freund käme mit. Wenn du möchtest …«

Gerne nahm er das kleine rote Heft und setzte sich zu den dreien. Noch war Zeit, so erzählten sie einander, wie sie die Tage verbracht hatten. Wobei Sigmars Bericht dürftig ausfiel. Aber was sollte er auch sagen? Dass sein Mann ins Nachbarzimmer gezogen war, weil sie sich nicht mehr verstanden, und er selbst unter Mordverdacht stand? Netterweise erwähnten die drei den Todesfall nicht, und er zeigte ebenfalls keinerlei Neigung, davon anzufangen. Stattdessen ging das Gespräch wieder, wie im *Strandcafé*, zurück in die Vergangenheit.

»Hat eigentlich Tante Anneliese beim Dünensingen mitgemacht? Du weißt, Tante Anneliese, die den Sport am Strand, sagen wir mal, erfunden hat?«, fragte Magda gerade, als Sigmar Freddy auf der Düne stehen sah. Er winkte ihm zu, und gleich darauf saß sein Freund aus alten Tagen neben ihm.

»Wir kennen uns«, sagte Hans, bevor Sigmar alle miteinander bekannt machen konnte. »Schließlich sind wir jedes Jahr hier. Aber nun schaut nach vorne. Da steht unser Musikmeister.«

Gunther Hanke begrüßte die inzwischen sehr große Runde und erzählte die Geschichte dieser, bei Gästen bis heute beliebten, Veranstaltung. Dann nahm er seine Gitarre und schlug ein paar Akkorde an. »Wir singen nun Lieder, die auch in den 70ern beliebt waren. Ihr kennt sie alle. Wir starten mit dem Baltrum-Lied.« Er begann: »An Baltrums Strande, im Dünensande …«, und alle stimmten ein.

Auch Sigmar sang aus voller Kehle. Es war so schön hier im Kreis netter Menschen. Freddy rückte ein wenig näher an ihn heran. Auch er genoss den späten Nachmittag, wenn Sigmar dessen fröhlichem Blick glauben durfte.

Das Einzige, was störte, war ein Schwarm von Mücken, der, plötzlich aufgetaucht, die Singenden umrundete. Immer wieder hörte er unrhythmisches Klatschen, wenn jemand versuchte, eines der Tiere zu erledigen. Dann erwischte es auch ihn. Er konnte gar nicht so schnell zuschlagen, wie das Biest auf der Suche nach Nahrung in seine Wange stach, was ihn kurzfristig aus dem Takt brachte. Er sah Blut auf der Hand. Sofort stand die Szene in der Galerie vor seinen Augen. Zumal ein paar Meter entfernt der Inselpolizist saß, wie er jetzt erst sah. Allerdings war der weniger mit Observation, als mit dem Absingen der Lieder beschäftigt, die der Mann mit der Gitarre vorgab. Auf der anderen Seite sah er Meta mit ihrer Schwester sitzen. Auch sie waren in die *Mundorgel* vertieft. Sigmar wischte die Hand an seiner Hose ab, was einen schmalen roten Streifen auf dem Grau hinterließ. Dann fiel er in den Gesang der anderen ein. Nach einer guten Stunde wurde das letzte Lied angekündigt.

»Wir sehen uns heute Abend bei *Wietjes*. Die Wahl der Miss Baltrum steht an. Vergessen Sie das nicht«, sagte Gunther Hanke und packte die Gitarre ein.

»Du wirst doch da sein?«, fragte Freddy.

»Klar. Wir können uns zusammen an einen Tisch setzen. Ich gehe gleich vorbei und reserviere die Plätze. Was haltet ihr davon?«, schlug Sigmar vor.

Magda und Hans nickten zustimmend, nur Bernd lehnte ab. »Das ist nicht so meins. Ich verbringe lieber einen ruhigen Abend am Dünenrand«, erklärte er.

»Gut. Ein Tisch für vier Personen. Bis dann«, verabschiedete sich Sigmar und überlegte, ob er nicht doch noch Ulf bitten sollte mitzukommen. Aber Freddy und Ulf an einem Tisch? Das konnte nicht gutgehen. Den Stress konnte er sich ersparen.

Bei der Rezeption des Hotels nahm eine nette Mitarbeiterin seinen Wunsch entgegen und schaute auf einen Plan. »Sie haben richtig Glück, Herr …«

»Benedikt. Sigmar Benedikt.«

»Einen Tisch haben wir. Dann ist der Saal voll. Man glaubt es nicht, wie das ankommt. Wir sollten diese Veranstaltung wieder fest in unser Repertoire aufnehmen. Ich muss mal mit meinem Chef darüber sprechen«, sagte sie lächelnd.

Er bedankte sich und schaute im Rausgehen auf die Uhr. Nur noch eine Stunde, dann begann die Party. Eigentlich kann ich gleich hierbleiben, dachte er, beschloss aber doch, sich frisch zu machen und zumindest eine neue Hose anzuziehen. Eine ohne einen roten Streifen.

Wie nicht anders erwartet, war Ulf nicht in der Pension. Zumindest nicht im gemeinsamen Zimmer, das er, so hatte Sigmar nach der zu zweit verbrachten Nacht gehofft, wieder bezogen hatte. Sollte er im Nebenzimmer klopfen? Nein. Anbiedern ging nur bis zu einem gewissen Punkt. Er steckte einen weiteren Schein in seine Geldbörse und verließ das Haus. Die Sonne lachte immer noch von einem wolkenfreien Himmel. Er machte Halt an der *Sonnenuntergangsbude*.

Er musste eine Weile warten, dann bestellte er eine Cola. Ein Bier wäre auch passend gewesen, aber der Abend war noch lang genug. Er setzte sich auf die Strandmauer und sah den Kindern zu, die im Sand spielten. Eine kleine Sehnsucht stieg in ihm auf. Gerne hätte er das Aufwachsen von Kindern begleitet, aber es hatte nicht sein sollen. Seine Arbeit, sein Hobby, das Fotografieren, da passten einfach keine Kinder rein. Und Ulfs Zeit war ebenfalls begrenzt. Sie hatten nie über die Möglichkeit einer Adoption gesprochen, zumal sie beide nicht mehr die Jüngsten bei ihrer Heirat waren. Und in der Zeit davor, als Alleinerziehender, das wäre erst recht nicht möglich gewesen. Nein, es war gut so, wie es war. Zumindest was den Kinderwunsch betraf.

»Hallo Sigmar, schon hier?« Freddy stand vor ihm, dann setzte er sich neben Sigmar. »Was ist mit deinem Mann?«

»Keine Ahnung. Er wollte wohl nicht«, erwiderte Sigmar kurz angebunden. Er hatte einfach keine Lust, darüber nachzudenken. Er legte den Arm um Freddy und sagte: »Genießen wir einfach diesen wunderbaren Abend. Schau, wie sich die Sonne in den Wellen spiegelt.«

»Schöner kann es auf der Welt kaum sein«, bestätigte Freddy. »Und wenn man dann mit dem Brett genau durch diese Wellen brettert, so wie ich früher, dann ist es noch schöner. Aber die Zeiten sind für mich vorbei. Meine Knochen wollen nicht mehr. Allerdings – abtanzen geht natürlich!«

Sigmar lachte. »Noch eine halbe Stunde, dann beginnt die Feier in dem Saal. Einen Tisch habe ich bestellt.«

»Das ist gut. Ich freue mich schon sehr darauf. Allerdings muss ich eben noch mal kurz weg. Ich bin ja nicht nur im *Inselmarkt* beschäftigt, sondern habe auch ein paar Kaninchen zu versorgen.« Freddy stand auf. »Denk dran, mir den Platz neben dir freizuhalten. Aber ich bin bestimmt rechtzeitig zurück.«

Sigmar blieb einen Moment sitzen, genoss die Sonne und das Schlagen der Wellen an die Strandmauer, dann suchte er sich seinen Platz im Saal. Er war nicht der Erste. Schon viele Tische waren besetzt. In der Rundung fand er den Tisch mit seinem Namenszettel darauf. Vier Plätze, wie bestellt. Er setzte sich mit dem Blick zur Bühne und winkte dem Ober.

»Was kann ich für Sie tun?«, fragte der junge Mann mit freundlichem Lächeln. Sigmar zögerte einen Moment. »Gibt es bei Ihnen eigentlich noch das Herrengedeck?« Er überlegte. »Was war es genau? Bier mit Schnaps oder Bier mit Sekt?«

»Sie können beides haben. Entweder Bier mit einem doppelten Korn oder mit einem Glas Sekt. Wir haben es extra für heute Abend auf der Karte.« Er zeigte auf die Speisekarte. »Da steht es. Auch das Damengedeck, Sekt mit Orangensaft, gehört dazu. Wie entscheiden Sie sich?«

»Bringen Sie mir ein Bier. Alles andere sehen wir später.«

Magda und Hans erschienen, gerade als der Ober das Getränk brachte, und bestellten ebenfalls. Nur Freddy fehlte, und Sigmar musste den freien Stuhl einige Male verteidigen. Freddys Kaninchen schienen ein größeres Problem zu haben, sonst wäre sein Freund bestimmt schon erschienen.

Als Gunther Hanke sich an das Mikrofon stellte, erstarben die Unterhaltungen. Alle hörten zu, wie er die Zeit der 70er wieder aufleben ließ. Einige Ältere nickten beständig. Sie hatten diese Zeit auf der Insel wohl miterlebt. Hanke stellte die Combo vor, die den Abend begleiten würde, und danach bat er die Damen zu sich, die sich zur Wahl stellen wollten. Mindestens zehn Frauen erhoben sich und stellten sich vor. Eine, die ihren Vortrag mit viel Humor gewürzt hatte, gefiel ihm besonders. Sie war nicht mehr jung, und auch die Modelmaße ließen zu wünschen übrig, aber das war egal. Auf dem Tisch lagen vier Zettel für die Abstimmung. Eigentlich konnte er seinen bereits ausfüllen, auch wenn die eine oder andere Dame sich bisher nicht zu Wort gemeldet hatte. Er wusste, wen er wählen würde. Auch Magda und Hans hatten ihren Zettel zu sich herangezogen, überlegten jedoch. Wahrscheinlich wollten sie gerechterweise den letzten Kandidatinnen eine Chance geben. Nur der vierte, Freddys, Zettel lag unangetastet auf dem Tisch. Sigmar schaute auf die Uhr. Schon 20.45 Uhr. Wo blieb der Mann?

Kurz darauf endete die Vorstellung, und Musik ertönte im Saal. Sigmar juckte es in den Beinen. Wie gerne hätte er jetzt getanzt. Magda und Hans waren schon beim ersten Takt aufgesprungen und hatten die Tanzfläche erobert. Nur er, Sigmar, saß allein. Er schaute nach dem Ober. Ihm war nach etwas Kräftigem. Er war froh, als die Musiker eine Pause machten und die beiden wieder zurück zum Tisch kamen. »Sagt mal, könnt ihr euch an den berühmten *Würgengel* erinnern?«, fragte er die beiden. Er dachte an das erste Mal, als er die Milchbar *Bei Charly* betreten hatte. Dort gab es *Würgengel*, einen Kräuterlikör, der so scharf war, dass einem die Tränen in die Augen traten. Bestellte man dann in seiner Not Wasser und wurde vor dem Nachspülen nicht gewarnt, machte es das Brennen im Hals nur schlimmer. Aber man war für die Zukunft gerüstet. Denn wenn man wusste, was dieser Likör auslöste, war es eigentlich gar nicht mehr so schlimm.

»Natürlich. Den trinken wir bis heute. Wir haben ihn sogar daheim. Und wenn wir von Baltrum schwelgen, nehmen wir einen. Aber nur einen. Als Erinnerung«, erzählte Hans. »Sollen wir mal fragen, ob es den hier gibt?«

»Gerne«, sagte Sigmar.

Sie hatten Glück. Der Ober versprach, in Kürze mit drei *Würgengeln* zurück zu sein, und es dauerte nur einen kurzen Moment, bis er die drei Pinnchen vor ihnen abstellte. »Auf Ihr Wohl«, sagte er, bevor er sich anderen Gästen zuwandte.

»Aber auch hier – einer reicht!«, prostete Hans den beiden zu und leerte das kleine Glas gekonnt.

Sigmar schluckte den Inhalt in einem Zug. Er konnte sich das Husten nur knapp verkneifen. Ruhig bleiben, es vergeht schon wieder, dachte er intensiv und krächzte: »Ist der lecker.«

Dann nahm Gunther Hanke seine Aufmerksamkeit wieder in Anspruch. Er bat die Damen erneut um eine zweite, kurze Vorstellung auf der Bühne und die Zuschauer um Abstimmung.

»Ihre ausgefüllten Zettel werden nun abgeholt und ausgewertet.« Er nahm seine Gitarre. »Heute beim Dünensingen haben wir geprobt, jetzt schaue ich mal, was Sie gelernt haben. Singen Sie mit mir das Baltrum-Lied«, forderte er die Gäste auf.

Sigmar stimmte mit ein. Dieses Lied hatte er in den paar Tagen schon so oft gehört, den Text kannte er mittlerweile wieder auswendig. Ein älterer Herr mit einem Eimer kam an den Tisch, und die drei warfen ihre Zettel ein. Sigmar schaute ihn aufmerksam an. Er hatte das Gefühl, als kannte er das Gesicht von früher, wenn auch die Jahre ihre Spuren hinterlassen hatten. Aber er hatte keine Lust nachzufragen. Ein weiteres Lied folgte, dann bestimmte die Band den Abend, und Sigmar blieb wieder einmal allein. Ob er

Freddy anrufen sollte? Er hatte ihm am Abend vor dem *Sturmeck* seine Nummer gegeben. »Für weiteren Kontakt«, hatte Freddy gesagt. Aber genaugenommen, was nützte es? Sein Freund hatte bestimmt einen wichtigen Grund, der Veranstaltung fernzubleiben. Nur – jetzt war es nicht zu spät, anzurufen. Sollte er? Nein. Freddy würde kommen, da war Sigmar sich sicher.

Doch auch, als feststand, welche der Frauen zur Miss Baltrum gewählt worden war, und dass es sich leider nicht um Sigmars Favoritin handelte, auch als er ein drittes Bier, Hans das zweite Herrengedeck und Magda Sekt und Orangensaft geleert hatte, war Freddy nicht aufgetaucht.

»Sigmar, du sitzt immer so allein. Twist ist cool. Erinnerst du dich, wie er geht? Komm wir tanzen«, forderte Magda ihn auf.

*Come on everybody, clap your hands …* Warum nicht. Hoffentlich machten seine Knie mit. Er folgte Magda, und schon bald vergaß er alles um sich herum. *Let's twist again, as we did last summer …* Der Saal tobte, und die Tanzfläche war im Nu proppenvoll. Er war ein Kind gewesen, als der Twist aufgekommen war. Einmal hatte er seine Eltern dabei beobachtet, wie sie die ersten Tanzversuche unternahmen. Sie drückten die Knie im Takt aneinander, dann warfen sie das abgeknickte Bein nach hinten und schaukelten mit den Armen. Und genau das tat er auch gerade. Erstaunlich, wie lange sich dieser Stimmungsmacher gehalten hatte. »Noch mal!«, schrie jemand, als der Twist zu Ende ging, und die Combo ließ es sich nicht nehmen, den Song aus den 60ern ein weiteres Mal anzustimmen. Danach nahmen sie sich die 70er vor. Vom *knallroten Gummiboot* bis zum *Bett im Kornfeld* – Sigmar kam an diesem Abend kaum zurück an den Tisch. Erst als sein Herzschlag nicht mehr zu überhören war und der Durst sich meldete, winkte er ab und torkelte beinahe zu seinem Bier.

»Na, du hast es ja ausgehalten. Ob mit oder ohne Frau – der König der Tanzfläche«, lachte Hans. »Der Ober war drei Mal da und fragte, ob wir etwas trinken wollen. Ich habe dir schon mal ein weiteres Bier mitbestellt.«

Eine gute Idee. Sigmar griff nach seinem Glas und leerte es in einem Zug. Dann ließ er sich auf den Stuhl fallen, nahm ein Taschentuch heraus und wischte sich den Schweiß von der Stirn. »Das war es dann«, keuchte er. »Ich bin damit durch.«

»Ach, ich dachte wir wollten jetzt erst richtig loslegen«, protestierte Magda. »Hör mal – *Sieben Fässer Wein*. Udo Jürgens müssen wir begleiten!«

Sigmar schüttelte müde den Kopf. »Ich kann nicht mehr. Zumindest nicht in der nächsten Viertelstunde. Jetzt hilft nur ein Bier.« Er nahm das nächste Glas, und auch das war schnell leer. »Nimm Hans mit. Ich brauche eine Pause.«

Die beiden verschwanden, und Sigmar atmete tief durch. Langsam beruhigte sich sein Herzschlag. Er schaute nach draußen. Es war dunkel geworden. Jetzt tauchte Freddy bestimmt nicht mehr auf. Schade, aber nicht zu ändern. Doch er gab zu, dass er die Zeit auf der Tanzfläche auch ohne ihn genossen hatte. Und weiter genießen würde. Noch war der Abend nicht zu Ende. Erst einmal musste er Ballast loswerden. Das durchgelaufene Bier meldete sich unnachgiebig. Er stand auf und drängelte sich an der vollbesetzten Theke vorbei zur Toilette. Für einen kurzen Moment überlegte er, ob es nicht besser war zu warten, bis Hans und Magda wieder am Tisch saßen. Falls Freddy doch auftauchte, aber es nützte nichts. Wollte er ein weiteres Bier trinken, musste er das andere wegbringen. An dem kleinen Tisch neben der Theke sah er Meta und Änne sitzen. Schnell schob er sich weiter. Seine Blase verweigerte einen Aufschub.

Doch als er zurückkam, begrüßte er die beiden Schwestern.

»Wir passen auf die Theke auf, damit du sie nicht wieder kaputtrandalierst wie damals«, rief Meta ihm glucksend zu, dann zeigte sie auf ihn und rief: »Der kannte früher keine Verwandten. Der wildeste Tänzer weit und breit.«

Ein paar Gesichter drehten sich zu ihm. »Das macht der heute noch. Eben auf der Tanzfläche war er nicht zu bremsen«, stimmte einer der Männer lauthals ein. »Da flogen die Kilos.«

Sigmar hatte das Gefühl, nur weg zu wollen. Tatsächlich hatte er dem Mann mit dem markanten Schnauzbart bei einer Diskofox-Drehung auf den Fuß getreten. Seine knappe Entschuldigung war wohl in der Musik untergegangen. Er antwortete nicht, drehte sich nur um und brachte Abstand zwischen sich und die offensichtlich schon ziemlich angeschickerten Leute. Zurück am Tisch winkte er dem Ober. »Zahlen bitte.«

Er legte die gewünschte Summe auf den Tisch, dazu ein ordentliches Trinkgeld, was ein freundliches Lächeln bei dem jungen Mann hervorrief. »Sie wollen wirklich gehen?«

»Zumindest habe ich schon mal bezahlt. Wann ich gehe? Mal sehen«, erwiderte er. Aber er war sich ziemlich sicher, dass er nicht mehr lange bleiben würde. Die Lust war ihm vergangen. Noch ein Bier, dann konnte er die Kopfschmerzen am nächsten Morgen erahnen. Und den Abend mit Cola zu beenden, dazu hatte er keine Lust. Darauf zu warten, dass Marga und Hans ihre Tänze beendeten, auch nicht. Plötzlich drängte es ihn an die frische Luft.

»Darf ich mir ganz kurz Ihren Kugelschreiber ausleihen?«

*Bin schon mal weg*, schrieb er auf einen Bierdeckel und *Viel Spaß noch*.

Gleich darauf stand er draußen und hörte die Musik nur leise durch ein geöffnetes Saalfenster. Sollte er den direkten Weg …? Nein, ein Umweg tat gut. Schlafen konnte er später.

## 22

»Ich habe das Gefühl, die beiden brüten was aus.« Sandra schnitt ihr Brötchen auf und strich Butter darauf. »So wie die ihre Köpfe zusammengesteckt hatten, das kam mir seltsam vor. Und als Arndt und Wiebke reinkamen, zuckte Antje zurück, als hätte sie ein Gespenst gesehen.«

»Du meinst, ich soll die beiden besuchen?« Auch der Inselpolizist griff nach einem Brötchen. Sie kamen frisch aus dem Backofen. Er konnte es kaum erwarten hineinzubeißen.

»Keine Ahnung«, erwiderte Sandra. »Auf der anderen Seite möchte ich nicht den Eindruck erwecken, dass ich meine Kunden belausche. Könnte schlecht für das Geschäft sein. Aber wachsam sein, das wäre sicher nicht schlecht. Hast du schon Nachricht vom Festland, was den Bären betrifft?«

»Nein. Aber Daniel ist dran. Wir treffen uns gleich in der Wache. Arndt kommt auch.«

»Du bist bemerkenswert fit«, grinste Sandra.

»Klar. Ich habe mich den ganzen Abend an alkoholfreiem Bier festgehalten, wie du weißt. Genau wie Arndt. Schließlich wartet die Arbeit, und wir sind noch kein Stück weiter«, sagte Michael. »Bis auf ein wenig Muskelkater in den Beinen fühle ich mich prächtig.«

»Na wunderbar. Dann geht es uns beiden gut. Ich mache gleich eine Runde mit Amir, dann fahre ich zum Laden. Heute Nachmittag habe ich frei. Da helfe ich beim Lampionumzug. Andrea Burgat war bei mir im Laden, und wir kamen ins Gespräch. Sie sagte so nebenbei, dass die Organisation dieser Woche sehr zeitaufwändig sei und dass sie für den heutigen Nachmittag einen ihrer Kollegen bitten müsste, zum Hafen zu fahren, um den Musikzug vom Schiff abzuholen und zum Marktplatz zu begleiten. Ich habe ihr daraufhin angeboten, das zu erledigen. Du erinnerst dich an den Dirigenten? Wolfram? Ich habe ihn mal bei dem Verkaufsseminar in Norden kennengelernt. So kann ich ihn gleich begrüßen. Ich bin gespannt, wie viele Gäste sich dem Rundgang anschließen. Ich habe gehört, dass ganz früher wohl 1000 Menschen mitliefen. So viele werden es heutzutage sicher nicht sein, aber wer weiß … Und heute Abend kannst du etwas gegen deinen Muskelkater tun. Tanztee im Festzelt. Mit unserer Lieblingsband.«

Michael Röder rieb sich den Oberschenkel. Vielleicht würde es helfen, seine verknoteten Muskeln zu lockern. Aber das wäre auch der letzte Tanzabend für diese Woche. Ganz sicher! »Natürlich gehen wir dort hin. Keine Frage«, versprach er großzügig.

»Und morgen? Nicht vergessen: ABBA-Abend im Zelt. Erst der Film, dann die Musik!«

Seine Frau gab einfach keine Ruhe. Wenn er nicht bald vom Küchentisch verschwand, würde sie ihm noch anstatt eines Urlaubs einen dreiwöchigen Tanzkurs am Festland andrehen wollen. Dabei wartete seine Vespa. Er sehnte sich nach ein paar ruhigen Tagen. Nur er und seine Maschine und die langen Straßen durch Ostfriesland.

»Michael, ich habe eine Bitte: Kannst du eine Flasche *Seehund männlich* und eine *weiblich* besorgen?«, fragte Sandra.

Erstaunt blickte er sie an. »Was willst du damit? Seit wann trinkst du Kräuterlikör?«

Sie lachte. »Nicht ich. In dem Haus, in dem unser Laden ist, wohnt eine Frau, die mir mit glänzenden Augen davon berichtete. Allerdings ist sie nicht mehr gut zu Fuß. Daher habe ich versprochen, ihr diese Flaschen zu besorgen. Aber es müssen die in der Seehundform sein.«

»Kein Problem. Da fahre ich gleich vorbei.« Er stand auf, wuschelte Amir durchs Fell und begann seinen Dienst. Ob er bei Daniels Frage nach Hilfe vom Festland in Bezug auf den Lampionumzug nicht doch etwas voreilig gewesen war? Sollten sich tatsächlich so viele Menschen dem Orchester anschließen, konnte immer etwas passieren. Vorsorglich nahm er Kontakt mit dem Rettungsdienst auf. Der Wachhabende war bereits informiert, verwies jedoch darauf, dass es durchaus etwas dauern könnte, sollten sich zwei Unfälle gleichzeitig ereignen, da auf der Insel bekanntlich nur ein Rettungswagen zur Verfügung stand. Dann sprach er mit Axel Meinders, dem Gemeindebrandmeister. Der sagte ebenfalls seine Hilfe zu, und so war Röder beruhigt. Was sollte auch passieren? Der Weg führte über gepflasterte Straßen, und die Eltern hatten sicher ein Auge auf ihren Nachwuchs. Eigentlich war ein Lampionumzug um 17 Uhr etwas blöd. Die Sonne würde nicht erlauben, dass man das Licht in den papierenen Lampen überhaupt sehen konnte. Denn so richtig dunkel wurde es erst zu einer Zeit, da die Kinder bereits in ihren Betten lagen. Die meisten jedenfalls. Außerdem musste das Orchester wieder zurück ans Festland, und das ging nun mal eben nur mit genügend Wasser unter dem Kiel.

Daniel kam herein, und Röder berichtete von seinen Telefonaten.

»Dann passt das. Ich werde vor Ort sein und die Lage beobachten«, sagte Daniel.

»Hast du denn auch einen Lampion?«, fragte Röder mit ernstem Gesicht.

»Ich habe ein Handy mit Taschenlampenfunktion. Darf ich das benutzen?«, fragte Daniel ebenso ernsthaft zurück.

»Auf gar keinen Fall«, erwiderte Röder nachdrücklich. »Wir halten uns an die 70er. Da gab es so etwas nicht.«

»Was gab es nicht?« Arndt kam herein.

Die beiden Kollegen lachten.

»Ach, das verstehst du nicht«, sagte Daniel. »Ist schon gut. Ich gehe an den Computer, wo ich hingehöre. Da kann ich wenigstens nichts verkehrt machen. Oder ist das in dieser Woche auch verboten und ich sollte lieber einen Brief an die Kollegen vom Festland schreiben, um zu erfragen, was es Neues gibt?«

»Also, Telefon, wenn auch mit Wählscheibe, und Funkgeräte gab es damals schon«, protestierte Röder. »Zumindest bin ich mir ziemlich sicher.« Er fragte seinen Freund Arndt, was bei ihm anliege.

»Ich warte ebenfalls kurz auf Neuigkeiten, dann rede ich mit dem Herrn Benedikt. Mal schauen, ob ihm in den letzten Tagen weitere Besonderheiten aufgefallen sind.«

»Gut. Ich muss kurz in den *Inselmarkt*, bin aber gleich wieder da.« Sollte er sein Rad nehmen? Bis zum Markt waren es zu Fuß nur fünf Minuten. Er beschloss, das Rad stehenzulassen. Auf dem Marktplatz war es ruhig. Das würde sich spätestens heute Nachmittag gewaltig ändern. Nur vor dem *Inselmarkt* war gut etwas los. Im Eingang der Backstube hatte sich eine Schlange gebildet. Er ging in den großen Laden und gleich weiter in die Spirituosenabteilung. Schon sah er die Flasche in Form eines Seehundes. *Seehund blau*. Aber wo war die andere? Die mit dem roten Schraubverschluss? Wenn er sich richtig erinnerte, war dieser Likör, der weibliche, milder als der andere. Aber er sah nur die blaue.

»Kann ich helfen?« Der Marktleiter stand mit einem Karton Wein im Arm neben ihm.

Röder berichtete von seinem Wunsch.

»Ich glaube, die Flasche mit dem roten Verschluss wird nicht mehr hergestellt. Das ist schade, ich werde öfter von alten Gästen danach gefragt. Genaues wüsste Freddy, also ich meine Herr Grothe. Der macht die Bestellungen bei Schnaps und Bier«, erklärte der Marktleiter.

»Und der ist nicht da?«, hakte Röder nach.

»Nein. Eigentlich hat er Dienst heute. Aber er ist bis jetzt nicht erschienen. Ich habe ihn schon angerufen, aber er geht nicht ans Telefon. Ziemlich seltsam. Er ist normalerweise der zuverlässigste von allen. Aber vielleicht hat er gestern Nacht zu lange gefeiert. Soll wohl mal vorkommen.«

Röder nahm eine der Flaschen aus dem Regal und ging zur Kasse. Dann gab es eben nur eine Sorte. Er bezahlte und fuhr zum Bioladen. Sandra stand am Regal mit den unverpackten Lebensmitteln und füllte Nüsse in eine Dose. Dann ließ sie Mehl in eine Papiertüte laufen und zum Schluss Reis in eine andere. Röder überlegte kurz, ob er die Flasche einfach auf die Theke stellen sollte, aber er entschied sich dagegen. Nicht dass die Kunden meinten, hier würden ihnen Waren verkauft, die eigentlich gar nicht aus biologischer Herstellung waren.

Es dauerte einen Moment, bis der Kunde bezahlt hatte, dann gab er Sandra die Flasche und erzählte, dass es wohl nur noch eine Sorte gab.

»Da wird die alte Dame traurig sein«, bedauerte sie. »Aber zumindest haben wir eine Flasche. Geld gibt es später.« Schon wandte sie sich wieder einem Gast zu, der nach frischem Lauch fragte.

Der Inselpolizist verließ den Laden und nahm sein Telefon raus. »Arndt, bist du bereits auf dem Weg zu Benedikt?«

Sein Freund verneinte.

»Dann warte. Ich komme mit.« Zügigen Schrittes ging er zurück zur Wache. Jetzt bedauerte er es beinahe, dass er sein Rad im Gartenhäuschen hatte stehen lassen.

Doch als er bei der Wache ankam, hatte Arndt es bereitgestellt. »Was gibt es, dass du mich begleiten willst?«, fragte er.

»Eine Sache, die mich nachdenken lässt. Benedikt hat angeblich den toten Wurzellage gefunden, ihn jedoch nicht umgebracht. Jetzt ist Friedhelm Grothe, auch Freddy genannt, nicht zur Arbeit im *Inselmarkt* erschienen. Und genau die beiden habe ich gestern eng beieinander sitzend beim Dünensingen gesehen.«

»Und gestern Abend im *Strandhotel*, ist dir da etwas aufgefallen?«, fragte Arndt.

»Da war Benedikt auch. Freddy habe ich nicht gesehen.«

»Na, dann wollen wir uns den Herrn zur Brust nehmen«, schlug Arndt vor. »Mal sehen, was der auszusagen hat.«

»Sollten wir nicht vorher bei Freddy vorbeischauen? Vielleicht liegt der in seligem Tiefschlaf und reagiert auf nichts«, überlegte Röder.

»Gute Idee. Ehe wir hier die Bären loslassen …«, sagte Arndt und stieg auf sein Rad. »Fahr du voraus. Du weißt, wo der Mann wohnt.«

Als sie beim *Strandgut*, dem Laden mit den ausgefallenen Erinnerungsstücken an den Inselurlaub, vorbeifuhren, fragte Röder: »Apropos Bären – hat sich etwas ergeben?«

»Bis jetzt nicht. Aber Daniel ist dran.« Arndt bremste scharf. Ein Mann, der einen Bollerwagen mit zwei Kindern darin hinter sich herzog, überquerte die Straße, ohne nach links oder rechts zu schauen.

Sie hielten vor dem Haus, in dem Friedhelm Grothe wohnte. Die Haustür stand offen. Röder und Arndt stiegen die Stufen hoch in den ersten Stock und klingelten, aber niemand öffnete.

»Hat Freddie Familie?«, fragte Arndt.

»Keine Ahnung«, sagte Röder. »Vielleicht am Festland. Hier kenne ich ihn nur alleinlebend. Und soweit ich weiß, war das schon immer so. Er ist nicht mehr jung und müsste eigentlich auch bald in Rente sein.« Noch einmal klingelten sie, doch wieder erfolglos.

Der Mieter im Erdgeschoss war zu Hause, doch auch er konnte nicht weiterhelfen. Ihm war angeblich nur eine Besonderheit aufgefallen: »Eines ist erstaunlich: Mein schwuler Mitbewohner hat gerne auch spätabends Musik an. Das hat mir gestern richtig gefehlt. Da war es bereits um 22 Uhr still im Haus«, erklärte er. ».Nur einmal hörte ich aus dem Treppenhaus ein paar Stimmen. Es ist ziemlich hellhörig. Ich bin dann früh schlafen gegangen. Sommernacht hin oder her. Warum wollen Sie das denn eigentlich wissen?«

»Nur so«, winkte Röder ab. »Wir haben eine Frage an ihn. Sollten Sie ihn sehen, möge er sich bitte bei uns melden.«

»Das werde ich ausrichten«, versprach der Mann.

»Was machen wir nun?«, fragte Arndt, als sie wieder ihre Räder bestiegen.

»Lass uns zu diesem Benedikt fahren«, schlug Röder vor. »Kann sein, dass der weiß, wo Grothe sich aufhält. Möglich ist auch, dass der Mann ans Festland gefahren ist und vergessen hat, seinem Arbeitgeber Bescheid zu sagen.«

Wieder auf der Straße deutete Arndt nach Westen. »Schau mal, da zieht ein Wetter auf.«

Röder folgte seinem Blick, und tatsächlich: Eine dunkle Wolkenwand schob sich heran. »Wir sollten uns beeilen«, bestätigte er. »Meine Regenjacke hängt im Schrank.«

»Und meine auf dem Bauernhof.« Arndt stieg auf sein Rad, und Röder versuchte, ihm zu folgen.

Die Sache mit Arndts Regenjacke war nicht neu. Er hatte sie vor Jahren einmal auf Baltrum gekauft und seitdem jedes Mal, wenn er die Insel besuchte, am Festland vergessen. Aber selbst Männer waren lernfähig, überlegte Röder. Irgendwann würde sein Freund es sich merken. Außerdem gab es hier jede Menge Ersatz zu kaufen.

Julian Flegel fegte die Treppe, und Röder hörte ein dumpfes Stöhnen. Er widerstand dem Impuls zu fragen, ob es ihm besser ginge, stattdessen erkundigte er sich nach Sigmar Benedikt.

»Ich glaube, er hat gerade gefrühstückt. Was ist denn nun schon wieder los? Könnt ihr die Gäste nicht mal in Ruhe lassen?«, brummte Flegel. »Die wollen hier nur ein paar fröhliche Tage verbringen. Mehr nicht.«

»Danke.« Die beiden schoben sich an dem Mann mit dem Besen vorbei ins Haus. Kräftiger Kaffeeduft versprach Gemütlichkeit, doch Arndt und Röder hatten zu tun. Der Frühstücksraum war leer, doch bevor sie Antje Flegel nach ihrem Gast fragen konnten, kam er die Treppe herunter.

Als er die beiden Ermittler sah, blieb er wie erstarrt stehen. »Wollen Sie zu mir?«

»Ja. Lassen Sie uns in den Frühstücksraum gehen. Da ist es ruhig«, bat Arndt den Mann.

»Worum geht es?«, fragte Benedikt mit leiser Stimme.

»Sie waren gestern mit Herrn Grothe beim Dünensingen?«

Sigmar Benedikt nickte. »Und mit drei anderen, die wir auf dem Schiff kennengelernt haben.«

»Erzählen Sie uns davon«, bat Röder.

Benedikt schaute den Inselpolzisten erstaunt an. »Wieso? Sie waren auch dort. Sie wissen, wie es abgelaufen ist. Hanke hat Gitarre gespielt, und wir haben gesungen. Dann haben wir uns getrennt. Mein Mann war übrigens nicht dabei, falls Sie danach fragen wollen. Der hat auf solche Veranstaltungen keine Lust. Er wollte in die Dünen. Sie können ihn aber auch direkt fragen. Er ist allerdings im Moment außer Haus.«

»Wo wohnen Ihre Bekannten hier?«, fragte Arndt Kleemann.

»Im *Haus Stranddistel.* Wohl seit Jahren schon.«

»Und dann? Wie ging der Abend dann weiter?«

»Ich bin zum *Hotel Wietjes*, habe einen Tisch reserviert und dann nach Hause, mich umziehen. Danach habe ich auf der Strandmauer gesessen. Mit Freddy. Der übrigens gestern Abend auch kommen wollte. Er ist jedoch nicht erschienen. So habe ich allein abgetanzt.«

»Und dann?«, fragte Arndt erneut.

Benedikt zitterte, und eine dicke Schweißperle lief an seinem rechten Auge vorbei. »Dann bin ich in die Pension zurückgegangen.«

»Sie haben also Herrn Grothe an diesem Abend nicht mehr gesehen?«

Benedikt schwieg und schüttelte nur leicht den Kopf.

»Haben Sie oder haben Sie nicht?« Die Stimme des Kommissars aus Aurich war eine Spur lauter geworden.

»Nein«, flüsterte Benedikt.

»Können das Ihre Bekannten bezeugen?«, fragte Röder.

Wieder schüttelte Benedikt den Kopf. »Ich bin allein aus dem Hotel raus. Hatte keine Lust mehr. Magda und Hans sind geblieben.«

»Haben Sie Herrn Grothes Handynummer?« Röder war gespannt auf die Antwort.

»Nein. Warum sollte ich? War es das jetzt?«

»Zunächst mal ja. Falls Ihnen doch einfällt, wo sich Herr Grothe aufhalten könnte, verständigen Sie uns.« Die beiden Ermittler standen auf. »Ich rate Ihnen dringend, die Insel nicht zu verlassen, bis wir das Okay geben«, sagte Arndt im Rausgehen.

Aus der Küche hörten sie Stimmen. »Komm, wir fragen Flegels, ob sie uns etwas berichten können«, sagte Röder und klopfte. Gleichzeitig mit einem »Herein« kam ein kurzes, aber freundliches »Wer nun wieder?« aus der Küche.

Julian Flegel saß auf der Küchenbank und schälte Kartoffeln, wie Röder überrascht feststellte. Nicht, dass er die Hobbys dieses Mannes genau kannte, aber wundern tat es ihn doch. Zumal der ein erstaunlich zufriedenes Gesicht dabei machte, zeigte sich doch sonst eher Griesgrämigkeit in seiner Miene. Antje Flegel saß neben ihm und klopfte ein paar Frikadellen flach.

»Kommen Sie rein. Was können wir für Sie tun?«, fragte Flegel.

Röder blieb vor Erstaunen kurzfristig stumm. Wer hatte den Mann um 180 Grad gewendet? Als sie ihn bei ihrer Ankunft auf der Treppe getroffen hatten, war er ganz der alte gewesen. Und nun das. Er sah ein leichtes Lächeln in Antjes Gesicht und ahnte, wer die Verursacherin war. »Eigentlich hatten wir nur ein paar Fragen an Herrn Benedikt. Aber wo wir schon da sind – ist euch etwas Besonderes aufgefallen in den letzten Tagen? Und – habt ihr Herrn Grothe gestern Abend irgendwo gesehen?«

Die beiden überlegten, dann sagte Julian Flegel: »Die beiden Männer, also der Benedikt und der Martens, streiten sich wohl mal. Der Martens hat zwischendurch sogar ein eigenes Zimmer bezogen. Freddy haben wir nicht gesehen.«

»Eigentlich wollten wir auch zur Misswahl, haben es uns aber anders überlegt«, bestätigte Antje. »Wir haben es uns zu Hause gemütlich gemacht. Auch das Dünensingen habe ich sausen lassen.«

Röder hätte zu gern gewusst, worin das Gemütliche

bestanden hatte. Hatte sich Antje ihren Mann so zur Brust genommen, dass ein völlig neuer Mensch entstanden war? Vielleicht erfuhr er es ja. Sandra ging mit Antje und anderen Insulanerinnen in den Wintermonaten regelmäßig boßeln, und während der Saison trafen sich die Damen wohl mal auf einen Plausch. Wenn zu viele Menschen unterwegs waren, ging das mit dem ostfriesischen Nationalsport einfach nicht. Denn dabei wurde eine Holzkugel die Straßen entlang geworfen, und das konnte zu Unfällen führen. Im Winter dagegen waren die Straßen weitgehend frei, und die Kugel konnte rollen.

»Haben Sie mitbekommen, weswegen die beiden Männer sich gestritten haben?«, fragte Kleemann.

»Nein, nicht direkt«, antwortete Flegel. »Einmal hörte ich wohl heraus, dass der Martens, das ist dieser Schlanke, ziemlich genervt war von Benedikts Begeisterung für die Insel. Martens kann damit, so glaube ich, gar nichts anfangen. Mehr weiß ich auch nicht.«

Die beiden Kommissare bedankten sich und fuhren zurück zur Wache.

Daniel erwartete sie bereits und winkte mit weißen Zetteln. »Ich habe es für euch ausgedruckt. Ist einfacher.«

Michael Röder las, was die Untersuchungsergebnisse letztendlich ergeben hatten. Danach war Peter Wurzellage tatsächlich an einem Herzinfarkt gestorben. Die Schürfwunde am Kopf und der Nasenbruch rührten von dem Sturz, nicht von einem Schlag. Also hatte Sigmar Benedikt die Wahrheit gesagt. An dem Bären waren kein Blut und kein Hautabrieb feststellbar gewesen. Allerdings fiel ihm eine Sache auf: Es gab Fingerabdrücke. Und zwar einige unbekannte, aber auch die von Ulf Martens. Wie das zusammenhing, sollten sie umgehend herausfinden.

»Na, wenn es ein Infarkt war, kann ich mich eigentlich auf den Heimweg begeben, oder?«, sagte Arndt, nachdem er den Bericht gelesen hatte. »Aber da mir weiterhin so Einiges kurios vorkommt und ich außerdem nicht abreisen kann, weil ich heute Abend mit meiner Frau zum Tanz verabredet bin, werden wir mit den Ermittlungen fortfahren, um die letzten Fragen auszuräumen. Michael, du erkundigst dich, ob Grothe wieder da ist. Nicht, dass wir uns mangelnde Sorgfalt nachsagen lassen müssen. Daniel und ich versuchen, Martens zu erwischen, dann fahren wir weiter zum *Haus Stranddistel.*«

Röder nickte. Eine gute Aufteilung. Er konnte auch Freddys Nachbarn befragen und im *Inselmarkt* nachhaken, ob der Spirituosenexperte dort wieder aufgetaucht war. Etwas fiel ihm ein. »Als ich Benedikt fragte, ob er Freddys Handynummer hat, hat er sehr abweisend reagiert. Dabei ist es doch in der heutigen Zeit eigentlich normal, Handynummern auszutauschen.«

»Wir werden es im Hinterkopf behalten. Aber warum sollte er es leugnen? Der kann doch nur froh sein, wenn sein Freund wieder auftaucht«, sagte Arndt.

»Nur nicht, wenn er ihn umgebracht hat.«

# 23

»Paulsen. *Galerie Eiland.*«

»Ich interessiere mich für den Bären, den Sie angeboten haben. Heike Blume ist mein Name. Ich bin Peter Wurzellages Tochter.«

Meta Paulsen war froh, dass sie bereits saß. Was hatte die Frau am anderen Ende der Leitung gerade gesagt?

»Frau Blume«, sie musste sich zusammennehmen, um nicht zu schreien, »Frau Blume, erst einmal – mein Beileid.«

Meta hörte ein knappes »Dankeschön«, dann fragte sie verblüfft: »Aber bitte, sagen Sie mir, wie kommen Sie auf den Bären?«

»Wie ich dazu komme? Ich bin bei eBay zu Hause. Immer auf der Suche nach Bildern meines Vaters. Er hat mir ja keine geben wollen, da habe ich sie eben gekauft. Und ganz zufällig bin ich dabei auf den Bären gestoßen. Den kannte ich übrigens. Ich habe ihn einmal während einem meiner seltenen, von ihm gestatteten Besuche, bei ihm auf der Kommode gesehen. Da bin ich mir sicher. Und jetzt kommt es: Ich war nach seiner Abreise in der Wohnung meines Vaters, und da war der Bär nicht mehr an seinem Platz. Also ging ich davon aus, dass er ihn mitgenommen hat. Warum auch immer. Und dass Sie gerade damit anfangen, mein Erbe zu verkaufen.«

Was war das für eine Geschichte? Heike Blume hatte die Skulptur bei eBay entdeckt? Aber wer sagte Meta denn, dass die Frau, die gerade ihr Erbe einforderte, wirklich die Tochter war? Und wer hatte den Bären dort eingestellt, wenn die Geschichte stimmte? »Frau Blume, ich habe die Skulptur nicht eingestellt und ich weiß auch nicht, wer das getan hat. Ich habe keinerlei Interesse daran, Ihr Erbe zu verkaufen. Die restlichen Bilder Ihres Vaters stehen bei mir. Aber das wird Ihnen die Polizei sicher mitgeteilt haben. Und der Bär liegt in der Asservatenkammer der Polizei. Das ist es, was ich Ihnen berichten kann.«

»Ich denke, ich werde spätestens morgen bei Ihnen eintreffen, um mir einen Überblick zu verschaffen«, erwiderte die Frau scharf.

»Das ist eine gute Idee. Ich werde die hiesige Polizei von Ihrem Erscheinen informieren«, sagte Meta und wartete auf eine Antwort. Doch die Frau hatte das Gespräch beendet.

Meta atmete tief durch. Es gab nur einen, der sich mit ihrem Laptop auskannte, und das war Johannes. Änne hatte in ihrem Leben nie so ein Ding angefasst. Sie sagte immer, zum Zimmer Putzen brauche sie Staubsauger, Wasser und frische Tücher. Was natürlich bedeutete, dass Änne ihr die Vermietung widerspruchslos übergeben hatte, seitdem Anfragen und Zusagen nicht mehr per Post erledigt wurden. Jetzt wünschte sie sich doch Antjes Hilfe. Allein sah sie sich machtlos einem großen Berg von Problemen gegenüber. Wenn sie Johannes auf die Sache ansprach, konnte der Schuss gewaltig nach hinten losgehen. Er würde die Insel verlassen und Änne nie wieder ein Wort mit ihr wechseln. Das konnte sie ihrer Schwester nicht zumuten.

Also was sollte sie tun? Wirklich die Polizei verständigen? Oder Heike Blumes Erscheinen abwarten? Das Telefon klingelte erneut. Sie wagte kaum, den Hörer hochzunehmen. Doch es nützte nichts. »Paulsen. *Galerie Eiland*.«

»Sigmar ist hier. Bist du zu Hause? Ist die Galerie offen?«, hörte sie ihren Bekannten.

»Ja. Was gibt es?«, fragte sie kurz angebunden. Sie hatte keine Lust auf Erinnerungen.

»Wir möchten ein Bild kaufen, aber uns das gute Stück erst in Ruhe ansehen. Bis gleich.«

Sie wusste nicht, ob sie sich freuen oder einfach nur in Ruhe gelassen werden wollte. Sie brauchte Hilfe und griff ein drittes Mal zum Telefon. Antje versprach, in einer halben Stunde bei ihr zu sein. Bis dahin war Sigmar bestimmt wieder gegangen.

Gleich darauf klingelte es an der Eingangstür, und Sigmar stand mit einem Mann im Raum. Ulf Martens, so stellte er ihn vor. Sie kannte ihn. Wo hatte sie ihn schon einmal gesehen?

»Das Bild da vorne.« Sigmar deutete auf eine Dünenlandschaft im Sonnenuntergang. Martens schaute es sich eine Weile an, dann zuckte er leicht mit den Schultern. »Wenn du meinst.«

»Nein, es soll dir gefallen. Ich möchte es dir schenken.«

»Dann wäre das andere schöner.« Martens zeigte auf eine Flusslandschaft, die bereits ein paar Monate ihres Lebens in Metas Vorrat verbracht hatte. »Wer hat das Bild gemalt?«

Meta erzählte von der Frau, die zu Beginn der Saison bei ihr ausgestellt hatte. Sie würde in den Herbstferien wiederkommen und hatte deswegen einige Bilder dagelassen.

»Gut. Wir nehmen es«, sagte Martens, ohne große Begeisterung zu zeigen. Auch Sigmar schien von der Auswahl seines Mannes nicht begeistert zu sein. Er hätte sicher lieber gesehen, wenn eine Erinnerung an seine geliebte Insel über dem Sofa gehangen hätte. Aber das war ihr egal. Sie nahm das Bild von der Staffelei und trug es ins Büro. »Ich packe es ein. Es dauert einen kleinen Moment.« Wieder ging ihr durch den Kopf, wo sie den Mann gesehen hatte. Aber es wollte ihr nicht einfallen. Sie nahm einen letzten Klebestreifen, dann brachte sie den beiden das Bild. Sigmar bezahlte, und sie machte keinen Versuch, sie zum Bleiben zu überreden.

Kurz darauf war Antje da. Sie schüttelte sich. »Es nieselt«, sagte sie. »Kein Strandwetter.«

»Hoffentlich kommen Sigmar und sein Mann mit dem Bild trocken nach Hause«, überlegte Meta. »Aber egal. Komm mit ins Büro. Ich muss dir etwas erzählen.«

Sie setzten sich in den kleinen Raum hinter dem Laden, wobei Antje sich unsicher umschaute. »Ist das der Raum, wo …?«, fragte sie.

»Ja. Aber ich kann ihn nicht deswegen den Rest meines Lebens verschließen. Die Polizei hat ihn freigegeben. Also nutze ich ihn auch. Allerdings habe ich gestern zwei neue Sitzgelegenheiten reingestellt.« Sie deutete auf zwei kleine bunte Sessel. »Nicht, dass du denkst, du musst auf dem Stuhl sitzen, auf dem Wurzellage gestorben ist.«

»Gut zu wissen.« Antje zog ihre Jacke aus, wobei viele kleine Tropfen im Raum herumwirbelten. »Entschuldigung«, stieß sie hervor, musste aber zugleich lachen.

Meta winkte ab. »Kein Problem. Dieser Raum hat schon Schlimmeres gesehen.« Sie schlug eine Hand vor den Mund. »Tut mir leid. Das wollte ich nicht sagen.«

»Schon gut. Erzähl mir lieber, warum du meine Hilfe brauchst.«

Meta berichtete von dem Telefonat, das sie erhalten hatte und nicht wusste, wie sie damit umgehen sollte.

»Sprich mit Michael«, schlug Antje vor, doch Meta winkte sofort ab.

»Ich warte ab, ob diese Frau morgen wirklich kommt. Wenn die sich Johannes vornehmen, wird es noch schlimmer.«

»Dann sprich du mit ihm. Es nützt nichts. Wenn du rausfinden willst, wer das ins Internet gestellt hat, musst du ihn fragen«, sagte Antje entschieden, dann zögerte sie. »Warte mal. Was sagtest du? Die Frau hat das Angebot bei eBay gesehen? Das schauen wir uns mal an. Ich bin gespannt, wer den Bären dort eingestellt hat. Hoffentlich ist er noch drin. Aber ehrlich gesagt, wie blöd ist das denn? Wenn Johannes den Bären verkloppen wollte, um sich das Geld einzustecken, hätte er ihn gar nicht erst in den Öken zwischenlagern dürfen, sondern hätte ihn sofort in seinem Rucksack verschwinden lassen müssen und ihn am Festland bei irgendeinem Kunstauktionator verscherbeln können. Dazu kommt, dass der Bär gar nicht mehr im Haus ist, sondern bei der Polizei. Was soll das Ganze also?«

»Ich habe keine Ahnung.« Meta saß zusammengesunken auf dem Sessel und fühlte sich rat- und kraftlos. Es nützte wohl nichts. Sie musste ihre Familie fragen, damit sie das Problem aus der Welt schaffen konnte. So war es eigentlich egal, wenn sie damit neue aufbauten. Antje hatte recht. »Und das von meinem PC aus. Das musst du dir mal vorstellen«, seufzte sie.

Antje lächelte. »So was geht auch mit dem Handy. Dazu braucht Johannes dieses Gerät gar nicht. Man wird dir nichts nachweisen können. Es sei denn, du hast den Bären bei eBay eingestellt.«

# 24

»Herr Martens, bitte erklären Sie uns, wie Ihre Fingerabdrücke auf die Skulptur kommen.« Arndt Kleemann und sein Kollege saßen im Garten von *Haus Emma*, nachdem sie Sigmar Benedikt davon hatten überzeugen können, dass seine Anwesenheit in diesem Moment nicht gebraucht wurde. Aber eigentlich, wenn Arndt es sich recht überlegte, war gar nicht so viel Überredungskunst nötig gewesen. Sie hatten die beiden tatsächlich in der Pension vorgefunden, wie sie sich, auf dem Treppenabsatz stehend, anschwiegen. Selbst das Erscheinen der beiden Ermittler hatte sie nicht aus ihrer Erstarrung reißen können. Erst als Daniel Gebert seine Stimme erhob, hatten Benedikt und Martens sich zu ihnen umgedreht, und Benedikt hatte mit genervter Stimme gerufen: »Was ist nun schon wieder? Sie waren doch gerade erst da!«

Arndt hatte die Frage überhört und Martens nach draußen gebeten.

Dort trafen sie auf Julian Flegel, der wieder einmal mit dem Säubern der kleinen Treppe beschäftigt war.

»Wo können wir uns in Ruhe unterhalten?«, fragte Arndt den Mann, der sie aufmerksam beobachtete.

»Rechts und gleich wieder rechts ums Haus herum. Da finden Sie einen Park mit Bank«, sagte Flegel und nahm sich die nächste Stufe vor.

Sie waren Flegels Rat gefolgt und fanden sich in einem der wohl gepflegtesten Stücke Gartenlandschaft wieder, die Arndt je gesehen hatte. Nur passte diese Parkanlage gar nicht auf die Insel, wie Arndt fand.

»Noch einmal: Wie kommen die Abdrücke Ihrer Finger auf den Bären?« wiederholte er seine Frage vom Anfang.

»Ich habe keine Idee, warum Sie sich dafür interessieren, ehrlich gesagt«, erwiderte Martens. Seine Stimme klang sicher, und er zeigte keinerlei Anzeichen von Nervosität.

»Waren Sie in der Galerie und haben den Bären vom Schreibtisch entfernt? Lebte der Künstler da noch?«, fragte Arndt.

»Künstler«, prustete Ulf Martens, »wenn ich das höre. Dieser alberne Provinzmaler. Der konnte nichts. Rein gar nichts. Nur Menschen bedrohen, darin war er Meister.«

»Was ist geschehen, als Sie in der Galerie waren? Sie waren doch da?«

Ulf Martens sprang auf, setzte sich jedoch gleich wieder, als Daniel Gebert einen Schritt auf ihn zu machte.

»Ja, ich war da und habe ihn zusammengeschissen. Ich habe ihm alles ins Gesicht geschrien, was mir seit seinem Auftritt Sigmar gegenüber auf der Seele gelegen hatte. Und ja, ich gebe zu, dass ich ihm Drohbriefe geschrieben habe. Aber Sie glauben nicht, wie ungleich besser es war, ihm meinen Hass persönlich zu überbringen. Ihm dabei zuzuschauen.«, rief Martens.

»Und dann?«, fragte Daniel.

Arndt schaute seinen Kollegen kurz an. Bitte ruhig sein, sollte es bedeuten, denn es war besser, Martens nicht zu unterbrechen.

»Und dann? Dann habe ich den Bären genommen. Ja, ich habe ihn genommen und war kurz davor, dem Mann damit eine überzuziehen, ja sogar seinen Tod in Kauf zu nehmen. Ich war so wütend. Aber ich habe es nicht getan.

Der Typ hatte, glaube ich, gemerkt, dass ich tierisch sauer war. Er war auf seinem Stuhl richtig klein geworden. So klein, wie ich ihn haben wollte. Da brauchte ich ihn nicht mehr zu töten. Die Lust dazu war mir vergangen. Ich habe den Bären wieder abgestellt und bin gegangen. Das war's.«

War es das wirklich? Wer aber hatte den Bären dann aus welchem Grund in der Besenkammer abgestellt? Arndt beschloss, als Nächstes mit dem jungen Paulsen zu sprechen, bevor sie zu Benedikts Bekannten fuhren. Wenn Grothe wieder aufgetaucht war, hatte sich die Nachfrage sowieso erledigt. Er nickte Daniel zu. Hier kamen sie im Moment nicht weiter. Nur eine Frage hätte er gerne beantwortet gehabt. »Wieso sind Sie mittags noch einmal zurückgekehrt?«

»Es war Zufall. Ich machte einen Spaziergang und sah Sigmar in der Galerie verschwinden. Ich bin ihm gefolgt und habe ihn dort gefunden, wie er über dem Toten kniete. Dann habe ich Sie angerufen, falls Sie sich erinnern.«

»Danke«, fuhr Daniel dazwischen. »Sie können sich Ihre dämlichen Einwürfe ersparen. Natürlich kann ich Sie auch in unsere Zelle mitnehmen. Da haben Sie Zeit und Muße, über Ihre Sprüche nachzudenken.«

Ulf Martens schaute den jungen Hilfssheriff an. »Es war nicht so gemeint. Aber Sie können mir glauben, dass es mir nicht den geringsten Spaß macht, mich auf dieser verdammten Insel aufzuhalten.«

»Warum sind Sie dann noch hier?«, fragte Daniel. »Es fahren täglich Schiffe.«

»Weil ich meine Ehe retten will«, erwiderte Ulf leise.

»Gut, abgesehen davon ist es auch unsere dringende Bitte an Sie, die Insel nicht zu verlassen, bis Sie von uns die Freigabe haben. Ihre Abreise würde Sie nur verdächtig machen«, sagte Daniel.

»Auch Sie sind nicht immer der Freundlichste, oder?« Ulf stand auf und verließ die Parkanlage ohne ein weiteres Wort.

»Du meinst, es hilft, wenn wir die Leute auffordern, die Insel nicht zu verlassen?«, fragte Arndt seinen Kollegen auf der Fahrt zur Galerie.

Daniel lachte trocken. »Natürlich können die gleich mit Rechtsbeihilfe drohen. Nach dem Motto: Wer verdächtig ist, wird eingesperrt, die anderen machen, was sie wollen. Aber einen Versuch ist es wert. Wenn sie mitmachen, haben wir sie wenigstens für weitere Befragungen vor Ort.«

Zu ihrer Überraschung sahen sie nicht nur Meta Paulsen, sondern auch Antje Flegel im Büro der Galerie über einen PC gebeugt.

»Wir möchten gerne ein paar Worte mit Johannes Paulsen, Ihrem Neffen, wechseln. Ist er da?«, fragte Arndt.

Die beiden Frauen schauten sich an und nickten einander zu. »Vorher müssen wir Ihnen etwas berichten«, sagte Meta Paulsen entschieden. »Setzen Sie sich.«

Die beiden Polizisten nahmen sich jeder einen Stuhl, wobei es Daniel offensichtlich ziemlich egal war, dass es für ihn genau der war, auf dem Wurzellage seine letzten Stunden verbracht hatte. »Was gibt es?«, fragte er.

Antje Flegel schob ihnen den PC rüber. »Jemand hat den Bären von Peter Wurzellage zum Verkauf angeboten. Hier sehen Sie: Artikelstandort – Baltrum. Verkäufer – Wuddel. Wir können uns keinen Reim darauf machen.«

Meta berichtete, dass die Tochter des Künstlers bei ihr angerufen habe, weil sie dachte, dass sie, Meta, den Nachlass ihres Vaters unters Volk bringen wollte. »Sie wird morgen hier erscheinen«, sprudelte es aus ihr heraus. »Dabei weiß ich gar nicht, ob es wirklich die Tochter war. Und was ist, wenn sie die Bilder alle mitnimmt? Kann doch sein, dass Wurzellage ein ganz anderes Testament hat. Die haben sich, glaube ich, gar nicht gut verstanden. Sie hat außerdem gesagt, dass sie nach dem Tod des Vaters in seiner Wohnung war. Wie kommt sie da rein? Da stimmt was nicht.« Meta atmete tief ein und wollte weiterreden, doch Arndt winkte ab. »Nun mal ganz langsam, Frau Paulsen. Wir fassen zusammen: Jemand hat den Bären, den Sie in Ihrer Kammer gefunden haben, bei eBay zum Verkauf angeboten. Es findet sich keine Uhrzeit, wann die Statuette eingestellt wurde. Wer hinter *Wuddel* steckt, wissen wir nicht. Was wir wissen, ist, dass der Bär morgens im Büro gestanden hat.«

»Morgens!« Meta Paulsen schrie beinahe auf. »Morgens! Genau! Jetzt weiß ich, woher ich Sigmars Mann kenne. Der war morgens hier, als ich Wurzellage den Laden überlassen habe und zum Fest des Heimatvereins gegangen bin. Genau da habe ich den Mann schon einmal gesehen. Sollte der etwa …?«

»Frau Paulsen, bitte überlassen Sie uns die Ermittlungen«, sagte der Kommissar aus Aurich energisch. »Wir werden alles zusammenfügen. Wenn Frau Blume kommt, schicken Sie sie bitte zunächst zu uns. Dann müssen Sie sich nicht mit ihr auseinandersetzen. Wir werden ihr klarmachen, wo der Weg langgeht. Können wir jetzt mit Ihrem Neffen sprechen?«

»Ich schaue, ob er noch da ist.«

Als Meta Paulsen den Raum verlassen hatte, sagte Antje Flegel: »Ich denke, sie wird allmählich vernünftig. Die hat so lange dem Jungen die Hand untern Hintern gehalten, aber nun ist Schluss. Selbst wenn sie sich dadurch mit ihrer Schwester entzweit. Die wird die übertriebene Liebe zu ihrem Sohn bestimmt nie aufgeben.«

»Der Aufstand der Geschlechter scheint voranzukommen.« Arndt konnte sich ein Lächeln nicht verkneifen. »So brav, wie auch Ihr Mann Kartoffeln geschält hat!«

Jetzt lachte auch Antje Flegel. »Ab und zu muss mal eine Abmahnung sein. In letzter Zeit häufiger. Allerdings habe ich ihm klargemacht, dass es keine weiteren geben wird. Dann folgt nur der Scheidungsanwalt.«

»Ich hoffe das Beste«, sagte Arndt.

»Ich auch«, erwiderte Frau Flegel. »Allerdings weiß ich bis jetzt nicht genau, was das Beste ist. Aber die Zeit wird es zeigen.« Sie stand auf. »Ich gehe mal lieber. In meinem Beisein bekommen Sie aus dem Jungen erst recht kein Wort heraus. Sagen Sie Meta, ich melde mich.«

Meta Paulsen kam nach ein paar Minuten jedoch allein wieder zurück. »Ich denke, er ist am Strand. Surfen. Ich bin sicher, dass Sie ihn dort finden werden.«

»Wir werden unser Glück versuchen. Von Frau Flegel sollen wir Ihnen ausrichten, dass sie sich bei Ihnen meldet.« Die beiden Ermittler verließen die Galerie und schnappten sich ihre Räder. »Was nun?«, fragte Daniel.

»Erst zu Eschbachs. Vielleicht wissen die, ob Wurzellage mal geäußert hat, dass er unter diesem Namen Dinge bei eBay einstellt. Und mit dem hoffentlich neu erworbenen Wissen fahren wir zum Strand.«

Sie trafen Familie Eschbach beim Fensterputzen an. Sie bestätigten erneut, dass sie den Bären kannten, doch keiner der beiden wusste, ob der Künstler seine Werke über das Internet verkaufte, geschweige denn, dass er unter dem Namen *Wuddel* unterwegs war. Es würde sie aber wundern, hatten sie lachend erklärt, wenn Wurzellage sich diesen lustigen Namen ausgesucht hätte. Dafür wäre er einfach nicht geschaffen gewesen.

Auf dem Weg zum Strand überlegte Arndt, ob sie mit dem Internetanbieter Kontakt aufnehmen sollten, um nähere Angaben zu bekommen. Er würde es von den nächsten Ermittlungen abhängig machen.

Sie stellten die Räder hinter dem *Strandcafé* ab. Das Wetter hatte sich gebessert, so hatte Arndt schnell das Gefühl, irgendwie falsch angezogen zu sein mit langer Hose und festen Schuhen. Auch Daniel schien in seiner Uniform zu schwitzen.

Arndt warf einen Blick über den Strand. In der Ferne waren Surfer und Kiter zu sehen, die über die recht kräftigen Wellen rauschten. Gut, Meta Paulsens Aussage, ihren Neffen hier zu finden, war in Ordnung, doch stellte sich der Kommissar aus Aurich die berechtigte Frage, wie sie den jungen Mann von seinem Surfbrett und aus dem Wasser bekamen. Dass sie selber rausfuhren, war aus mehreren Gründen natürlich unmöglich.

»Kann man hier irgendwo ein Brett leihen? Ich fahre dann raus und bringe den Knaben mit.«

Arndt schaute Daniel überrascht an. »Du kannst …?«

»Klar. Was meinst du, warum ich mich für den Posten auf dieser schönen kleinen Insel beworben habe? Arbeit? Okay. Aber surfen? Das ist das Größte. Ich konnte nicht ahnen, dass hier mysteriöse Dinge passieren und dass es mit der Freizeit und dem Surfen nicht so ganz funktioniert. Aber jetzt wäre doch eine wunderbare Gelegenheit, mein Hobby zu meinem Beruf zu machen. Da vorne steht ein Mann, den ich vorgestern kennengelernt habe. Der hat sein Brett immer dabei. Ich frage ihn.«

Ehe Arndt eine Antwort geben konnte, war Daniel den Holzsteg hinuntergelaufen und bog links ab direkt zu einem Strandkorb. Er folgte ihm und sah, wie Daniel seine Uniform auszog. Der Mann hat tatsächlich eine Badehose an, registrierte Arndt verblüfft. Jederzeit für alles gerüstet sein, so lernte man es auf der Polizeischule. Daniel nahm das Brett mit dem Segel und stapfte durch den Sand zur Wasserkante. Kurze Zeit später fuhr er auf den ersten Surfer zu, dann auf den nächsten.

Am Strand herrschte fröhliches Treiben. Das Lachen der Kinder, die den Rutschelefanten für sich entdeckt hatten, mischte sich mit dem Gesang der Gäste, die sich um die Musiker auf dem Sportpodest geschart hatten. Ob er morgen mit Wiebke wohl einen Tag hier verbringen konnte? Einfach alles hinter sich lassen und nur entspannen? Oben auf den Randdünen sah er *Willys Utkiek*, eine Plattform, von der man einen weiten Blick bis hin zur Hochseelinie hatte. Sein Lieblingsplatz auf der Insel. Dort hatte er zwei Jahre zuvor gesessen und festgestellt, dass die Arbeit ihn völlig fertigmachte. Er hatte sich für ein Jahr aus dem Polizeidienst verabschiedet und mit seiner Frau ihren heißgeliebten Biohof in der Krummhörn aufgebaut. Dann war er zurück in seinen alten Beruf gegangen. Doch er hatte sich fest vorgenommen, Auszeiten zu nehmen, und diesen Plan bis jetzt auch einigermaßen durchgehalten. Es war die richtige Entscheidung gewesen. Seine Arbeit machte ihm Spaß. Auch weil er wusste, dass, sollte es einmal nicht mehr so sein, er eben auf dem Biohof seinen Platz finden würde. Es war immer gut, eine Alternative zu haben.

Arndt ging hinüber zum Kiterstand. Vielleicht war Paulsen gar nicht auf dem Wasser, sondern machte es sich mit

Freunden am Strand gemütlich. Ihm war klar, dass es ein beinahe unmögliches Unterfangen war, ihn hier zu finden. Natürlich hätte er sich jeden Strandkorb vornehmen können, aber dann wäre er eine sehr lange Zeit beschäftigt gewesen. Für seinen Kollegen auf dem Wasser war es etwas einfacher, da nur wenige Menschen unterwegs waren, aber Arndt war sich gewiss, dass nicht nur der Arbeitseifer Daniel in die Wellen getrieben hatte. Er setzte sich in einen leeren Strandkorb, der neben der Kitebude stand. Natürlich war ihm klar, dass dieser Korb eigentlich von anderen Menschen für gutes Geld gemietet worden war, aber Ermittlungen bedeuteten Opfer!

»Er war nicht aufzufinden.«

Arndt erschrak. Ein ziemlich nasser Kollege hatte ihn gerade aus tiefsten Gedanken in die Realität zurückgeholt. Er war sich nicht einmal sicher, dass er nicht kurzfristig ein wenig weggedöst war.

»Dann mach dich dienstbereit. Wir schauen mal, ob Michael den Grothe inzwischen gefunden hat.« Mit Bedauern stand er auf. Er hätte es gut länger in diesem gemütlichen Strandsitzmöbel, von der Sonne beschienen, aushalten können. Aber morgen war auch noch ein Tag, oder wie hieß es so schön …

# 25

Röder wählte erneut Grothes Festnetznummer, doch er ging nicht dran. Er hatte die Nachbarn befragt, aber keiner hatte etwas gesehen oder gehört. Was allerdings nicht so viel zu bedeuten hatte. In den meisten Häusern wohnten Feriengäste, die Grothe gar nicht kannten. Was also tun? Abwarten? Ihnen blieb wohl kaum etwas anderes übrig. Abwarten und am Nachmittag einen neuen Versuch unternehmen. Er stieg auf sein Rad, als ein Mitbewohner aus dem Fenster schaute.

»Herr Röder. Eines ist mir eingefallen. Haben Sie zum Kaninchenstall geschaut? Warten Sie, ich komme runter.«

Nein, da hatte er nicht nachgesehen. Er wusste nicht einmal, dass es hier so etwas gab.

Es dauerte nur einen kurzen Moment, da war Klaas Wachsmüller bei ihm. »Ich habe das eben vergessen, als Sie nach Freddy fragten. Hinter dem Haus steht ein Stall mit einigen Kaninchen darin. Die gehören Freddy, und er kümmert sich intensiv darum. Er lässt sie auch jeden Morgen raus, bevor er zur Arbeit geht«, erklärte Wachsmüller, als er Röder um das Haus führte. »Also ist jeden Morgen der Stall offen, aber heute nicht. Das ist mir heute Morgen so nebenbei aufgefallen, als ich aus dem Schlafzimmerfenster schaute. Ich habe mir aber nichts dabei gedacht. Jeder kann mal nachlässig sein.«

Im Garten stand ein Fachwerkhäuschen, zwei Meter mal zwei Meter, mit einem halbrunden Tor. Es war mit kleinen roten Holzziegeln gedeckt, und an zwei Seiten befanden sich weiße Kastenfenster. Die Höhe schätzte Röder auf ungefähr einen Meter 50 ein. Davor sah Röder eine eingezäunte Rasenfläche, die zur Hälfte mit einem Netz überdeckt war.

»Da knabbern die Tiere den ganzen Tag herum, bevor er sie abends wieder einsperrt«, sagte Wachsmüller.

»Und das ist auch für die Mitbewohner in Ordnung so?«, fragte Röder.

Er lachte. »Warum nicht? Wir alle sind tagsüber beschäftigt, wenn wir nicht gerade einen freien Tag haben. So wie ich heute. Und wenn wir uns im Garten aufhalten wollen, ist immer genug Platz. Das Gute ist nämlich: Kaninchen machen keinen Krach. Darum hat keiner was gegen die Tiere. Er hält das Haus und das Gehege immer peinlich sauber. Außerdem -«, er beugte sich zu Röder, »außerdem gibt es ab und zu mal einen Braten. Da sagt keiner nein.«

Röder nickte, stieg über den Zaun und schaute durch die Fenster. Er sah vier Fellknäuel auf dem Boden, doch es war zu dunkel, um Genaueres erkennen zu können. Er musste die Tür öffnen. Doch kaum war es geschehen, sprangen ihm zwei der Tiere über die Füße. Vor Schreck machte er einen Schritt zurück. Das bewirkte, dass auch die restlichen Kaninchen ihren wohlverdienten Auslauf bekamen. Er warf einen genauen Blick in den Stall, doch außer einigen Wasserbehältern und einer Heuraufe sah er nichts, was ihm bei seinen Ermittlungen weitergeholfen hätte.

»Was ist mit der Fütterung der Raubtiere?«, fragte Wachsmüller.

»Keine Ahnung«, erwiderte Röder. »Wir gehen davon aus, dass Herr Grothe wieder auftaucht. Ansonsten – würden Sie das übernehmen?«

Wachsmüller nickte. »Mache ich. Ich war schon einmal bei Freddy in der Lehre. Er musste dringend eine Woche ans Festland, da hat er mich gebeten, die Tiere zu versorgen, und mir alles gezeigt. Das Futter steht im Keller. Das Wasser wechsle ich aus.«

»Danke. Ich melde mich, wenn es Neuigkeiten gibt. Aber vielleicht ist Grothe ja schnell wieder da«, sagte Röder.

»Wissen Sie was? Der würde nie seine Lieblinge unversorgt lassen und ohne ein Wort verschwinden. Da stimmt etwas nicht, das können Sie mir glauben«, erwiderte Wachsmüller.

Das Gefühl war Röder nicht unbekannt, nur hatte er im Moment keine Idee, wie das Rätsel zu lösen war. Also erst einmal zur Wache, um zu hören, was die Kollegen herausgefunden hatten.

»Ach Herr Röder – was mir gerade auffällt, hier sind nur vier Tiere«, rief Grothes Mitbewohner. »Gestern waren es noch fünf. Ganz sicher.«

Röder hielt an. »Sie erwähnten eben etwas von einem Braten. Kann es sein, dass er ein Tier geschlachtet hat?« Röder stellte sich kurz die Situation vor, wie Grothe beim Schlachten in sein eigenes Messer gefallen und verblutet war.

»Eher nicht. Er hat dann immer eine kleine Party gemacht. So makaber es klingt. Er hat die Personen, denen er das tote Kaninchen zukommen lassen wollte, in den Garten eingeladen. Dann gab es etwas zu trinken, und der feierliche Akt wurde vollzogen. Wer da nicht mitmachen wollte oder konnte, bekam eben nichts ab.«

Kurz vor der Inselglocke sah er Andrea Burgat mit Axel Meinders, dem Gemeindebrandmeister stehen. Er bremste. »Na, alles klar für heute Nachmittag?«

Die beiden nickten. »Wir haben alles im Griff«, bestätigte Axel. »Ich habe zehn Leute aktivieren können. Das ist ausreichend.«

»Die Mitarbeiter der Kurverwaltung sind ebenfalls dabei«, sagte Andrea. »Das Dumme ist, dass wir nicht wissen, wie viele Leute kommen. Aber ich bin guter Dinge. Der Bürgermeister will eine Rede halten. Er wird die Kinder zum Sackhüpfen am Strand einladen. Das war in den 70ern auch der Renner, wie mein Nachbar, Hilko Tebben, mir erzählt hat. Natürlich habe ich gleich Säcke besorgt, und das Hüpfen wird der Hauptspaß des Kinderfestes am Strand sein.«

»Hoffentlich stammt seine Rede nicht auch aus den 70ern. Dann müsste er die Gäste bitten, am Strand ihre Kofferradios nicht so laut anzuschmeißen. Das durfte man früher nämlich nicht, damit die Gäste im Nachbarzelt nicht gestört würden. Das wiederum hat mir meine Mutter oft gesagt. Die war bei der Strandkorbvermietung. Und wisst ihr, was ein Korb damals gekostet hat?« Axel Meinders schaute Andrea und Michael fragend an. »Sechs D-Mark pro Tag. Ein echtes Schnäppchen. Aber nur, wenn man den Korb mindestens zehn Tage mietete. Aber das war für die Gäste damals selbstverständlich. Unter drei Wochen fuhr keiner nach Hause. Ganz viele waren auch zur Kur hier. Die Ärzte sagten immer: ›Die erste Woche ist zum Akklimatisieren, die zweite zum Runterkommen und die dritte zum Erholen.‹«

»Vielleicht solltest du auch einen Vortrag halten, oder zumindest morgen Hilko Tebben unterstützen«, schlug Andrea vor, doch der Gemeindebrandmeister winkte ab, »Hilko hat genug zu erzählen, das schafft er allein.«

Röders Telefon meldete sich. Es war Sigmar Benedikt.

»Herr Röder, würden Sie bitte zu mir kommen. Ich muss etwas loswerden.«

»Worum geht es?«

»Bitte kommen Sie.« Benedikt hatte aufgelegt.

Axel Meinders und Andrea Burgat schauten ihn erwartungsvoll an. Er winkte jedoch ab und fuhr los. Auf der Fahrt zum *Haus Emma* telefonierte er mit Arndt und bat ihn und Daniel, ebenfalls ins Ostdorf zu kommen. Vor der Volksbank saß ein Pärchen. Der Mann wedelte mit dem Zeigefinger. Ja, er wusste es. Telefonieren am Lenker war verboten. Aber der Zweck heiligte eben manchmal die Mittel. Er bog links ab und wäre beinahe mit einem Mitarbeiter des *Hotels Seehof* zusammengestoßen, an dessen Elektrofahrrad eine schwer mit Koffern beladene Wippe hing. Er konnte gerade noch ausweichen.

»Pass doch auf, du …«, scholl es hinter ihm her.

Er hatte den Mann nicht gesehen, was auch an der hohen Hecke lag, die das Grundstück genau in der Kurve einrahmte. Wieder einmal nahm er sich vor, mit dem Hotelbesitzer darüber zu sprechen und ihn zu bitten, die Hecke zu kürzen.

Auf dem Spielplatz unterhalb der Schule spielten einige Jugendliche mit viel Elan Fußball. Die Eltern saßen auf der Randdüne und schauten zu. Kleinere Kinder tobten sich am Klettergerüst und auf den Schaukeln aus. Eine Idylle. So, als wenn alles in Ordnung wäre. Aber für die Gäste war es das schließlich auch. Er fuhr durch das Deichschart, bog wieder links ab und fuhr am Spielteich vorbei ins Ostdorf.

Sigmar Benedikt erwartete ihn bereits vor dem Haus.

Röder stellte sein Rad ab und wandte sich an Sigmar Benedikt. »Was liegt genau an?«

»Ich habe Freddys Telefonnummer«, sagte Benedikt.

Röder atmete tief durch. »Und warum haben Sie mir das eben nicht gesagt?«

»Ich weiß nicht. Ich war so durcheinander. Ich wollte einfach immer weiter versuchen, meinen Freund zu erreichen. Aber meine Sorge wurde größer und größer. Ich habe die Nummer aufgeschrieben.« Mit zittrigen Händen übergab er Röder eine beschriebene, leicht zerknüllte Serviette. »Darauf steht sie.«

»Wir werden eine Ortung veranlassen.« Auch Arndt und Daniel waren angekommen. »Hoffen wir mal, dass der Akku von Grothes Handy nicht gänzlich leer ist. Das würde die Sache erheblich erleichtern.«

»Einfach so?«, fragte Röder.

»Es ist Gefahr im Verzug. Da warten wir nicht auf einen Gerichtsbescheid. Daniel, leg' los«, wies Arndt seinen Kollegen an.

Daniel nahm einen Laptop aus dem Fahrradkorb und die Serviette und schob sich an den beiden Männern vorbei. »Ich setze mich in den Frühstücksraum.«

»Wieso haben Sie uns kürzlich verschwiegen, dass Sie Herrn Grothes Handynummer haben?«, fragte Röder Benedikt, dem wieder einmal dicke Schweißtropfen über die Stirn liefen.

Sigmar Benedikt ließ sich auf die Treppenstufen fallen. »Keine Ahnung. Wahrscheinlich wollte ich nicht, dass meine Beziehung zu ihm bekannt wurde.«

»Beziehung? Können Sie mir das näher beschreiben?«, fragte Röder und stellte insgeheim fest, dass er die Frage vielleicht hätte anders stellen sollen. Aber die Antwort entbehrte jeder Intimität.

»Ich kenne Freddy seit vielen Jahren. Das heißt, ich habe ihn in den 70ern kennengelernt und erst vor ein paar Tagen hier wiedergetroffen. Aber es war sofort wieder eine Nähe da, als hätten wir uns die ganzen Jahre über nicht aus den Augen gelassen. Wir verstanden uns auf Anhieb und wir beide wollten wohl nicht, dass die Verbindung mit meiner Abreise wieder zu Ende war. Daher haben wir unsere Handynummern ausgetauscht«, erklärte Benedikt.

»Wie ist Ihr Mann damit umgegangen?«, fragte Röder.

»Dass wir Handynummern ausgetauscht haben, weiß er nicht. Ansonsten ist er wohl froh, wenn wir der Insel den Rücken kehren. Es ist nicht seine Welt. Obwohl ich immer noch hoffe, dass er sie lieben lernt. Ich könnte mir nämlich gut vorstellen, mein Rentnerleben hier zu verbringen.«

»Haben Sie zu dem gestrigen Abend auch noch etwas zu sagen, was Sie bisher verheimlicht haben?«, fragte Arndt.

Benedikt nickte. »Ich habe das Fest verlassen, weil ich keine Lust mehr darauf hatte. In die Pension wollte ich nicht. Daher bin ich zu dem Haus gegangen, in dem Freddy wohnt. Ich habe gegenüber auf dem Zaun gesessen und mich gefragt, warum er nicht zum Fest erschienen ist, und ob ich bei ihm klingeln sollte. Dann war da oben, wo Freddy wohnt, ein Zimmer beleuchtet. Ich konnte zwei Köpfe schattenhaft durch die Gardine sehen.«

»Und dann?«, fragte Arndt.

»Dann bin ich nach Hause.«

Waren es Tränen, die Benedikt sich aus dem Gesicht wischte, oder war es Schweiß? Röder konnte es nicht ausmachen. »Konnten Sie erkennen, wer die Personen waren?«

»Nein. Ich denke, die eine Person war Freddy, aber ich bin mir nicht sicher.«

»Ich habe die Daten.« Daniel kam zurück und zeigte den beiden Kommissaren das Ergebnis, ohne sich näher zu äußern.

»Gehen wir«, erwiderte Arndt knapp.

»Aber meine Herren, wo ist Freddy? Ich will zu ihm.« Benedikt schrie es beinahe heraus.

Gleich darauf stand Antje Flegel in der Tür.

»Kümmert euch um ihn«, bat Röder. »Wir müssen los.« Im Wegfahren sah er, wie Antje Flegel den Mann in den Arm nahm. Bei ihr war er gut aufgehoben, da war er sich sicher. Er rief Axel Meinders an, und der versprach, sofort mit ein paar Leuten zu kommen. Das Gebiet lag im Westen der Insel. Dort befand sich kurz vor dem Gelände des *NLWKN*, dem Niedersächsischen Landesbetrieb für Wasserwirtschaft, Küsten- und Naturschutz, eine Halle, die zu einer Baufirma gehörte. Das Gebiet war rundherum wenig bebaut, sodass es nicht von Gästen und Insulanern besucht wurde. Von der Halle aus gen Norden gab es nur Dünengelände, das von der Strandmauer eingefasst wurde. Vor der Halle lag einiges an Baumaterial. Steine und Europaletten stapelten sich, dahinter lagen dicke Holzstämme unter einer Plane. Die drei Männer trennten sich und schauten sich intensiv um. Röder rüttelte an der mächtigen Tür, doch sie blieb verschlossen. Kein Handwerker war weit und breit zu sehen. Es war Baustopp auf der Insel. Nur ab und zu kam der eine oder andere Mitarbeiter, um Restarbeiten in Häusern zu erledigen, die keinen Lärm verursachten.

»Warten wir auf die Feuerwehr?«, rief Daniel.

»Ich bleibe hier und weise die Leute ein. Ihr erweitert schon einmal den Suchradius«, ordnete Arndt an.

Gute Idee. Röder stieg auf die bewachsene Düne, doch auch ein intensiver Rundblick brachte keinen Erfolg. Beim nächsten Schritt knackte etwas. Er bückte sich und fand ein Handy, dessen Glas einen tiefen Riss aufwies. Prima, dachte er, das hast du gut hingekriegt, Röder. Er tütete das Handy ein. Womöglich gehörte es Freddy. Aber wo war er nur? Röder folgte einem kurzen, schmalen Pfad Richtung Westen. Plötzlich hörte er einen Ruf. Daniel Gebert winkte von einer Anhöhe. »Hier hängt eine Jacke.«

Röder ging zu ihm und sah eine dunkelblaue Fleecejacke, die sich in einem Strauch verfangen hatte.

»Ob es Grothes ist?«, fragte er.

»Keine Ahnung. Stell sie vorsichtshalber sicher. Es liegt hier so einiges rum, was eigentlich in den Müll gehört. Aber darum wird sich später gegebenenfalls der Kriminaldauerdienst, also unser lieber Freund Martin Brinkmann und seine Leute, kümmern.« Er ging weiter zu einem kleinen Dünental, das dicht mit Sanddornbüschen bewachsen war. Er bog die Zweige der Sträucher auseinander und suchte jeden Zentimeter der grünen Landschaft ab. Dann sah er etwas in der Sonne blinken. Beinahe stolperte er über den Mann, der bäuchlings auf der Erde lag, umgeben von Sanddorn, dessen schon leicht orangefarbene Beeren auf die Ernte im September warteten. Es war Friedhelm Grothe. Er trug Sandalen, eine kurze bunte Hose und ein grünes Shirt, das fast bis zum Hals nach oben gerutscht war. Der Inselpolizist kniete sich neben Grothe und drehte ihn auf den Rücken. Der Kopf des Mannes fiel unkontrolliert hintenüber. Die Haut im Gesicht fühlte sich beinahe warm an, so, als ob der Mann nur ein wohlverdientes Nickerchen nach einem langen Spaziergang machte. Doch Röder konnte keine Atmung spüren. In der Wange des Toten war ein Riss, in dem sich Erde gesammelt hatte. Über der einen Augenbraue sah Röder einen weiteren blutigen Streifen. Wahrscheinlich war er mit den spitzen Stacheln des Busches in Berührung gekommen. Drei Ameisen liefen über das Gesicht des Toten und verschwanden in der Mundhöhle, ehe Röder reagieren konnte. Kurz überlegte er, ob er mit Mund-zu-Mund-Beatmung versuchen sollte, den Mann ins Leben zurückzuholen, doch er entschied sich dagegen. Es war zu spät. An seinem linken Arm trug er ein goldenes Armband. Das war es wohl, was, von der Sonne beschienen, ihn hatte aufmerksam werden lassen. Unterhalb der Rippen, knapp über der kurzen Hose, die der Mann trug, sah er aufgeplatzte dunkle Flecken unter der Haut. Ob Freddy geschlagen worden war? Er war gespannt, was die Obduktion in Oldenburg ergeben würde. Vorsichtig ließ er die Zweige zurückgleiten, winkte seinen Kollegen und rief: »Wir haben ihn. Er ist tot.«

Arndt Kleemann und Daniel Gebert kamen zu ihm und schauten sich die Leiche genau an.

»Er liegt bereits länger hier.« Arndt deutete auf Grothes Kleidung. »Sie ist feucht. Er hat den Schauer von heute Morgen abbekommen. Da ist nichts mehr zu machen. Michael, du rufst bei Ellen an und redest mit Axel. Die Suche nach dem Toten können wir für die Feuerwehr wieder abblasen. Aber wir brauchen das Zelt, um den Fundort des Toten gegen weitere Regenschauer und neugierige Blicke abzusichern. Später wird die Wehr mit ihrem neuen Mehrzweckfahrzeug hier anrücken müssen zwecks Abtransport der Leiche. Für den Rettungswagen ist es hier zu uneben. Daniel, du gehst zum Ende des Weges, verscheuchst mögliche Besucher und weist die Rettungskräfte ein. Ich bespreche die Lage mit unserem Chef, Müller, damit der uns Hilfe schickt.«

Röder griff zum Telefon, und die Ärztin versprach, umgehend zu erscheinen. Mit Axel Meinders verabredete er, dass die Feuerwehr das Zelt brachte. Es würde sicher eine Weile dauern, bis der Kriminaldauerdienst da war. »Ich fahre zum *Sonnenstrand*. Wir benötigen sicher wieder deren Räume«, schlug Röder vor.

»Gute Idee. Aber bleib nicht zu lange.«

»Alles klar. Bis gleich. Ach ja, ich habe einige Meter weiter ein Handy gefunden und bin leider draufgetreten. Gib es bitte an Martin weiter.« In Höhe des Nationalparkhauses kam ihm der Rettungswagen entgegen. Er verlangsamte das Tempo, und Ellen Neubert steckte ihren Kopf heraus. »Was liegt an? Wieder ein Toter? Und wenn ja, wo genau?«

»Ihr fahrt hinter dem *Witthus* rechts ab und bei Grundstück Nummer 1 links zur Halle. Dort steht mein Hilfssheriff und weist euch ein. Arndt ist vor Ort«, erklärte der Inselpolizist der Ärztin. »Ich bin in Kürze auch wieder da.«

»In Ordnung. Bis später«, antwortete sie.

Beim *Hotel Sonnenstrand* stellte er sein Rad ab und ging über die Terrasse ins Hotel. Im Frühstücksraum traf er Birgit, die Chefin.

»Na, kommst du wegen des Kaninchens?«, begrüßte sie ihn freundlich.

»Welches Kaninchen?«, fragte er etwas ratlos zurück.

»Das von Freddy. Das er uns gestern Abend gebracht hat.«

»Erzähl mir mehr«, bat er sie.

»Dann komm mit in die Küche. Da bekommst du auch einen Tee.«

»Küche ja, Tee nein«, sagte er, obwohl ihm im Moment nichts lieber gewesen wäre, als mit Birgit und Henning Ahlers in der kleinen gemütlichen Privatküche zu sitzen und die drei obligatorischen Tassen Ostfriesentee zu trinken. Erst kam der Kluntje in die Tasse, dann der Tee und zum Schluss een Wulkje Rohm. Ein Wölkchen Rahm, was für ein Genuss. Aber nein, dafür war keine Zeit.

Sie nahm ihn mit in die Hotelküche, öffnete einen Kühlschrank und entnahm eine Kiste. »Warte, ich hole eben Henning. Der hat das Tier nämlich gestern entgegengenommen.« Sie stellte die Kiste auf einen Tisch, der ein wenig abseits stand, verschwand und kam nach kurzer Zeit mit ihrem Mann zurück. »Ich lasse euch dann mal allein. Ein Gast verlangt nach mir.«

Henning Ahlers deutete auf die Kiste. »Er kam in der Abendessenhektik und brachte eine Tüte mit diesem toten Kaninchen. Es sei eines von seinen, hat er gesagt.«

Röder schaute in die Kiste. Tatsächlich wies das tote Tier die gleiche weiß-schwarze Fellfärbung wie die anderen Tiere in Grothes Stall auf. »Warum hat er dir das Tier gebracht?«

»Er hat berichtet, dass er die Tiere füttern und in den Stall bringen wollte. So, wie jeden Abend. Allerdings hat eines der Tiere sich nicht bewegt, und er hat festgestellt, dass es tot war.« Henning Ahlers nahm das Kaninchen heraus. »Schau hier – ein Schnitt quer durch den Hals.«

»Tatsächlich. Wie hat Grothe das erklärt? Hat das Tier sich vielleicht am Zaun verletzt?«

»Das habe ich ihn auch gefragt, aber das hat er entschieden abgestritten. Freddy war fix und fertig, das kannst du mir glauben. Er hat behauptet, man habe ihm eins auswischen wollen. Er hat mir das Tier gebracht, weil er meinte, dass es, wenn es schon tot wäre, zum Zweck der Verarbeitung in gute Hände kommen sollte. Ich habe ihm nahegelegt, Anzeige zu erstatten. Das hat er dann auch wohl gemacht. Sonst wäre die Ordnungsmacht jetzt nicht hier, oder?« Henning Ahlers lachte. »Außerdem ist klar, dass ich das Kaninchen niemals meinen Gästen anbieten würde. Das habe ich Freddy jedoch nicht gesagt. Ich habe es nur noch nicht entsorgt, falls ihr euch das hättet ansehen wollen.«

»Eigentlich gibt es einen anderen Grund für meine Anwesenheit.« Röder berichtete Henning, was passiert war. Das Lächeln im Gesicht des Mannes verschwand augenblicklich. »Du siehst, wir brauchen wieder einmal deine Hilfe. Ein paar Zimmer wären gut. Ich weiß allerdings nicht, wie viele Kollegen erscheinen werden. Und natürlich hätten wir gerne deinen Klubraum, sofern er frei ist.«

Henning Ahlers nickte. »Den Klubraum könnt ihr haben. Billy und seine Leute haben ihn geräumt. Zwei Zimmer sind frei für euch. Ein Gästezimmer und eines im Personalbereich. Aber damit kann man auch leben, oder?«

Das konnte man. Es war nicht das erste Mal, dass Ermittler dort übernachteten. Es war Sommer und die Kapazitäten knapp. Außerdem waren die Personalzimmer sehr gemütlich eingerichtet. »Danke. Falls dir zu Freddy noch etwas einfällt, lass es mich wissen.«

»Mache ich. Wann werden deine Kollegen da sein?«

»Ich kann es nicht genau sagen. Warte einen Moment.« Röder nahm sein Telefon heraus, sprach kurz mit Arndt und sagte dann: »Der Kriminaldauerdienst kommt gleich mit dem Hubschrauber. Zwei andere Ermittler werden auf der Fähre sein. Ich hole sie ab. Mal schauen, wer dabei ist.«

»Gut, zwei Ermittler, zwei Zimmer, das passt. Für Herrn Brinkmann und seine Kollegen werden wir improvisieren«, sagte Henning.

»Ich denke nicht, dass die Kollegen übernachten. Sie werden mit der Leiche zurückfliegen, damit die möglich schnell zur Obduktion nach Oldenburg kommt. Bis später.« Der Inselpolizist fuhr zurück zum Einsatzort. Aus der Ferne sah er Arndt bei dem Versuch, zwei Möwen abzuwehren, die offensichtlich reiche Beute witterten. Trotz des Anlasses sah es beinah lustig aus, wie Arndt mit den Armen in der Luft herumwedelte. Hinter Röder hupte es. Also waren die Kollegen der Feuerwehr da, und wenn erst das Zelt aufgebaut war, war der Tote auch vor fressgierigen Vögeln geschützt.

## 26

Der Inselpolizist leerte das Glas mit dem Leitungswasser. Mehr war an diesem Nachmittag nicht drin gewesen. Jetzt war es Zeit, zum Hafen zu fahren. Was für ein schräger Tag, dachte er, als er die Wippe hinter das Fahrrad klemmte. Freddy Grothe lag tot in den Dünen, und der Rest der Insel bereitete sich auf einen fröhlichen Lampionumzug vor. Sandra war bereits auf dem Weg, um den Musikzug abzuholen. Aber wieder einmal nützte es nichts.

Die Gäste hatten ein Anrecht auf unbeschwerte Ferien, und das war gut so.

Am Hafen angekommen, sah er die *Baltrum I* gerade in die Hafeneinfahrt biegen. Einen kurzen Moment später wurde der Landgang ausgefahren, und die ersten Gäste betraten die Insel. Ein paar Meter weiter stand Sandra und wartete auf die Musiker. Er tippte ihr auf die Schulter. »Sind sie da?«

Sie nickte. »Der Dirigent hat mich vorhin angerufen. Die Musiker haben das Schiff alle erreicht und werden gleich von der Fähre kommen. Vermutlich unter Abspielen eines Liedes. So wollen sie alle auf den Umzug aufmerksam machen.«

»Und du schreitest vorweg auf dem Weg zum Marktplatz? Tanzend und mit Puscheln an den Armen?«

Sie knuffte ihn. »Veralbere mich nicht. Ich tue nur meine insulare Pflicht.«

Wo waren nur seine Kollegen? Beinahe alle Gäste hatten die Fähre jetzt verlassen, aber von den Aurichern war nichts zu sehen. Hatten sie vielleicht den vorderen Landgang genommen? Er schaute rüber zum Bug des Schiffes, aber auch dort tauchte kein bekanntes Gesicht auf. Dann setzte Musik ein, und etwa 20 Musiker in bunten Uniformen verließen das Schiff. Was war es noch? Genau. *Sunny* von Boney M. Das passte. Und hinter der Musik erschien, fast nicht zu sehen bei seiner Größe, Marvin Lingenberg. Er bewegte seinen gut genährten Körper im Takt der Musik. Neben ihm fiel ihm eine junge Frau auf, die den Takt Takt sein ließ und stattdessen aufmerksam über das Wasser schaute. Er war sich beinahe sicher, dass es sich um den Neuzugang handelte, von dem ihm sein Freund Arndt gestern erzählt hatte. Blonde Haare, strenger

Seitenscheitel, groß gewachsen und sehr schlank. Genau das passte zu der Person, die nun neben Marvin Lingenberg den Steg herunterkam. Was war noch Arndts Aussage gewesen? Streng, gewissenhaft und sehr sympathisch. Na dann. Er war gespannt.

»Das hätte jetzt nicht sein müssen. Ist aber sehr aufmerksam, so die neue Kollegin willkommen zu heißen«, begrüßte ihn Marvin. »Darf ich dir Rebecca vorstellen? Auch sie möchte gern die Insel kennenlernen.«

»Rebecca Carle.«

Röder spürte einen kräftigen Händedruck. »Michael Röder. Ich sorge hier für Recht und Ordnung«, begrüßte er seinerseits die neue Kollegin. Und an Marvin gewandt: »Schön, dass du da bist. Der Kriminaldauerdienst ist bereits vor einer Stunde eingetroffen. Ihr könnt eure Sachen in die Wippe packen. Die bringen wir erst zum Hotel, dann könnt ihr mit zum Fundort kommen.«

Die Musik war inzwischen weitergezogen, die Hafenstraße entlang. Die drei Ermittler gingen zu den Containern, und als die Kette gelöst wurde, holten die beiden Auricher ihr Gepäck und luden es in den Handwagen.

»Sind wir wieder bei Henning?«, fragte Marvin.

»Ja.« Er erzählte Rebecca, dass Familie Ahlers immer bereit war, Kommissare bei sich aufzunehmen. »Sie stellen Zimmer zur Verfügung und auch den Klubraum. Unsere Wache ist einfach zu klein für mehrere Personen.«

»Marvin hat mir schon erzählt, wie das polizeiliche Leben hier so abläuft. Aber ich werde sicher viele Fragen haben, die ihr mir hoffentlich gerne beantwortet.«

»Natürlich machen wir das«, bestätigte Röder. »Auch Marvin musste eine Menge lernen, bevor er sich hier einigermaßen auskannte.«

»Das ist wahr«, bestätigte Marvin. »Das Inselleben ist eben mit dem am Festland kaum zu vergleichen. Aber nun bring uns den Fall näher. Worauf müssen wir uns einstellen?«

Wo sollte er anfangen? Mit dem aktuellen Fall? Oder sollte er mit dem Tod des Künstlers vor ein paar Tagen beginnen? Er entschloss sich, die Tage seit Sonntag Revue passieren zu lassen. Zwar war Wurzellage an einem Herzinfarkt gestorben, aber die Umstände schienen ihm weiterhin zweifelhaft. Es bestand immerhin die Möglichkeit, dass beide Todesfälle miteinander zu tun hatten. »Zunächst einmal Folgendes«, begann er. »Wir erinnern hier in dieser Woche an die 70er-Jahre. Einige Veranstaltungen sind bereits gelaufen. Heute Nachmittag wird ein Lampionumzug stattfinden. Deswegen ist der Musikzug angereist. Abends spielen die Emilys im Festzelt.« Röder sah ein Lächeln in Marvins Augen aufblitzen. »Die sind da? Das ist ja großartig.«

»Ich weiß, du kennst sie vom letzten Jahr. Aber ich fürchte, zum Abrocken bleibt uns keine Zeit. Wir müssen ermitteln«, sagte Röder.

»Gute Idee.« Rebecca zeigte auf ein Gebäude rechts von der Straße. »Was ist das?«

»Das ist das Nationalparkhaus. Ein Besuch lohnt sich«, erklärte Röder. »Was die Ermittlungen anbelangt, schlage ich vor, ihr ladet erst eure Taschen ab, und auf dem Weg zum Einsatzort gebe ich euch einen Überblick.«

Im *Hotel Sonnenstrand* begrüßte Henning Ahlers die Ermittler. Rebecca bekam das Gästezimmer und Marvin brachte sein Gepäck ins Personalzimmer. Röder zeigte Rebecca den Clubraum. »Hier werden wir unseren Arbeitsplatz einrichten.«

»Hier? Zwischen all den Elvis-Postern?«, fragte sie ungläubig.

Röder lachte. »Wenn es dich stört, können wir sie abnehmen. Aber ich finde es nett. Nicht jede Wache hat so ein cooles Outfit. Wir werden uns hier bestimmt wohlfühlen. Daniel wird den PC und alles Weitere installieren für den Kontakt mit dem Festland.«

»Daniel?« Rebecca schaute den Inselpolizisten erstaunt an.

»Daniel Gebert, der Hilfssheriff. Er ist Meister des Computers.«

Sie drehte sich um und ging zur Tür. »Dann wollen wir beginnen. Wo bleibt Marvin?«

Röder vermutete, dass sein Kollege gerade einen Begrüßungstee in der Küche eingeschenkt bekam. »Ich hole ihn.« Er ging den langen Gang hinunter, am Frühstücksraum vorbei und geradewegs in die Küche. Seine Ahnung hatte ihn nicht getrogen. Gerne hätte Röder sich dazugesellt, aber wieder einmal saß ihnen die Zeit im Nacken.

»Bin schon fertig.« Marvin stellte mit Bedauern die Tasse ab. »Die dritte hole ich mir später.«

Gleich darauf gingen sie wieder los, und Röder erzählte den beiden in groben Zügen, was sich die Tage zuvor ereignet hatte. »Somit haben wir zwei tote Männer und ein totes Kaninchen innerhalb fünf Tagen.«

»Ironie ist hier fehl am Platze«, sagte Rebecca, die sich den ganzen Weg über still verhalten, nur zugehört und nichts kommentiert hatte. Im Gegensatz zu Marvin, der immer wieder Fragen gestellt hatte.

»Das ist keine Ironie«, erwiderte Röder. »Das Kaninchen wurde mit einem scharfen Schnitt getötet. Jetzt ist auch der Besitzer des Tieres nicht mehr am Leben. Also werden wir das Tier mit in unsere Ermittlungen einbeziehen, oder?«

»Entschuldige. Du hast recht«, sagte die Kommissarin.

An der Einsatzstelle herrschte reges Treiben. Die Feuerwehr hatte das Zelt aufgestellt. Martin Brinkmann und sein Kollege Lars Haltegrund machten Bestandsaufnahme. Die Ärztin war zu einem Notfall gerufen worden und deshalb bereits unterwegs.

»Hallo, Rebecca.« Daniel war auf sie zugekommen und begrüßte die Kommissarin mit knappem Lächeln. Rebecca Carle reagierte kaum und wandte sich sofort Arndt Kleemann zu. »Gibt es Neuigkeiten?«

Was war da los? Die beiden kannten sich? Die Begrüßung zwischen ihm und der Kommissarin am Hafen war weitaus freundlicher ausgefallen. Ich bin gespannt, was dahintersteckt, dachte Röder.

»Friedhelm Grothe ist offensichtlich hier umgebracht worden. Es gibt keine Schleifspuren oder Ähnliches,« sagte Arndt.

»Er trägt, bis auf einen Schlüssel, keine Wertsachen bei sich. Auch ein Handy haben wir bei ihm nicht gefunden. Dasjenige, was Michael gefunden hat, werden wir zur Auswertung mitnehmen. Ebenso die Jacke, die Daniel sichergestellt hat. Des Weiteren haben wir einiges an Müll eingesammelt, mal älteren, mal neueren Datums.« Martin Brinkmann drehte sich zu Röder. »Eigentlich seltsam, dass so viel rumliegt. Soweit ich weiß, gibt es hier eine regelmäßige Müllabfuhr. Müssen die Leute alles in die Natur schmeißen?«

Der Inselpolizist winkte ab. »Das ist am Festland doch auch nicht anders. Als ich letzthin in Norden war, sah ich auch jede Menge Müll auf den Straßen. Becher, Plastik und Kippen ohne Ende. Es ist unter Strafe verboten, die Dinger in die Landschaft zu werfen. Hier auf Baltrum muss man mit einer Strafe von 4.000 Euro rechnen, wenn man erwischt wird, aber das ist den Typen vollkommen egal. Die wissen genau, dass es hier nur wenige Kontrollen gibt. Geben kann. Also wird weiter weggeworfen, was das Zeug hält.«

»Wir nehmen Dinge mit, die wir als relevant erachten. Jetzt kann die Leiche weg. Sprichst du das mit dem Gemeindebrandmeister ab?«, bat Brinkmann.

Axel Meinders versprach, sofort zu kommen, und es dauerte nur einige Minuten, bis das Geländefahrzeug auftauchte. »Wo soll es hingehen?«, fragte er und stieg aus der Fahrerkabine.

»Zum Flugplatz. Ich habe den Hubschrauber herbestellt«, sagte Brinkmann.

»Ihr bleibt?«, fragte Meinders knapp.

»Ja. Wir nehmen uns Grothes Wohnung vor.«

»Was ist mit dem Zelt?«, fragte der Gemeindebrandmeister.

»Bitte lasst es bis morgen stehen. Ich rufe dich an, wenn ihr es abbauen könnt, aber im Moment weiß ich nicht, ob es vielleicht nützlich sein kann. Ich hoffe, das polizeiliche Flatterband schützt vor ungebetenen Eindringlingen«, sagte Arndt.

»Oder vor Liebespaaren, die es sich gemütlich machen«, überlegte Daniel, und Röder hatte das Gefühl, dass sein Kollege in diesem Moment einen ganz knappen Blick zu Rebecca herüberschickte. Die war allerdings damit beschäftigt, die Büsche zur Seite zu biegen, unter denen auch Martin und seine Leute bereits nach Hinweisen gesucht hatten.

»Alles klar. Meldet euch, wenn ihr Hilfe braucht.« Sie legten den Toten in einen Zinksarg, und so schnell, wie Meinders und seine Männer erschienen waren, starteten sie wieder.

»Dann machen wir uns auch auf den Weg. Michael, bringst du uns zur Wohnung des Mannes? Wir benötigen dringend den Platz in deiner Wippe.« Der Chef des Kriminaldauerdienstes zeigte auf mehrere Behälter. »Es liegt in der Natur der Sache, dass wir meistens mehr mitnehmen, als wir hergebracht haben.«

»Den Schlüssel haben wir? Ich hoffe, dass er zu seiner Wohnung passt. So können wir uns dort umsehen, ohne die Tür gewaltsam zu öffnen«, sagte Röder.

»Das würde unsere Arbeit erleichtern«, erwiderte Martin. »Dann lasst uns losziehen.«

»Wir erwarten euch im Klubraum. Wir richten uns dort ein und dann besprechen wir das weitere Vorgehen.« Arndt hob eine letzte Metallkiste auf die Wippe.

»Wie geht es Tim Seebald, dem Totengräber?«, fragte Martin. »Er war gar nicht vor Ort.«

»Nein, aber er hat dafür gesorgt, dass die Feuerwehr den Zinksarg bekam, der hier immer auf der Insel bereitsteht. Am Einsatzort wurde Tim dann nicht mehr benötigt. Er hatte auch wohl Zeitdruck, weil seine Eltern zu Besuch sind. Außerdem muss er den Friedhof in Ordnung halten.«

»Und Vormann bei der DGzRS ist er ebenfalls. Also hat er genug zu tun«, lachte Martin.

Der Schlüssel passte. In der Wohnung sah alles sehr aufgeräumt aus. Kein Geschirr wartete auf den Abwasch, das große Zimmer, das offensichtlich gleichzeitig als Wohn- und Schlafzimmer diente, war penibel sauber. Die Männer schauten in Schubfächer, um einen Hinweis auf Familienangehörige zu finden, konnten jedoch nichts entdecken.

»Wahrscheinlich wird uns das Telefon weiterhelfen – so es seines ist«, sagte Röder. »Ich habe zumindest nie jemanden kenngelernt, der mit ihm verwandt war. So nah war die Bekanntschaft nicht.«

»Aber ich.« Klaas Wachsmüller stand in der Tür und schaute neugierig um die Ecke. »Was ist passiert? Haben Sie ihn gefunden?«

»Ja. Er ist tot«, erwiderte Röder. »Hat es sich bisher nicht zu Ihnen rumgesprochen?«

»Der Inselfunk ist schnell, ich weiß«, sagte Wachsmüller spitz, »aber ich war im Osten der Insel unterwegs. Da habe ich nichts mitbekommen. Also sagen Sie mir, was passiert ist. Sie wären nicht hier, wenn er am Herzinfarkt gestorben wäre.«

»Wir haben Herrn Grothe in den Dünen gefunden. Genaues wird die Obduktion ergeben. Gibt es etwas, was Ihnen an dem Mann aufgefallen ist? Hat er sich verändert? Hat er Angst vor irgendjemandem gehabt?«

Wachsmüller überlegte. »Keine Ahnung. Bis auf seine Kaninchen hatte ich kaum Kontakt mit ihm. Ich denke nicht, dass er mir seine Geheimnisse oder Ängste mitgeteilt hätte. Allerdings weiß ich, dass er eine Schwester hat. Sie kommt mit ihrer Familie einmal im Jahr auf die Insel. Sie wohnt in Hamburg. Wie sie heißt, weiß ich nicht. Wo sie übernachtet, wenn sie Urlaub macht – keine Ahnung. Hier jedenfalls nicht.«

»Gut. Gibt es in diesem Haus andere Räume, zu denen Freddy Zutritt hatte?«, fragte Brinkmann.

»Sie meinen, die ihm gehört haben? Ja. Es gibt einen Keller, in dem auch das Kaninchenfutter liegt. Kommen Sie.« Wachsmüller wandte sich um, und Röder folgte ihm. Auch Martin Brinkmann schloss sich den beiden an.

»Es sind alles Eigentumswohnungen. Freddy und ich wohnen ständig hier, die anderen Wohnungen werden als Feriendomizile vermietet. Die Besitzer kommen höchstens mal im Winter für ein paar Tage her. So, hier ist Freddys Kellerraum.« Wachsmüller zeigte auf eine Holztür.

Sie ließ sich problemlos öffnen. In dem Raum sah Röder drei prall gefüllte Plastiktüten. Ansonsten fanden sich im Raum zwei Surfbretter und deren Aufbauten. Ein Neoprenanzug hing über einer Klappleiter.

»Manchmal stellt er sein Rad hier rein. Oder Zubehörteile für den Stall. Letztens hat er einen neuen Wasserbehälter bekommen. Den hat er auch bis zum Einbau hier gelagert«, sagte Wachsmüller. »Und dass er begeisterter Surfer war, ist kaum zu übersehen.«

Der Inselpolizist bedankte sich und bat Wachsmüller, sich um die Kaninchen zu kümmern. Der versprach es und verschwand gleich darauf.

Die beiden Ermittler gingen zurück in die Wohnung, wo sie von Lars Haltegrund lächelnd empfangen wurden. »Ich habe da etwas.« Er hielt ihnen einen zerrissenen Umschlag entgegen. Da war ein Brief drin. Ich habe die beiden Teile im Papierkorb gefunden.«

Röder nahm den Umschlag und legte die beiden Teile zusammen auf den Tisch.

*Liebster Freddy,*
*wir sollten da weitermachen, wo wir gestern Nacht aufgehört haben.*
*Sehen wir uns heute?*
*In Liebe*
*Sigmar*

»Das gibt es nicht. Der schon wieder«, rief Röder.

»Erzähl uns mehr«, bat Brinkmann.

Michael Röder fasste zusammen, was sie seit dem Tod des Künstlers in Erfahrung gebracht hatten. »Viel ist es nicht. Aber immer wieder taucht dieser Benedikt auf. Daher haben wir ihn im Auge, auch wenn die Obduktion gezeigt hat, dass die Todesursache bei Peter Wurzellage ein Herzinfarkt gewesen sein soll. Natürlich stellt sich die Frage, was zu diesem Infarkt geführt haben könnte, und da haben wir mehrere Möglichkeiten.«

»Es sieht so aus, als ob dieser Brief schon einige Jahre alt ist. Hatten die mal was miteinander?«, fragte Haltegrund.

»Ich denke es. Immerhin hat dieser Benedikt uns heute Morgen gerufen, weil Grothe nicht ans Telefon ging. Es schien mir so, als ob die Liebe neu entfacht war. Was Benedikts Mann offensichtlich gar nicht gefiel.«

# 27

»Ich gehe ins Wasser. Kommst du mit?« Ulf stand vor ihm, die Badetasche über der Schulter.

Sollte er? Es war vielleicht nicht verkehrt. Konnte es doch die dunkle Stimmung ein wenig aufhellen, die sich in den Tagen auf Baltrum zwischen ihnen eingeschlichen hatte. Dagegen stand, dass er in dieser Zeit keine Gelegenheit hatte, Freddy anzurufen. Immer wieder hatte er es versucht, aber das Telefon seines Freundes blieb stumm. Dazu kam, dass die Polizei nach Ortung des Handys sehr zügig abgerauscht war. Er hatte spontan überlegt, sich eines von Flegels Fahrrädern zu schnappen und hinterher zu fahren, aber es erschien ihm ein wenig übertrieben. Doch die Unruhe ließ ihn nicht los.

»Kommst du nun?« Ulf trat von einem Bein auf das andere. In seiner Stimme klang Ungeduld. »Das Wetter zeigt sich gerade angenehm. Ich habe keinen Bock, auf den nächsten Regen zu warten, nur weil du nicht in die Puschen kommst. Weißt du was? Wenn du dich entschieden hast, folgst du mir einfach. Du kennst die Stelle, an der sich der Badestrand befindet.«

Sigmar hatte nicht einmal mehr die Möglichkeit einer Antwort, schon war Ulf verschwunden. Dann eben nicht. Sein Mann hatte entschieden. Oder sollte er hinter ihm herlaufen? Verdammt, was war richtig? Er schaute sich in seinem Zimmer um, und wie eine Aufforderung lag auf dem Bett die zweite Badetasche. Auf dem Sessel lag immer noch die Badehose, wie er sie bei seiner Ankunft hingelegt hatte. Ihm schien es so, als würde auch sie ihn auffordernd ansehen. Na gut. Dann zum Strand. Er packte alles Nötige ein und verließ die Pension. Von Flegels war nichts zu sehen. Aus der Ferne hörte er Musik. Er erinnerte sich. Der Lampionumzug. Er ging am Rosengarten vorbei. Das war der kürzeste Weg vom Ostdorf zur Badestelle. An der Ecke, an der früher ein Laden gewesen war, wurde die Musik lauter. Aus Richtung Kinderspielhaus kam ihm eine Menschenschlange entgegen, angeführt von einem Musikzug. Er zögerte einen Moment. Erinnerungen an seine Zeit als Fotograf auf dieser Insel wurden wach. Was war das damals aufregend gewesen. Zwei Mitarbeiter von *Stadtlander* hatten zu Beginn des Umzuges vor der Tür Unmengen an Lampions verkauft, und er hatte Fotos gemacht. Diese Möglichkeit, so viele Menschen auf einem Haufen ablichten zu können, gab es nur alle paar Wochen. Er hatte sie natürlich genutzt. Sehr zur Freude der Gäste, die am nächsten Tag ihr Gesicht auf einem Foto im Schaukasten vor dem Laden entdeckten und das Bild natürlich sogleich kauften. Und noch etwas fiel ihm ein: Es war der allererste Umzug, den er mit der Kamera begleitet hatte. In Höhe der katholischen Kirche war er ihm aufgefallen. Freddy. Er hatte einen kleinen Jungen dabei und tanzte ausgelassen zu der Musik. Die Laborantinnen hatten sich an diesem Abend gewundert, warum er ausgerechnet von diesem Mann so viele Fotos gemacht hatte. Später hatte Freddy ihm erzählt, dass es sich um seinen Neffen gehandelt hatte, der mit seinen Eltern auf Baltrum seinen Urlaub verbracht hatte. Nur zögernd löste er sich aus seinen Erinnerungen. Er musste zusehen, dass er an den Strand kam, sonst würde er Ulf gar nicht mehr finden. Er bog rechts ab und ging am *Strandcafé* vorbei hinunter zu der Stelle, an der Pfähle mit dicken Tauen daran den Badestrand eingrenzten. Das Wasser war unruhig. Eine Welle nach der anderen lief am Strand aus. Das liebte er nicht besonders. Er war kein guter Schwimmer, obwohl Ulf immer behauptete, dass er sich keine Sorgen zu machen brauchte, da sich Fett oben hielt.

Er machte einen letzten Versuch, Freddy zu erreichen. Wieder vergebens. Dann ging er in das Umkleideviereck und zog seine Badehose an. Seine Sachen legte er in den Sand und stapfte zum Wasser. Ulf war nirgendwo zu sehen. Sollte er wirklich da hinein? Vorsichtig streckte er einen Fuß vor, dann den Nächsten. Das Wasser war nicht so kalt, wie er vermutet hatte. Also los. Ein paar Schritte weiter, das Wasser reichte ihm schon fast bis zum Bauchnabel, dann ließ er sich hineinfallen. Die Welle schlug über ihm zusammen. Wild rudernd kam er wieder auf die Beine und schnaufte. So hatte er es sich nicht vorgestellt. Auch dass neben ihm eine Gruppe Kinder mit Fingern auf ihn zeigte und laut lachte, machte die Sache nicht besser. Aber egal, nun war er nass, da konnte er auch gleich noch einmal untertauchen. Aber diesmal bestimmte er, was Sache war. Dachte er zumindest. Aber nur so lange, bis die nächste Welle kam. Doch jetzt begann ihm die Sache Spaß zu machen. Er tauchte unter, machte ein paar Schwimmzüge und vergaß die Welt um sich herum. Er umklammerte einen der Pfähle und ließ sich hin und her schaukeln. Vom Strand ertönte ein Pfiff. Mit Bedauern sah Sigmar, dass der Rettungsschwimmer winkte. Ende der Badezeit. Allerdings sah er auch, dass alle anderen Menschen sich nicht im Geringsten darum kümmerten und fröhlich weiterplantschten. Er beschloss, es ihnen gleichzutun. Ein paar

Minuten noch. Er legte sich auf den Rücken, ließ sich die Sonne ins Gesicht scheinen, die immer wieder einmal zwischen ein paar dunkleren Wolken hervorblinzelte, und wünschte sich, dass das Leben immer so unbeschwert weitergehen könnte. Wasser, ein leichter Wind und Sonne im Gesicht, mehr brauchte man nicht zum Glücklichsein.

Wieder hörte er das Pfeifen. Na gut, hatte der Mann in der roten Jacke eben gewonnen. Schweren Herzens kraulte Sigmar zurück zum Strand. Er merkte, dass die ungewohnte Bewegung doch anstrengend war. Er nahm sein Handtuch aus der Tasche, breitete es im Sand aus, ließ sich von der Sonne trocknen und schaute sich immer wieder um, ob Ulf nicht irgendwo auftauchte. Dann zog er sich an und ging zurück zur Pension. In Höhe des *Strandcafés* verspürte er ein leichtes Ziehen in der Magengegend. Schwimmen macht hungrig. Das hatte seine Mutter früher schon festgestellt, wenn die ganze Familie in der Badeanstalt war und die Kinder nach Schaumwaffeln riefen, noch bevor sie einen Fuß ins Wasser gesetzt hatten. Das waren die leckeren mit rosa-weißem Schaum und an den Ecken Schokolade. Er ging hinein und bestellte sich eine Pizza und ein Pils. Dann setzte er sich nach draußen in einen der Strandkörbe und wartete. Er lehnte sich zurück und schloss die Augen. Gleich neben dem Korb, auf einer der Partybänke, unterhielten sich zwei Männer. Sigmar wünschte sich, sie würden den Mund halten. Aber in einem Lokal konnte man das Reden wohl kaum verbieten.

»Hast du von dem Toten gehört? Der lag wohl in den Dünen.«

»Ja, die Polizei ist wieder mit großem Aufgebot hier. Es ist der, der im *Inselmarkt* gearbeitet hat. Mehr weiß ich auch nicht.«

Sigmar sprang auf und rannte und rannte. Er merkte nicht, dass seine Tasche immer noch neben dem Strandkorb stand.

Und als die Bedienung mit einem großen Teller rauskam und »Salamipizza! Wer bekommt Salamipizza?« rief, erhielt sie keine Antwort.

## 28

»Tschüss. Bis irgendwann.« Röder ließ Sandra und Wiebke, die Frau seines Freundes Arndt, im Wohnzimmer zurück und fuhr zum *Hotel Sonnenstrand*, wo seine Kollegen auf ihn warteten. Ein Gutes hat Freddys Tod doch, dachte er, als er bei der Gaststätte *Zum Seehund* links abbog. Die abendliche Festzeltparty würde ohne Arndt und ihn stattfinden. Er erwischte sich bei der Überlegung, dass das wohl ziemlich eigennützig gedacht war. Und natürlich wäre es ihm lieber gewesen, wenn ihm ein lebendiger Freddy über den Weg gelaufen wäre. Es war nur die Erinnerung daran, dass ihn im Schlafzimmer dieser quietschbunte Anzug angelacht hatte, der auf einem Bügel am Schrank auf ihn und die Party wartete.

Den beiden Frauen war auch nicht nach Abtanzen zumute gewesen. Sie wollten es sich lieber zu zweit gemütlich machen. Und so würde Andrea Burgat sicher auf einige Insulaner verzichten müssen, denen Freddys Tod nahegegangen war.

Im Klubraum herrschte genüssliches Schweigen. Alle Ermittler waren damit beschäftigt, ihre Teller zu leeren. Birgit Ahlers brachte ein Tablett voller Getränke, als Röder eintraf.

»Gibt es für mich auch etwas?«, fragte er neidisch.

»Dein Platz wartet auf dich«, sagte Birgit und zeigte neben Arndt. Sie verteilte die Gläser. »Ich bringe dir gleich deine Portion.«

Neugierig schaute Röder auf Arndts Teller. »Was gibt es denn?«

»Schollenfilet mit Bratkartoffeln. Schmeckt prächtig.«

Auch den anderen schien es zu gefallen. Alle langten begeistert zu. Was für ein Glück, dass sie die Räume und den Service in diesem Hotel nutzen durften. »Martin, Lars, wie sieht es bei euch aus?«, fragte er seine Kollegen vom Kriminaldauerdienst. »Bleibt ihr?«

»Nein. Hier ist kein Zimmer frei, und unsere Arbeit ist getan. In einer guten Stunde werden wir abgeholt. Wir nehmen übrigens das Kaninchen mit. Als toten Zeugen sozusagen. Wir haben bei uns eher die Möglichkeit, es längerfristig als Beweismittel zu lagern. Henning Ahlers war nicht sehr glücklich mit dem Tier in seiner Küche.«

»Das glaube ich«, sagte Marvin, »aber was das Schlafen anbelangt, würden wir auch glatt ein wenig zusammenrücken.«

Wieder bemerkte Röder einen Blickaustausch zwischen Daniel und Rebecca. Diesmal nicht so aggressiv wie zu Anfang, aber wenn Blicke Blitze wären, überlegte er, wäre der Klubraum hell erleuchtet gewesen.

Birgit Ahlers kam erneut und brachte auch dem Inselpolizisten einen gut gefüllten Teller. Hungrig langte er zu. Es schmeckte großartig. Bald lehnte er sich gut gesättigt zurück. »Also, wie geht es weiter?«

»Du und Daniel unterrichtet uns noch einmal über die Geschehnisse dieser Woche. Vieles wissen wir, aber es ist sinnvoll, dass wir alle auf dem neuesten, sprich gleichen Stand sind«, schlug Arndt vor.

Röder und Daniel folgten seinem Wunsch, ab und zu unterbrochen von Fragen seitens Rebeccas oder der anderen. Zum Schluss sagte Röder: »Die Frage ist: Sind es zwei verschiedene Umstände, mit denen wir zu tun haben, oder gehört alles zusammen?«

»Ich hoffe, dass wir der Antwort in den nächsten Tagen näherkommen«, sagte Arndt. »Wir trennen uns. Eine Gruppe hakt noch einmal wegen des ersten Todesfalles nach und spricht morgen mit der Tochter des Künstlers, und die andere Gruppe kümmert sich um den Fall Grothe. Wer mit wem? Ich schlage vor, du, Michael, nimmst Rebecca an die Hand und kümmerst dich um Wurzellage, Marvin, Daniel und ich arbeiten uns in den neuen Fall ein. Grundsätzlich hilft jeder jedem, und wir behalten ständigen Austausch hier im Klubraum bei.«

»Wird so erledigt, Chef!«, grinste Marvin. »Wo fangen wir an?«

»Ich habe einen Termin mit dem Marktleiter des *Inselmarktes* gemacht. Er wartet auf uns. Danach sprechen wir mit den Nachbarn. Daniel kann den Rechner übernehmen und schauen, was die Suche nach Verwandten ergibt. Michael, ihr redet mit Familie Paulsen und erkundigt euch, ob Johannes aufgetaucht ist.«

»Alles klar.« Martin Brinkmann stand auf. »Wir packen das Kaninchen ein und begeben uns zum Flugplatz. Mit etwas Glück ist der Rückholservice schon etwas eher da.«

Michael Röder begleitete die beiden Männer in die Küche, wo Henning ihnen das sorgfältig eingepackte Kaninchen überreichte. »Lasst es euch schmecken«, sagte er zum Abschied, was aber nur ein Kopfschütteln der Ermittler hervorrief. »Daraus wird wohl nichts. Bis zum nächsten Mal«, verabschiedeten sich die Männer.

»Jetzt sage ich etwas, was ich meinen Gästen höchst selten mit auf den Weg gebe: hoffentlich nicht so bald.«

Als die beiden das Hotel verlassen hatten, machten sich auch Röder und Rebecca auf den Weg. »Wir gehen erst bei uns vorbei. Dann kannst du dir ein Fahrrad nehmen. Das vereinfacht die Ermittlungen«, erklärte er ihr.

»In Ordnung«, stimmte sie zu. »Da magst du recht haben. Man ist damit erheblich schneller am Einsatzort.« Sie grinste ihn von der Seite an. »Ein echt anderes Leben hier, oder? Normalerweise schiebst du doch eine richtig ruhige Kugel, oder?«

Röder überlegte. Was sollte er darauf antworten? Ja, meistens war es recht ruhig. Allerdings war er, wenn keine Saison war und er keinen Hilfssheriff da hatte, Tag und Nacht Ansprechpartner der Inselbewohner. Das war etwas, was seine Kollegen am Festland sicher nicht gewohnt waren. »Meistens ist es so«, erwiderte er. »Aber es geht auch anders, wie du siehst.«

Am Gartenhaus neben der Wache angekommen, holte er ein Rad heraus. Er hoffte, dass es fahrbereit war. Er hatte

Daniel gebeten, nach den Rädern zu schauen, war sich jedoch nicht sicher, ob sein junger Kollege den Auftrag bereits erledigt hatte. Rebecca Carle klemmte ihre Handtasche auf den Gepäckträger und schob das Rad auf die Straße. »Wo müssen wir hin?«

»Ich fahre voraus. Folge mir einfach.« Röder war zufrieden, dass der Lampionumzug vorüber war. So mussten sie sich nicht durch die Menschenmassen schieben, die laut Sandras Aussage dem Musikzug fröhlich singend gefolgt waren.

Die Galerie war geschlossen, so gingen sie zur Rückseite des Hauses und klopften. Änne Paulsen öffnete und wollte im gleichen Moment die Tür wieder schließen, als sie den Inselpolizisten erkannte. Er hielt dagegen, und nach einem kurzen Kräftemessen öffnete sie die Tür, ließ sie wortlos eintreten und führte sie ins Wohnzimmer. Meta Paulsen saß mit verheulten Augen auf dem Sofa. Er machte die beiden Frauen mit der Kommissarin bekannt.

Gleich darauf setzte sich Rebecca mit einem leisen »Darf ich?« neben Meta. Die reagierte kaum, nahm sich nur ein neues Papiertaschentuch aus dem Päckchen und warf das benutzte auf den Haufen, der sich auf dem Tisch vor ihr angesammelt hatte.

»Gibt es Neues, was Sie uns zu erzählen haben?«, fragte Rebecca.

Meta antwortete nicht. Stattdessen wurde die Tür aufgerissen, und Johannes stürmte herein. »Lassen Sie meine Tante in Ruhe. Machen Sie, dass Sie rauskommen«, schrie er.

»Frau Carle, das ist Johannes Paulsen, an den wir einige Fragen haben«, unterbrach der Inselpolizist den jungen Mann betont ruhig. »Wo können wir uns unterhalten?«

»Nirgendwo. Wir haben nichts zu bereden. Ich bin nicht der Mörder, für den alle mich hier halten.«

Röder sah, dass Johannes am ganzen Körper zitterte.

»Wo waren Sie gestern Abend zwischen 20 und 24 Uhr?«, fragte Rebecca.

»Das geht Sie nichts an. Darüber gebe ich keine Auskunft.« Es schepperte, als Paulsen einen Kluntje in eine Teetasse warf. Dann nahm er die Kanne und goss Tee ein, nicht ohne die weiße Tischdecke mit einigen braunen Flecken zu versehen. Die Sahne sparte er sich. Dann nahm er die Tasse, trank einen kleinen Schluck und ging auf das Sofa zu. »Ich will meine Ruhe haben. Sucht euren Mörder woanders.« Wieder nahm er einen Schluck, dann stand er direkt vor seiner Tante und der Kommissarin. Er streckte die Tasse nach vorne, und es sah aus, als wolle er den Rest über den beiden Frauen ausgießen. Röder reagierte sofort. Er schlug dem Mann die Tasse aus der Hand nach hinten. Dabei war ihm völlig egal, dass der Tee bis an die Tapete seine Spuren hinterließ. Rebecca stand auf, und so schnell, wie Röder es nie erlebt hatte, lag Johannes auf dem Boden, die Arme nach hinten gebogen, und Rebecca kniete über ihm. »Das war es dann wohl. Sie sind festgenommen. Angriff gegen die Staatsgewalt und gegen Ihre Tante.«

Johannes schnaufte. »Ihr seid alle verrückt.« Er versuchte, sich aus der Umklammerung zu lösen, doch Rebecca weigerte sich, den Griff zu lockern.

»Mensch, mein Arm. Der bricht gleich«, winselte er.

»Lassen Sie ihn los. Sofort!« Jetzt war es Änne, die sich vor Rebecca aufgebaut hatte. Mit der Teekanne. »Lassen Sie sofort meinen Sohn los. Er hat nichts getan.« Langsam neigte sie die Kanne und wieder musste Röder eingreifen, bevor der heiße Inhalt Rebeccas blonde Haare traf.

Er machte einen Schritt auf Änne zu, und es ging erstaunlich leicht, ihr die Kanne abzunehmen. »So, jetzt setzen wir uns alle mal hin und vergessen, was geschehen ist. Und dann führen wir ein Gespräch.«

Rebecca folgte seinem Rat, er setzte die Kanne zurück auf den Tisch und für einen Moment herrschte Schweigen. Johannes rieb sich den linken Oberarm, aber auch er zog sich einen Stuhl heran.

Auch Röder setzte sich, dann bat er Johannes freundlich, aber energisch um Aufklärung, wo er am Abend zuvor gewesen war.

»Ich war am Strand und habe dort ein, zwei Bier getrunken. War es das?«

Nein, das war es eigentlich nicht, aber wie sollten sie an Johannes rankommen? Sollten sie ihn mit in die kleine Zelle nehmen nach dem Motto: Den lassen wir schmoren? Röder glaubte nicht daran, dass die Maßnahme Erfolg haben würde.

Meta stand auf und zog an Rebeccas Ärmel. »Kommen Sie mit?«

Johannes schaute den beiden kritisch hinterher, ebenso wie Röder, der sich nicht sicher war, ob er die beiden allein lassen durfte. Wenn er allerdings daran dachte, wie Rebecca Johannes zu Fall gebracht hatte, war er überzeugt, dass sie im Ernstfall auch mit Meta fertig wurde.

Es dauerte nur einen kurzen Moment, dann erschienen die Frauen wieder. Rebecca hielt etwas hinter ihrem Rücken verborgen und setzte sich wieder auf das Sofa. »Haben Sie ein Messer?«, wandte sie sich an Johannes.

Er zögerte und schwieg.

»So, dann wollen wir mal.« In der Tüte, die sie nun in den Raum hielt, steckte ein Messer mit blankpolierter Klinge. »Ist das Ihres?«

Johannes sprang auf. »Ja, verdammt. Es ist meines. Ich habe es schon den ganzen Tag gesucht. Ja, verdammt, ich habe diesem ekeligen Karnickel den Hals durchgeschnitten. Der Arsch sollte mal sehen, wie das ist, wenn man Abschied von etwas nehmen muss!«

»Herr Paulsen, setzen Sie sich!« Auch Röder war aufgestanden und schob den wütenden Mann zurück auf seinen Stuhl. »Jetzt berichten Sie ruhig und sachlich, was passiert ist.«

»Grothe geht mir auf den Sack, seit ich ihn kenne. Seit ich als Kind meinen ersten Surfkurs bei ihm gemacht habe. Ständig hatte er was zu meckern. Immer wusste der alles besser. Das hat sich bis heute nicht geändert. Dann war ich gestern im *Inselmarkt*. Freddy sprach mich auf mein Diskoprojekt an und zweifelte daran, ob es für die Insel das Richtige wäre. Die Insel solle nicht zur Partymeile verkommen. Und natürlich wies er auf meine Vorstrafe hin. Weil ich damit vermutlich keine Gastronomie eröffnen dürfte. Ich bin dann so raus und habe gedacht: Wer mein Leben kaputtmacht, dem mache ich seins kaputt. Ich bin zu den blöden Karnickeln, habe mir eines geschnappt und erledigt. Es war mir zu diesem Zeitpunkt völlig egal, ob mich jemand sieht. Es ging auch ganz schnell. Das Felltier schnappen, ratsch, Fall erledigt. In diesem Moment dachte ich nur an sein dämliches Gesicht, wenn er von der Arbeit nach Hause kommt.«

Röder sah, wie Änne die Hände vors Gesicht schlug. Ob sie wohl langsam merkte, welches Gewächs sie durch ihre ständige Nachgiebigkeit herangezogen hatte? So rechthaberisch, wie Johannes Freddy Grothe beschrieben hatte, hatte Röder ihn nie kennengelernt. Und wenn es stimmte, dass Johannes damals eine andere Teilnehmerin beinahe ertränkt hatte, war es nur verständlich, dass Freddy eingeschritten war.

»Das ist das Messer?« Röder deutete auf die Tüte.

Meta nickte. »Ich habe es draußen neben dem Fahrradständer gefunden. Es war blutig. Ich habe es abgewaschen. Es sah so grässlich aus und außerdem wollte ich nicht …«

Natürlich. Auch sie wollte wieder einmal alle Schuld im wahrsten Sinne des Wortes von ihrem Neffen abwaschen.

»Aber dann dachte ich daran, dass ich beschlossen hatte, nicht mehr alles hinzunehmen. Daher habe ich das Messer Frau Carle übergeben. Und …«, sie schaute Johannes an, »und Freddy war ein guter Kerl.«

»Gibt es mehr, was wir wissen sollten?« Röder schaute auf die Uhr. Sie hatten sich zu 20 Uhr im Klubraum verabredet.

»Keine Ahnung.« Johannes Paulsen zuckte mit den Schultern.

»Gut. Dann kommen Sie jetzt mit uns zum *Hotel Sonnenstrand* und geben Ihre Aussage zu Protokoll. Und zwar ohne Stress und Umwege. Haben Sie verstanden, Herr Paulsen? Danach entscheiden wir, wie wir mit Ihnen vorgehen. Eine Kooperation wäre vorteilhaft, wie Sie sich denken können. Übrigens auch bei einem anderen Thema. Wir würden von Ihnen nämlich gerne wissen, wie der Bär von Herrn Wurzellage in den Vorratsraum gekommen ist.«

Jetzt stand Änne Paulsen auf, stellte sich vor ihren Sohn und gab ihm eine schallende Ohrfeige. »So, das ist für die ganzen Jahre, in denen du uns gequält hast.« Wieder schlug sie zu, diesmal auf die andere Seite. »Und das ist, damit du begreifst, dass diese Zeiten jetzt vorbei sind. Du gehst jetzt mit und erzählst denen alles, was vorgefallen ist, verstanden?«

Zu Röders Erstaunen nickte Johannes. Er hatte Tränen in den Augen. Der Inselpolizist war sich jedoch nicht klar, ob sie vom Schmerz oder vom Selbstmitleid herrührten.

# 29

Auch Marvin Lingenberg hatte sich eines der Diensträder aus dem Gartenhaus geholt und war dann mit Arndt Kleemann zum *Inselmarkt* gefahren. Der Marktleiter hatte die beiden gebeten, den hinteren Eingang zu nehmen, da vorne bereits abgeschlossen war. Sie gingen an Leergutkisten vorbei, die hoch aufgestapelt auf ihre Rückreise ans Festland warteten. Daneben standen blaue Kühlbehälter und in den Rollwagen jede Menge leere Obstkisten. Arndt Kleemann klopfte, dann gingen sie hinein. Auch hier, im Lager unter Dach, türmten sich die Kisten, diesmal gefüllt mit Waren aller Art. Einige Mitarbeiter waren mit Auffüllen der Regale beschäftigt. Der Marktleiter saß im Büro und schaute auf einen Monitor. Als er sie sah, stand er auf und begrüßte sie freundlich. »Gehen wir nach unten. Da haben wir mehr Ruhe und mehr Platz.«

Sie folgten ihm die Treppe hinunter in den Keller und setzten sich in den Personalraum. »Was kann ich für Sie tun?«

»Erzählen Sie uns etwas über Herrn Grothe«, bat Arndt. »Sie wissen, dass er tot aufgefunden wurde?«

»Ja natürlich«, sagte der Marktleiter. »Das ist äußerst bedauerlich. Nicht nur für mich und den Markt. Sondern, weil er auch ein wirklich netter, kompetenter Mensch war.«

»Gibt es etwas, was Ihnen in letzter Zeit an ihm aufgefallen ist? Hat er sich verändert?«, fragte Marvin.

Der Markleiter überlegte. »Nein, eigentlich nicht. Er hat seine Aufgaben zuverlässig erledigt. Also, bis … Nein, ach Quatsch. Da war nichts.«

»Was war los?«

»Er war dafür bekannt, dass er nie Fehler machte. Aber in den letzten Tagen war es irgendwie vorbei mit seiner Ausgeglichenheit. Er, der immer freundlich war, zog ein richtig miesepetriges Gesicht, und dann wieder lachte und feixte er für uns völlig grundlos vor sich hin. Er war für die alkoholischen Getränke und das Obst zuständig. Und als er plötzlich die Gurken neben den Äpfeln aufbaute, wo sie nun gar nicht hingehörten, und dann auch während der Arbeitszeit einen Schluck Sanddornlikör aus einer Flasche nahm, die uns ein Vertreter dagelassen hatte, habe ich ihn natürlich gefragt, was Sache sei, aber er hat nur gegrinst und gemeint: ›Die Welt ist schön, oder?‹ Ich habe daraufhin für mich beschlossen, dass Freddy über kurz oder lang bestimmt wieder normal würde, und habe mich um andere Dinge gekümmert.«

»Hat er anderen Mitarbeitern gegenüber etwas verlauten lassen?«, fragte Arndt. »Hatte er hier enge Freunde?«

»Ich denke nicht. Er führte ein ruhiges, zurückgezogenes Leben. Sein Hobby waren die Kaninchen. Für die durfte er immer Obst und Gemüse mitnehmen, das nicht mehr zu verkaufen war.« Der Marktleiter schüttelte traurig den Kopf. »Wenn ich man nicht aufgegeben hätte. Ich hätte nachhaken müssen, dann wäre er vielleicht jetzt noch am Leben.«

»Machen Sie sich keinen Vorwurf«, sagte Marvin. »Herr Grothe hat keinen Selbstmord begangen, sondern der Tod hat äußerliche Einflüsse gehabt, und gegen die ist man meistens machtlos. Das liegt in der Natur der Sache. Gibt es eigentlich so etwas wie Schränke für die Mitarbeiter? Etwas, wo sie ihre persönlichen Sachen lassen können?«

»Nein. Wir vertrauen uns. Wer etwas abzulegen hat, packt es in den Keller. Fertig!«

Die beiden Kommissare standen auf. »Wir möchten uns gerne mit Ihren Mitarbeitern unterhalten.«

»Ich hole die, die jetzt hier sind, einzeln nach unten, und von dem Rest der Mannschaft gebe ich Ihnen gerne Namen und Telefonnummern.«

»Das wäre hilfreich«, erwiderte Arndt.

Sie befragten alle, doch keiner konnte so recht weiterhelfen. Freundlich, ausgleichend und zuverlässig, das waren die Worte, die bei der Beschreibung des Toten immer wieder auftauchten. Arndt hatte auch nicht das Gefühl, dass einer der Mitarbeiter mit seiner nicht so positiven Aussage einfach nicht rüberkam. Sie meinten, was sie sagten. Nur einem war auch aufgefallen, dass Freddy Grothe in den letzten Tagen wohl ein wenig durcheinander gewesen war. »Ich glaube, der war frisch verliebt«, sagte Arndt, als sie den Markt wieder verließen.

Aus dem Zelt, das neben dem *Haus des Gastes* aufgebaut war, hörten sie Musik. »Die Emilys üben für die Party nachher. Sollen wir mal eben reinschauen?«, schlug Marvin vor.

»Ich denke, fünf Minuten schaden nicht, bevor es mit den Ermittlungen weitergeht.« Sie ließen ihre Räder am Zaun stehen und betraten das Zelt, wo Billy Blackwell und seine Jungs fleißig bei der Arbeit waren. *Tanze Samba mit mir*, ja, das würde an diesem Abend an ihm vorbeigehen. Genau wie die gemütliche Ecke rechts neben der Theke mit den Stehtischen. Seinem Freund Michael machte es offensichtlich nichts aus, diesen Abend zu verpassen. Er aber wäre gerne mit Wiebke dabei gewesen. Als die Musiker eine Pause machten, winkte Billy ihnen zu. »Es beginnt erst in einer Stunde.«

»Leider ist etwas dazwischen gekommen. Vielleicht morgen«, rief Arndt, dann nahmen die Musiker ihre Instrumente.

*Musst du jetzt grade gehen, Lucille …*, das war genau der passende Titel, mit dem Billy die beiden Ermittler nach draußen begleitete.

Arndt fühlte einen warmen Luftzug. Die Sonne stand am Himmel und schien auf die Menschen, die auf dem Weg in ihre Unterkünfte waren oder sich, bereits fertig mit dem Abendessen, auf die große Party freuten. Auch der *Frischemarkt* und alle anderen Läden hatten bereits die Eingangstür abgeschlossen. Arndt Kleemann warf einen Blick auf die Inselglocke, die wieder ihren angestammten Platz hatte, nachdem sie zwei Jahre zuvor gestohlen worden war.

Im Klubraum fand er nicht nur seine Kollegen, sondern auch Johannes Paulsen vor, der unruhig von einer Pobacke auf die andere rutschte. Rebecca saß ihm gegenüber und notierte etwas. »Was haben Sie mir zu der Diabas-Skulptur zu sagen?«, drang ihre scharfe Stimme durch den Raum.

Johannes blickte sie fragend an. »Wozu?«

»Der Bär. Wir reden seit geraumer Zeit über den Bären. Haben Sie ihn bei eBay reingestellt? Ist *Wuddel* ihr sorgsam ausgesuchtes Pseudonym?«

Jetzt lachte Paulsen. »Nein. Ich wäre da sicher einfallsreicher gewesen. Nein. Ich habe den Bären nicht dort eingestellt!«

Michael kam auf ihn zu. »Komm mal mit.«

Er folgte seinem Freund in den Flur, und dort berichtete ihm Michael, was sich bei Paulsens zu Hause abgespielt hatte. »Was machen wir mit dem Kerl?«, fragte er. »Der vergreift sich an unserem Weltkulturerbe Ostfriesentee. Das allein reicht schon für eine Verurteilung. Aber mal im Ernst. Können wir Paulsen zurück zu den Schwestern lassen? Nicht, dass er meint, sich bei den Damen rächen zu müssen.«

Arndt überlegte. »Was haben wir in der Hand? Er hat zugegebenermaßen das Kaninchen getötet. Die Befragung wegen eines geklauten Bären läuft gerade. Aber ob beides für eine Inhaftnahme reicht, möchte ich bezweifeln. Eine Anzeige ist auf jeden Fall drin. Es ginge also nur um eine vorbeugende Maßnahme. Aber wir können die drei nicht für immer trennen. Wir werden mit ihm reden, ihm eindringlich klarmachen, dass er die Frauen nicht bedrohen soll.«

»Wenn du meinst, dass das reicht?« In Michaels Antwort klang der Zweifel mit. »Lass den ein paar Bierchen schlucken, dann kennt er keine Freunde mehr. Es gibt keinen Grund, warum er sein Verhalten ändern sollte.«

»Warte ab.«

Als sie zurück in den Klubraum kamen, fragte die Kommissarin gerade: »Noch einmal: Was war an dem Morgen? Was haben Sie gesehen? Wie haben Sie reagiert? Warum haben Sie Ihrer Verwandtschaft vorenthalten, dass Sie schon morgens angereist sind?«

Johannes Paulsen stöhnte. »Meinen Sie, es wird besser, wenn Sie mir Ihre Fragen zum dritten Mal stellen? Ich habe nichts gesehen und nichts gehört. Ich wollte meine Ruhe haben. Ich habe meine Surfklamotten genommen und bin zum Strand. War es das?«

Sie ließen ihn gehen. Arndt hoffte, dass Michaels Prognose, was den jungen Mann betraf, verkehrt war. Aber sie hatten keine Grundlage, ihn weiterhin festzuhalten.

Allerdings hatten sie versucht, ihm ganz klar die Konsequenzen aufzuzeigen, die falsches Handeln für ihn haben würde.

Die Ermittler setzten sich zusammen, besprachen die Lage und mussten feststellen, dass sie keinen Schritt weitergekommen waren. »Morgen reden wir noch einmal mit Herrn Benedikt. Ich bin mir sicher, dass er der Grund für die falsch geschichteten Gurken war. Auch mit Martens werden wir uns unterhalten. Der hat sich bis jetzt ziemlich im Hintergrund gehalten.«

»Unsere Kollegen vom Festland hatten ebenfalls keine Neuigkeiten. Ich denke jedoch, dass ich morgen mehr erfahre«, sagte Daniel.

Röders Telefon klingelte. Er nahm an, hörte einen Moment schweigend zu, dann beendete er das Gespräch und grinste. »Das war Meta. Sie haben Johannes einen gepackten Koffer vor die Tür gestellt und sein Zimmer verriegelt. ›Der Junge soll lernen, wie man sich benimmt‹, haben die beiden beschlossen. Wahrscheinlich steht er hier gleich wieder vor der Tür und bittet um eine Bleibe in der Zelle.«

# 30

Daniel Gebert war sich nicht sicher, ob der Tag ein guter werden würde. Seit dem Moment, als Rebecca auf dieser Insel aufgetaucht war, hatte er keine ruhige Minute mehr gehabt. An Schlaf war so gut wie gar nicht mehr zu denken gewesen. Genauso gut hätte er die Nachtstunden mit Ermittlungen verbringen können. Stattdessen hatte er die Zeit, nachdem sie alle den Feierabend eingeläutet hatten, vor dem Fernseher verbracht. Und mit dem Starren auf Fotos, die er während des Besuches der Polizeischule auf sein Handy gebannt hatte. Bilder von Partys, Bilder von Touren auf der Weser, Bilder vom Heimspiel der Bremer im Weserstadion. So unterschiedlich die Inhalte waren, eines hatten sie gemeinsam: Überall war Rebecca drauf. Er hatte sie seit zwei Jahren nicht mehr gesehen. Der Kontakt war abgebrochen. Was nicht seine Schuld war. Zumindest bildete er sich das ein. Nachdem sie die Schule verlassen hatten, hatte er ihr mindestens fünf Nachrichten geschrieben, jedoch nie eine Antwort bekommen. Ja, sogar eine Ansichtskarte aus Mallorca hatte er ihr geschickt, weil sie mal erwähnt hatte, sie liebe diese altmodische Art der Kommunikation, doch auch das war erfolglos geblieben. Dann hatte er es aufgegeben. Aber vergessen hatte er sie nie. Sie hatte mindestens drei Freundinnen in den letzten zwei Jahren überlebt. Wenn er ehrlich war, war vermutlich die Erinnerung an sie der Grund, warum es das weibliche Geschlecht nie lange bei ihm ausgehalten hatte.

Gleichgültig biss er ein Stück von seinem sonst so geliebten Schwarzbrot ab. Er bemerkte nicht einmal, dass er vergessen hatte, die dunkle Scheibe mit Schinken zu belegen. Er nahm einen Schluck Kaffee, stellte die halbvolle Tasse in die Spüle, legte das Brettchen und das Küchenmesser dazu und verließ die Dienstwohnung.

Gleich nebenan war die Wache. Er schloss die Tür auf. Es war gut möglich, dass irgendwelche Benachrichtigungen auf die polizeiliche Begutachtung warteten. Tatsächlich lag ein Brief auf dem Schreibtisch. Er steckte ihn ein. Nebenan in Röders Wohnung war es ruhig. Sandra war bestimmt schon wieder im Bioladen und sein Kollege unterwegs. Auch von Amir war nichts zu hören. Dann also auf zum Klubraum.

Ein kühler Wind fuhr unter seine Dienstjacke. Es fühlte sich nicht wie Sommer an. Aber der Tag war jung. Es würde sich schon richtiges Strandwetter einstellen. Eine junge Familie kam ihm entgegen. Der Mann trug ein Baby auf dem Arm, das kräftig schrie und strampelte. Der Mann redete beruhigend auf das Kind ein. Die Frau neben ihm streichelte dem Kind über die Wange. Trotz der Lautstärke, die von dem kleinen Bündel ausging, war es ein schöner Anblick. Irgendetwas in seinem Magen zeigte Daniel an, dass er sich selbst ebenfalls in dieser Situation sehr gut vorstellen konnte. Aber was nicht war ….

Er stellte sein Rad am Zaun vor dem Hotel ab. Auf der Terrasse saßen ein paar Gäste, die sich nicht vom Wind abschrecken ließen und ihr Frühstück im Freien einnahmen.

Im Klubraum war kein Kollege zu sehen. Er legte den Brief auf den Tisch, warf den PC an und schaute, ob sich bei der Obduktion Grothes weitere Ergebnisse gezeigt hatten. Der Bericht bestätigte, was sie bereits festgestellt hatten. Er war erschlagen worden. Eine weitere Nachricht betraf das Handy. Es gehörte tatsächlich Grothe, und es konnten einige Rufnummern zurückverfolgt werden. Er druckte die Liste aus. Eine Nummer tauchte am Freitagabend immer wieder auf. Die von Benedikt. Wieder ein Hinweis, dass der Mann Kontakt mit Grothe hatte. Er war sich sicher, Benedikt steckte tief in der Sache drin. Er war verwickelt in Grothes Ableben, und Mitschuld am Tod von Peter Wurzellage würde er ihm auch nachweisen. Es konnte nicht mehr lange dauern.

»Hallo, Daniel.«

Er drehte sich um. Rebecca war hereingekommen, ohne dass er es bemerkt hatte.

»Hallo, Rebecca.« Wie geht es dir, brachte er nicht mehr heraus. Sein Hals war plötzlich knochentrocken.

»Gibt es Neuigkeiten?« Auch ihre Stimme klang nicht rund. Sie räusperte sich. Doch dann gab sie sich einen Ruck und stellte sich neben ihn. Der leichte Geruch nach

Vanille versetzte ihn augenblicklich wieder in die Polizeischule. »Jede Menge«, krächzte er und drehte sich zu ihr. »Bevor die anderen kommen – ich bin völlig verwirrt. Warum hast du mir nicht geantwortet? Ich habe so darauf gewartet. Was hast du in den letzten zwei Jahren gemacht? Wo bist du gewesen?«

Sie zog sich einen der Sessel heran und legte eine Hand auf seinen Arm. »Ganz langsam. Auch für mich war es eine Überraschung, dich hier zu sehen. Ich bin damals von der Schule und habe lange mit mir gerungen, ob ich eine Beziehung eingehen soll. Mit dir. Dann habe ich für mich beschlossen, dass ich erst meine Karriere aufbauen wollte. Das habe ich getan. Tatsächlich ohne eine andere Bindung einzugehen. Damals war ich fest überzeugt davon, dass Liebe und Job sich ausschließen, aber seit ich dich gestern wieder getroffen habe, bin ich mir nicht mehr sicher, ob nicht beides gleichzeitig auch funktioniert hätte.«

»Aha«, erwiderte er ernüchtert. »So cool hatte ich dich echt nicht in Erinnerung. Wie waren deine Überlegungen damals? Etwa so: Was mache ich? Ich nehme mal die Karriere. Egal, was der andere denkt. Ich lasse ihm nicht einmal die Möglichkeit mitzuentscheiden. Genug Vertrauen für ein Gespräch war auch nicht da.«

»Jetzt mach aber einen Punkt. So eng …«

Wieder wurde die Tür geöffnet, und Arndt und Marvin erschienen. »Guten Morgen, Kollegen«, sagte Marvin betont freundlich. »Alles fit für den Tag?«

»Alles gut.« Daniel hasste diesen Spruch, aber ihm fiel nichts Besseres ein.

»Oh, Post für uns?« Arndt hatte den Umschlag genommen und drehte ihn in der Hand. »Eine Familie Lohmann aus Essen schreibt uns.« Er nahm ein kleines Messer, öffnete den Umschlag und nahm ein zusammengefaltetes Stück Papier heraus. »Liebe Polizei«, las er. »Wir, das heißt unsere Kinder Merle und Bob, haben etwas zu berichten. Sie haben uns erst zu Hause gebeichtet, dass sie aus lauter Langeweile und weil ein Mann vor der Tür sie ein wenig angeschnauzt hatte, drei seit Neujahr gut gehütete Böller in die Galerie geworfen haben und dann weggelaufen sind. Am gleichen Tag nachmittags sind wir abgereist. Per Zufall haben wir jetzt von Freunden, die auf der Insel Urlaub machen, gehört, dass in der Galerie ein Mann gestorben ist. Wir hoffen, dass es nichts mit unseren Kindern zu tun hat. Wir sind jederzeit telefonisch erreichbar. Mit freundlichen Grüßen, Familie Lohmann.«

»Das ist ja ein Ding«, stöhnte Marvin. »Dann hätten wir damit geklärt, wie die Böller in die Galerie gekommen sind. Daniel, nimmst du Kontakt mit der Familie auf? Uhrzeit? Was genau passiert ist, du weißt schon.«

Ja, wusste er. Auch wenn er Streifenpolizist und kein Kriminalkommissar war, war ihm klar, was zu tun war. Er würde sich sofort darum kümmern.

»Hallo, Leute, entschuldigt, dass ich etwas zu spät komme. Aber ich wurde von einer Insulanerin angerufen, weil sie der Meinung war, dass man ihr ein Fahrrad gestohlen hatte. War aber Fehlalarm. Ein Gast hatte es zum Brötchenholen genutzt und tauchte gleich nach meinem Erscheinen damit wieder auf.« Michael Röder holte tief Luft, dann zeigte er auf den Brief. »Was ist das? Ein Liebesbrief?«

Daniel merkte, wie er rot anlief. Rebecca schaute stattdessen wie unbeteiligt aus dem Fenster.

Arndt erklärte, was es mit dem Brief auf sich hatte. »Daniel kümmert sich darum. Marvin und ich sprechen gleich mit Martens und Benedikt, und Rebecca und du, ihr nehmt die Tochter des Künstlers in Empfang, okay?«

Schon waren die Kollegen wieder verschwunden. Gerne hätte er noch ein paar Worte mit Rebecca gewechselt. Allerdings war er sich nicht sicher, ob sie das ebenfalls wollte. Ganz und gar nicht. Vermutlich würde es ihre Karriere ausbremsen.

Daniel wählte Lohmanns Nummer und hatte gleich darauf die Mutter von Merle und Bob dran. Sie sagte, dass ihre Kinder nicht daheim seien, da die Schule wieder angefangen hatte, beschrieb aber, was die Kinder ihr von dem Vorfall erzählt hatten. Demnach war es so gegen 11 Uhr, als die beiden an der Galerie vorbeigekommen waren. Eigentlich hatten sie die Böller, die sie heimlich mit auf die Insel genommen hatten, dafür nutzen wollen, sie in einer kleinen Sandhöhle in den Dünen zu zünden, um zu hören, wie laut es knallt, und um zu sehen, ob das Loch größer würde. Aber dann hatte vor der Galerie ein Mann gestanden und behauptet, dass sie die Fenster beschmiert hätten. Was ihre Kinder jedoch abstritten. Als der Mann in der Galerie verschwunden war, waren sie hinterher und hatten die Böller reingeworfen. Und sie haben Lügner geschrien. Dann seien sie weggerannt.

Daniel stellte ein paar weitere Fragen und beendete das Gespräch nicht ohne den Hinweis, dass die Polizei durchaus noch ein paar Fragen an die Kinder haben könnte.

»Machen Sie das gerne«, sagte Frau Lohmann zum Schluss. »Es wird bei der Erziehung helfen. Die sollen ruhig von Ihnen erfahren, was sie für einen Blödsinn veranstaltet haben.«

Noch einmal nahm Daniel sein Handy, rief seinen Inselkollegen an und schlug vor: »Wir sollten alle zusammenrufen. Den Benedikt, den Martens, Johannes Paulsen und die beiden Frauen. Ich denke, so können wir am besten den zeitlichen Ablauf des Morgens feststellen und einige offene Fragen klären. Was hältst du davon?«

»Gute Idee«, sagte Röder. »Heute um 13 Uhr im Klubraum. Ich gebe das an Arndt und Marvin weiter. Wir sind jetzt gerade auf dem Weg zum Hafen, um Frau Blume in Empfang zu nehmen. Möglich, dass wir sie ebenfalls mitbringen. Ach ja, es könnte sein, dass wir dich aufs Wasser schicken, um nach Johannes zu suchen. Halte dich bereit.«

Daniel musste beinahe lachen. Anstatt die Stille einer Insel zu genießen, musste er unter Umständen einen Verdächtigen mit dem Surfbrett verfolgen.

# 31

»Ich erkläre Ihnen mal, wie das früher mit der Vermietung war: Die Gäste wurden im Prospekt, der ja damals die Verbindung zwischen den Insulanern und der Außenwelt darstellte, gebeten, bei ihrer Anfrage einen Umschlag mit Rückporto beizulegen. Ich habe auf meiner Schreibmaschine – Gabriele hieß die – das Angebot geschrieben und darauf gewartet, dass die Gäste schriftlich zusagten. Aber das Ganze dauerte natürlich, man wusste auch nie, ob überhaupt eine Antwort kam, und so passierte es immer wieder, dass ich kurz nacheinander zwei Angebote für die gleiche Zeit geschrieben habe und, wie der Teufel es wollte, sagten beide Interessenten zu. Dann mussten wir natürlich einer Partei absagen. Heute läuft alles über den Computer. Briefe oder Telefonate gibt es fast gar nicht mehr. Ist dadurch alles viel einfacher. Sagt zumindest mein Sohn.«

Hilko Tebben saß auf der Bühne des Kinderspielhauses und berichtete aus alten Zeiten. Genau, wie Andrea sich das vorgestellt hatte. Der Raum im Kinderspielhaus hatte sich gut gefüllt und nicht nur ältere Besucher waren es, die ihre Erinnerungen auffrischen wollten, auch viele Junge waren erschienen.

»Damals war die Zimmervermittlung dort, wo jetzt das *Verhungernix* ist. Wenn man seine Zimmer zu bestimmten Zeitpunkten nicht vermietet bekam, konnte man es der Kurverwaltung melden, und die gaben dann bei passenden Anfragen die Adressen der Vermieter weiter. Auch Gäste, die unangemeldet die Insel besuchen wollten, hatten dort die Möglichkeit, nach einem freien Zimmer zu fragen.« Tebben lachte. »Aber so mancher Gast musste auch mit der nächsten Fähre wieder zurückfahren, weil keine Unterkunft mehr frei war.«

Andrea konnte sich kaum vorstellen, wie umständlich der Ablauf damals gewesen war. Auch die Anmeldung zum Kurbeitrag – heutzutage ganz einfach online – war zeitaufwändig. Hilko Tebben hatte erzählt, dass man bei der Kurverwaltung den Betrag bar bezahlen und einen

Zettel ausfüllen musste, dessen Kopie dann dem Vermieter auszuhändigen war.

»Im Prospekt wurde übrigens auch ganz besonders darum gebeten, keine Hunde mit auf die Insel zu bringen, sondern sie während der Urlaubszeit daheim in Pflege oder ins Norder Tierheim zu geben. Aus hygienischen Gründen und zum Schutz der Allgemeinheit.«

Ein Raunen ging durch den Saal. So etwas war heutzutage gar nicht vorstellbar. Zu jedem Hund gehören die Besitzer. In Neßmersiel wurde sogar mit einem Hundestrand geworben.

Ein Mann hob die Hand und fragte zum Gaudium der anderen Zuhörer: »Durften denn Kinder mit auf die Insel? Die machen doch auch Unordnung?«

»Die durften«, erwiderte Tebben. »Deren größtes Vergnügen war es, weiße Holzsegelboote auf dem Spielteich fahren zu lassen. Heute spielen die Kinder lieber mit dem Handy. Schade drum.«

»Der Spielteich ist so voller Schlick, da kann man gar kein Boot mehr fahren lassen«, rief eine Frau.

Was wurde das? Blieb es bei einem gemütlichen Austausch, oder sollte sie einschreiten? Schließlich hatte Hilko Tebben einiges mehr zu erzählen. Sie beschloss, erst einmal den Mund zu halten. Tebben würde sich schon durchsetzen.

»Sie haben recht«, antworte Tebben. »Da müsste dringend etwas getan werden. Es hat sich viel verändert. Einiges ist besser geworden, anderes wieder nicht.«

»Genau. Das meiste nicht«, scholl eine Stimme durch den Raum.

Julian Flegel. Natürlich. Wie konnte es anders sein?

»Damals gab es auch eine Sparkasse«, rief eine andere Frau. »Und als das Schwimmbad noch ein Wellenbad war, hat es mir auch besser gefallen.« Zwei Leute klatschten, und einer rief: »Kann der Herr dort oben bitte weitermachen? Ich habe zu 13 Uhr einen Tisch im *Sealords* bestellt.«

Es wurde still im Saal, und Hilko Tebben fuhr fort: »Damals waren Kuren der große Renner. Von Meerwassertrinkkuren bis Bewegungsbädern in der Kleinschwimmhalle wurde jede Menge angeboten, und abends feierten die Gäste bei vielen Veranstaltungen ab. Es gab den *Inselkeller* im *Hotel Küper* und die *Kajüte* im Westdorf sowie das *Kiek Rin* weiter östlich. Die ganze Nacht wogten die Feiernden zwischen den Lokalen hin und her. Dabei stand im Prospekt, dass in einem Kurort die Nachtruhe nicht …«

Andrea Burgat bekam den Rest des Satzes nicht mehr mit. Ihre Aufmerksamkeit wurde von einem Mann in der letzten Reihe geweckt, der sich mit einem Taschentuch über die Augen fuhr. Sie konnte ein leises Schluchzen hören. Der Mann neben ihm legte seinen Arm um die Schulter des Mannes und streichelte ihn beinahe liebevoll. Dann lehnte er seinen Kopf an den des weinenden Mannes. Das Schluchzen wurde lauter. Der Mann löste sich aus der Umarmung, sprang auf und stolperte nach draußen. Sein Sitznachbar folgte ihm.

»Jetzt kommen wir mal zur Schiffsverbindung. Man konnte die Insel von Neßmersiel oder Norddeich erreichen. Allerdings dauerte die Überfahrt von dort knapp zwei Stunden.«

Andrea Burgat schaute auf die Uhr. In einer halben Stunde war die Veranstaltung vorbei. Es sei denn, die Besucher hatten Fragen. Dann würde es sich sicher länger hinziehen. Aber sie hatte Zeit. Karsten war wieder einmal mit anderen Dingen beschäftigt. Ob sie trotzdem nach draußen schauen sollte, ob der Mann Hilfe benötigte?

Sie entschied sich dagegen. Er war nicht allein, also gab es jemanden, der sich sorgte. Eine andere Frage lag ihr mehr auf der Seele: Wer sollte heute Abend den DJ ersetzen, jetzt, wo Freddy tot war? Denn nicht nur der DJ fehlte damit, sondern auch die Platten, die er hatte mitbringen wollen. Jede Menge ABBA-Platten. So war es abgemacht. Zuerst der Film, dann die Musik. Die Emilys waren ebenfalls keine Option. Erstens hatten sie gestern Abend das Zelt zum Rocken gebracht und Abwechslung war angesagt, und zweitens saßen die Jungs bestimmt schon wieder auf der Fähre. Sie hatten einen Gig, wie sie es nannten, in Papenburg. Sie hatte nicht die geringste Lust auf den Abend. So sehr sie sich im Vorfeld auf die Woche gefreut hatte, so war ihr mit Freddy Grothes Tod in jeglicher Hinsicht die Freude daran vergangen. Schon gestern hatte sie sich kaum aufraffen können, die Gäste begeistert im Festzelt zu begrüßen. Es hatte sie große Mühe gekostet. Karsten hatte zwar erklärt: »Bier ist Bier und Schnaps ist Schnaps«, doch damit hatte sie sich nicht anfreunden können. Freddy war ein sehr liebenswerter Mensch gewesen, der immer ein freundliches Wort gehabt hatte, wenn sie im Markt Obst und Gemüse gekauft hatte. Auch beim Dünensingen hatte er voller Freude mitgemacht. Sie erinnerte sich, denn seine kräftige Tenorstimme war öfter rauszuhören gewesen. Aber was war da noch? Sie überlegte. Genau. Der Mann, der eben weinend aus dem Raum gelaufen war, war das nicht der, der neben Freddy auf der Düne gesessen hatte? Natürlich. Es hatte etwas seltsam ausgesehen, so als ob die Kilos dieses Mannes mit der Düne verschmolzen waren. Sozusagen eine Verlängerung, aus der oben Musik herausgekommen war. Und der andere Mann war ihr auch aufgefallen. Der hatte nämlich nicht, wie alle anderen Sänger, gemütlich im Dünental gesessen, sondern hatte reglos die meiste Zeit auf dem Weg gestanden und zugeschaut.

»Erst als es die kurze Verbindung nach Neßmersiel gab, machten die Insulaner ihren Führerschein und schafften sich Autos an. Das war eine ganz neue Perspektive. Alles wurde viel einfacher. Arztbesuche, Einkäufe auch in Städten, die weiter weg lagen – die Inselbewohner waren damit viel flexibler.« Hilko Tebben nahm ein Foto aus der Tasche und zeigte es herum. »Das ist unsere Cobigolfbahn. 1977 fand dort sogar die Deutsche Meisterschaft statt, und diese Bahn gibt es bis heute. Genau wie unseren wunderbaren Strand, freundliche Insulaner und eine Insel zum Entspannen. Danke.«

Die Zuhörer klatschten, bis auf Julian Flegel, der sogleich aufgestanden war. Wahrscheinlich hat der letzte Satz nicht in sein Weltbild gepasst, dachte Andrea, als sie auf Hilko Tebben zuging und sich bei ihm bedankte.

Dann verließ auch sie das Kinderspielhaus und fuhr zum *Strandcafé*. Dort bestellte sie sich einen Tee und überlegte, wen sie mit der Gestaltung des Abends betrauen konnte. Allerdings war sie sich ziemlich sicher, dass ihr so schnell kein passender Mitstreiter einfallen würde.

# 32

Irgendwie hatte Röder das Gefühl, dass die Frau, die gerade den Landgang herunterstieg, keine Urlauberin war. Lag es an den ziemlich hohen Stöckelschuhen? Oder dem wehenden grauen Umhang? Der großen Sonnenbrille, die das halbe Gesicht bedeckte?

»Das ist sie«, raunte er Rebecca zu und fing sich einen erstaunt bewundernden Blick ein. Hoffentlich stimmte seine Annahme nun auch. Er ging auf die Frau zu, die sich suchend umsah. »Sie sind die Tochter von Herrn Wurzellage?«

Sie nickte. »Heike Blume. Warum sind Sie hier? Eigentlich wollte Frau Paulsen mich abholen.«

»Wir haben mit ihr abgesprochen, dass meine Kollegin Rebecca Carle und ich zum Hafen fahren, damit wir ein paar Fragen klären können«, erklärte Röder.

»Na denn mal los. Zeigen Sie mir den Weg?«

Die beiden Ermittler nahmen ihre Räder und schoben sie neben der Frau her. Immer wieder schaute Frau Blume von links nach rechts, als ob es ihr unangenehm war, den Mann in Uniform neben sich zu haben. Sie hatte ihren Umhang eng an den Körper gezogen und ging so schnell, dass Röder kaum die Gelegenheit hatte, seine erste Frage zu stellen. Vielleicht war es auch wirklich keine gute Idee gewesen, die Frau in aller Öffentlichkeit, sozusagen im Laufschritt, zu befragen. Er beschloss, das Gespräch zu vertagen und ihr stattdessen ein wenig von der Insellandschaft zu beschreiben. Allerdings hatte er nicht das Gefühl, dass die Frau sich dafür besonders interessierte. Auch Rebecca machte keinen Versuch, die Aufmerksamkeit der Frau zu erregen. Sie ließen die Hafenstraße hinter sich und waren die Ersten, die nach dem Nationalparkhaus links abbogen. Die letzten Meter gingen sie schweigend, und Röder war froh, als vor ihnen die *Galerie Eiland* auftauchte. »So, da wären wir.«

Meta Paulsen begrüßte Heike Blume und bat alle herein. »Wir gehen ins Wohnzimmer«, sagte sie knapp.

Änne Paulsen saß zusammengesunken im Sessel und gab Heike Blume die Hand, ohne aufzustehen. Röder und Carle ignorierte sie ganz.

»Wo ist der Bär?«, fragte Blume, noch ehe sie sich ihres Umhangs entledigt hatte.

»Weiterhin sicher in der Asservatenkammer«, erwiderte die Kommissarin.

»Und die Bilder meines Vaters?«

»Setzen Sie sich erst einmal«, bat Röder die Frau, deren Gesicht inzwischen einige rote Flecken aufwies. Immer wieder wischte sie sich den langen Pony aus der Stirn. »Die Bilder hat Frau Paulsen aus dem Verkauf genommen und sichergestellt.«

»Woher weiß ich denn, ob das alle sind und sie keine heimlich beiseitegeschafft hat?«, sagte Heike Blume ruhig.

»Wenn Sie eine bessere Verbindung zu Ihrem Vater gehabt hätten, wüssten Sie vielleicht, welche Bilder er mit nach Baltrum genommen hat.« Meta Paulsen hatte sich drohend vor der Frau aufgebaut.

Röders Blick ging über den Wohnzimmertisch. Nein, heute stand kein Tee bereit. Trotzdem. »Meta, bitte reiß dich zusammen und setz auch du dich hin.«

Widerwillig folgte die Galeriebesitzerin der Aufforderung.

»Sie kennen den Bären. Sie haben ihn bei Ihrem Vater gesehen. Richtig?«

Heike Blume nickte.

»Können Sie uns etwas zu dem Verkäufernamen *Wuddel* sagen?«, fragte Rebecca.

»Natürlich. Das ist der Kosename, den mein Vater mir gegeben hat, als ich ein Kind war. Damals, als wir uns noch nicht entfremdet hatten. Und wenn er mal was bei eBay reinstellte, hat er diesen Namen verwendet. Das ist auch das Einzige, was von seiner früheren Zuneigung über die Jahre geblieben ist.«

Also war es doch nicht Johannes gewesen, sondern der Künstler selbst. Damit war schon mal eine Frage beantwortet. Jetzt mussten sie nur erfahren, wer den Bären warum in die Rumpelkammer gepackt hatte. Röder war sich sicher, dass ihm diese Antwort nur Johannes geben konnte.

»Und warum haben Sie mir am Telefon vorgeworfen, ich würde sein Erbe bei eBay reinstellen, wenn nur er das Wort *Wuddel* nutzte?«, fragte Meta wütend. »Wie sollte ich das denn wohl wissen?«

»Ich war ziemlich durcheinander. Ich habe mir einfach gedacht, wenn mein Vater wegen seiner Werke … wenn man das Wort aus ihm heraus … ach vergessen Sie es. Es war blöd. Ich wunderte mich nur, warum er als Versandort Baltrum angegeben hat«, sagte Heike Blume.

»Ich schätze mal, weil er davon ausging, hier noch ein paar weitere Tage zu bleiben. Also konnte er die Statuette auch von hier verschicken«, überlegte Meta.

»Frau Blume, hatte Ihr Vater Feinde? Haben Sie etwas

mitbekommen? Hatte er Angst vor irgendjemandem?«, fragte Röder.

Heike Blume schüttelte den Kopf. »Der hatte vor nichts und niemandem Angst. Feinde? Das ist gut möglich. Besonders in Brake. Dort hat er sich mit jedem angelegt, der nicht seiner Meinung war. Egal ob im Straßenverkehr, auf künstlerischer oder menschlicher Ebene. Das ist auch der Grund, warum der Kontakt zwischen uns beinahe eingeschlafen war.«

»Sie haben am Telefon gesagt, dass Sie in seiner Wohnung waren, als er weg war. Stimmt das?«, fragte Meta Paulsen.

»Das geht Sie einen Dreck an. Ich bin Ihnen keine Rechenschaft schuldig« rief Heike Blume scharf und stand auf. »Kann ich mir jetzt die Bilder ansehen?«

Meta schaute den Inselpolizisten unsicher an.

»Sie können sie ansehen, aber nicht mitnehmen. Dafür müssten Sie schon ein offizielles Schreiben vorlegen, dass Ihnen das Erbe zusteht«, erklärte Rebecca, was Heike Blume nicht unbedingt positiv aufnahm und was ihr deutlich anzusehen war.

»Wir lassen Sie jetzt allein, möchten aber die Damen Paulsen zu 13 Uhr in den Klubraum des *Hotels Sonnenstrand* bitten, um endlich eine Klärung herbeizuführen. Johannes Paulsen wird ebenfalls dringend erwartet.«

»Wenn wir wüssten, wo er ist, würden wir ihn gerne mitnehmen«, erwiderte Änne. »Aber nach unserem Rausschmiss haben wir ihn nicht wiedergesehen.«

»Wie lange bleiben Sie?«, fragte Rebecca die Tochter des Künstlers.

»Kommt drauf an. Eigentlich bis heute Abend. Ich will mit der nächsten Fähre zurück ans Festland.«

»Gut. Sollte sich Wichtiges ergeben, melden wir uns telefonisch bei Ihnen«, sagte Rebecca.

# 33

Auf dem Weg zur Pension hatte Julian Flegel sie mit dem Rad überholt und war, ohne zu grüßen, an ihnen vorbeigerauscht. Im Haus angekommen, hörten Arndt und Marvin dessen laute Stimme aus der Küche. Arndt konnte nicht verstehen, worum es ging, meinte jedoch etwas wie »den Gästen etwas bieten«, »den Winter einladender gestalten« und »die Drosseln abschießen, die unsere Früchte vom Baum holen« herauszuhören. Wie gut, dass sie mit dem Kerl nichts weiter zu tun hatten. Die Freundlichkeit, die er zwischendurch gezwungenermaßen gezeigt hatte, war verschwunden. Er klopfte und öffnete die Küchentür.

Antje Flegel stand wie versteinert am Herd, bevor sie sich einen Ruck gab. »Da hat wohl jemand einen schlechten Tag«, sagte sie betont fröhlich. »Kommen Sie rein und lassen Sie sich Ihren nicht davon verderben.« Sie schlug die Hand vor den Mund. »Oh, Entschuldigung. Sie haben wirklich mit schrecklicheren Dingen zu tun als mit griesgrämigen Ehemännern. Gibt es Neuigkeiten?«

Arndt antwortete nicht auf ihre Frage, sondern fragte seinerseits: »Sind die Herren Benedikt und Martens im Haus?«

Julian Flegel schlug mit der Faust auf den Tisch. »Wissen Sie was? Ich habe die Nase voll von der Tatsache, dass ständig die Polizei hier auftaucht. Als die Ehemänner ihr Frühstück beendet hatten, habe ich sie mir zur Brust genommen und sie aufgefordert zu gehen. Sie haben daraufhin ihre Koffer gepackt und sind verschwunden.«

Die Stille, die diesen Worten folgte, war mit Händen zu greifen. Der Knall, mit dem sich die Tür hinter Flegel schloss, ging wie ein Donnerhall durch die Küche. Dann rannte Antje Flegel hinter ihrem Mann her und sagte leise, aber bestimmt: »Auch du packst jetzt deinen Koffer und verlässt auf der Stelle mein Haus. Ich will dich nie mehr wiedersehen. Bis auf den Termin beim Scheidungsanwalt nie mehr.«

»Tja, mit der Wahrheit ist das so eine Sache. Die wollen die meisten nicht hören«, war alles, was Julian Flegel zu seinem Rauswurf zu sagen hatte.

»Raus!« Antje Flegel kam zurück in die Küche. »Dieser Mensch hat mich in den letzten Jahren häufig genervt. In letzter Zeit immer schlimmer. Aber das ist meine Sache. Doch wenn er sich die Gäste vornimmt, obwohl er angeblich immer nur das Gute für die Insel und die Urlauber im Sinn hat, dann ist bei mir Schluss. Schließlich leben wir von den Gästen. Er hat nie viel zum Unterhalt beigetragen.«

Arndt nahm sein Handy aus der Tasche. »Wir haben Benedikts Telefonnummer. Wollen Sie ihn anrufen?«

Dankbar nahm die Pensionsbesitzerin Röders Handy, nachdem er gewählt hatte. Sie lächelte, als sie Benedikts Stimme hörte, und bat ihn inständig, zurückzukehren. »Dann bis gleich«, beendete sie das Gespräch und gab das Handy zurück. »Sie haben eine Pause auf einer der Bänke am Marktplatz eingelegt. Es ist nämlich ziemlich schwer, um diese Jahreszeit ein freies Zimmer zu bekommen.«

Wahrscheinlich war es für Benedikt viel schwerer, seinen Mann davon zu überzeugen, auf Baltrum zu bleiben, sinnierte Arndt. »Prima. Wir warten hier, wenn es passt.«

»Natürlich. Darf ich Ihnen einen Kaffee machen?«, fragte Antje Flegel, und beide Kommissare nickten gleichzeitig.

»Wir gehen in den Garten«, schlug Arndt vor.

»Gut. Dann bringe ich Ihnen den Kaffee dorthin.«

Als sie das Haus verließen, sahen sie zwei Leute vor dem Gartenhaus stehen.

»Gehören Sie dazu? Wir wollen zu jemandem, der hier wohnt«, sagte die Frau.

»Darf ich fragen, zu wem?« Es ging den Kommissar eigentlich nichts an, aber er hatte das Gefühl, dass es doch wichtig sein könnte.

»Wir suchen Sigmar Benedikt. Mein Name ist Marga Steenfeld und das ist Hans Bökmann.«

»Herr Benedikt ist auf dem Weg hierher. Sie müssen sich einen Moment gedulden.«

»Und wer sind Sie?«, fragte Steenfeld.

»Hauptkommissar Kleemann und mein Kollege Marvin Lingenberg. Wir ermitteln im Mordfall Grothe. Schön, Sie anzutreffen. Wir haben bereits versucht, Sie zu erreichen. Uns interessiert, wie der Abend mit dem Dünensingen und dem anschließenden Fest im *Strandhotel* verlaufen ist. Kommen Sie bitte mit hinter das Haus. Dort wird Herr Benedikt auch erscheinen.«

Die beiden folgten den Ermittlern und berichteten, was sie in Erinnerung hatten. Es glich dem, was Benedikt ihnen auch bereits erzählt hatte. Weitere Erkenntnisse hatten Steenfeld und Bökmann nicht zu bieten, bis auf ihren Eindruck, dass Benedikt sich mit seinem Mann nicht so gut verstand. »Außer dem Treffen auf der *Baltrum I* haben wir ihn kaum mehr gesehen. Aber wir kennen das. Unser Mitreisender Bernd geht auch ständig Wege, die sich mit unseren möglichst nicht kreuzen.«

Antje Flegel schaute erstaunt auf die beiden, die mit Arndt und Marvin zusammenstanden, dann stellte sie sich vor. »Soll ich zwei weitere Tassen holen? Ich denke aber, dass der Kaffee nicht reichen wird. Ich mache gerne …«

»Danke, Frau Flegel. Es ist alles in Ordnung. Bleiben Sie bei uns«, bat Marvin.

»Sie haben uns in der Pause des Theaterstücks mit Bowle versorgt, nicht wahr?«, fragte Marga Steenfeld die Pensionswirtin.

»So ist es. Hat es Ihnen gefallen?«

»Sehr sogar. Wir kommen seit so vielen Jahren auf die Insel und haben die erste Aufführung von *Wenn de Hahn kreit* miterlebt. Es ist so wunderschön hier. Jedes Jahr überlegen wir, woanders hinzufahren. Aber es wird immer wieder Baltrum«, erklärte Hans Bökmann.

»Dann können Sie in den nächsten Jahren auch gerne bei mir wohnen«, lachte Antje Flegel. »Nicht, dass ich den anderen die Gäste wegnehmen will, es ist nur ein Angebot.«

Auch Magda Steenfeld lachte. »Wir schauen mal. Vielleicht fahren wir doch mal an die Ostsee. Wenn erst die Disko hier steht …«

»Ihr Mann hat auch wohl etwas dagegen«, sagte Bökmann.

»Wie kommen Sie darauf?«, fragte Antje.

»Na, auf der Party mit den Emilys gab es doch diesen Streit zwischen ihm und dem jungen Mann. Etwas später kam Herr Flegel – und ich weiß nur, dass es ein Herr Flegel war, weil er ziemlich angetrunken immer wieder sagte: ›Ich heiße Flegel, bin aber keiner‹, zufällig zu uns an den Tisch. Er trank ein weiteres Bier und hat angedeutet, dass er die Insel zu altem Glanz zurückbringen will und dabei erwähnt, dass es unmöglich sein kann, dass hier eine Disko entsteht. Und dass er ein ernstes Wort mit dem Mann reden will, der seine Karriere als Plattenaufleger wiederbeleben will.«

»Er hat gesagt: ›Eindrücklich klarmachen‹!«, fügte Marga Steenfeld hinzu »Genau so hat sich Ihr Mann ausgedrückt.«

»Hat Herr Flegel einen Namen genannt?«, fragte Arndt, während Marvin den Garten schnellen Schrittes verließ.

»Nein. Aber es kann sich eigentlich nur um Freddy handeln. Schließlich war er der beste DJ, den wir je erlebt haben. Der hat den *Inselkeller* zum Toben gebracht. Echt geile Zeit damals«, sagte Marga Steenfeld mit verklärtem Blick. »Und der hat beim Dünensingen erwähnt, dass er gerne dabei wäre, wenn der Mann aus der Galerie seine Pläne umsetzen sollte. Das muss sich wohl bis zu Herrn Flegel herumgesprochen haben.«

»Sie wissen, dass Herr Grothe nicht mehr lebt?«, fragte Arndt.

»Ja. Das ist ein Drama. So ein netter Kerl«, erwiderte die Frau.

»Aber«, Antje Flegel schaute Arndt erschreckt an, »Sie

denken jetzt nicht, dass Julian …? Nein, im Leben nicht. Der kann widerlich sein, ja. Aber jemanden umbringen? Niemals.«

»Beruhigen Sie sich, Frau Flegel. Mein Kollege versucht gerade, mit Ihrem Mann Kontakt aufzunehmen. Wir werden ihn zur Sachlage befragen. Aber zunächst geben Sie, Frau Steenfeld, und Sie, Herr Bökmann, mir Ihre Hausadresse und weitere Daten«, wandte sich der Kommissar an die beiden Gäste. Er notierte sich alles und bat die beiden zu gehen.

Sie hatten Glück. Julian Flegel war noch nicht ausgezogen. Die Schranktüren standen zwar offen, aber er hatte bis jetzt nicht ein Stück daraus in die kleine Reisetasche gepackt, die neben ihm auf dem Bett lag. Flegel schlief tief und fest und wurde erst wach, als Marvin Lingenberg ihm für Arndts Gefühl ein wenig zu energisch in die Seite knuffte. Aber auch dann dauerte es eine Weile, bis das Schnarchen aufhörte und er seine Augen öffnete.

»Na, lässt meine Frau mich jetzt schon mit Hilfe der Polizei aus dem Haus treiben?«, fragte er schlaftrunken.

»Steh auf! Die Polizei hat Fragen!«, schrie ihn seine Frau an.

Das brachte Flegel zumindest so weit, dass er sich aufrichtete, die Beine aus dem Bett hob und drei Mal kräftig hustete. »Wat is denn?«, murmelte er.

Als Arndt Kleemann ihn zu dem Abend mit den Emilys befragte, lachte der Mann nur.

»Ich war voll des Bieres. Trotzdem war ich nie der Ansicht, dass Grothe getötet gehört. Zufrieden?«, war seine Antwort.

»Ich bin erst zufrieden, wenn du hier raus bist! Ich gebe dir fünf Minuten!«, schrie Antje Flegel erneut.

»Alles in Ordnung«, versuchte Marvin, die Frau zu beruhigen. »Wir nehmen Ihren Gatten jetzt mit und befragen ihn. Natürlich darf er sich vorher vernünftig anziehen und sich die Haare kämmen. So haben Sie die Gelegenheit, Dinge zu erledigen, die Ihnen wichtig sind.«

»Darauf können Sie sich verlassen!« Antje Flegel verließ das Zimmer und kam gleich darauf mit einem Koffer wieder, was Julian Flegel wortlos zur Kenntnis nahm.

Er strich sich einen Kamm durch die Haare, steckte seine Füße in ein paar altersschwache Schlappen, zog eine Weste über und folgte Arndt Kleemann.

Der Kommissar war sich nicht sicher, ob eine weitere Befragung überhaupt Sinn machte, oder ob es verlorene Zeit war. Aber letztendlich würden sie jede Spur bis zum Ende verfolgen, das war sein Job. Und das war es auch, was er in seinem Auszeitjahr auf dem eigenen Bauernhof vermisst hatte. Nämlich, dass sie, meistens jedenfalls, bei ihrer Suche nach der Wahrheit fündig wurden. Aber jetzt ging es erst einmal zurück zum *Hotel Sonnenstrand*. Benedikts und Martens Befragung war später dran.

Als sie das Hotel betraten, kam ihnen Kenny Jannssen entgegen. Sie kannten den Mann, der im Hotel als Hausmeister arbeitete. Er hielt den Garten in Ordnung, reparierte alles, was nötig war, und holte Gäste vom Hafen ab. Sie begrüßten sich, dann fragte Kenny: »Herr Kleemann, ich habe eine Bitte.«

Arndt bat Marvin, mit Flegel schon mal ins Klubzimmer zu gehen, dann fragte er: »Worum geht es?«

»Heute Abend sollte doch der ABBA-Abend sein und Freddy wollte auflegen. Er hat eine riesige Plattensammlung. Andrea hat mich vor einer Stunde gefragt, ob ich nicht den Abend gestalten könnte. Ich habe gerne zugesagt, aber mir fehlen die Platten. Kann ich wohl bei Freddy aus der Wohnung seine Sammlung holen? Oder ist das nicht möglich?«

Arndt überlegte. Der Mann war ihm als sehr zuverlässig in Erinnerung. Sang er nicht auch im Shantychor? »Wissen Sie was? Ich treffe gleich die anderen Kollegen, und wir besprechen das. Sie müssen sich ungefähr eine Stunde gedulden, dann haben Sie unsere Antwort.«

»Alles klar. Sie finden mich hier im Hotel.« Kenny Jannssen verschwand durch den Seitenausgang.

Bevor der Kommissar in den Klubraum ging, sprach er mit seinem Chef in Aurich. Der stellte fest, dass er solch eine heikle Entscheidung noch nie hatte treffen müssen. Sie beschlossen, dass Kenny mit einem der Kommissare die Wohnung betreten und sich die nötigen Platten aussuchen durfte. Es sollte eine Liste angelegt werden, die der angehende DJ und sein Beobachter zu unterschreiben hatten. Am nächsten Morgen sollten dann die Platten zurück in den Fundus kommen.

So, das wäre geklärt, dachte der Kommissar, eigentlich kann ich das auch gleich mit Jannssen besprechen, ohne den Umweg über die Kollegen zu nehmen. Immerhin hatte Müller es erlaubt. Er ging hinter Kenny her und fand ihn draußen, wie er ein Rad von einer Wippe abmontierte. Er berichtete, was sein Chef vorgeschlagen hatte, und verabredete sich mit dem Hausmeister für 15 Uhr vor Grothes Haus. Aber eine Frage musste er noch loswerden. »Herr Jannssen, als wir uns vor zwei Jahren kennengelernt haben, erzählten Sie, dass Sie studieren wollten. War nicht Kapitän Ihr Berufswunsch?«

»Ich bin auf dem Weg auf die Weltmeere. Den Wunsch habe ich nicht aufgegeben und bin auf der Seefahrtsschule in Leer eingeschrieben«, erwiderte Jannssen. »Aber jetzt sind Semesterferien, und ich verdiene mir auf dringenden Wunsch von Henning und Birgit Ahlers meine nötigen Kröten auf der Insel. Ich darf sogar mit dem Shantychor auftreten. Eine ganz besondere Ehre.«

»Na gut. Meine Neugier ist gestillt«, lachte Arndt. »Wenn Sie mal Arbeit am Festland brauchen – auf unserem Biohof gibt es immer was zu tun.«

»Danke für das Angebot. Ich gebe es auch gerne an meine Kommilitonen weiter. Bis später.« Er wandte seine volle Aufmerksamkeit wieder dem platten Wippenrad zu.

Arndt schaute auf die Uhr. Er war gespannt, wer von den erwarteten Leuten im Klubraum auftauchte. Marvin hatte sicher Flegel befragt, sodass der wohl nicht mehr anwesend war. Es sei denn, er war in einem der Sessel eingeschlafen, was Marvin allerdings energisch verhindern würde. Da war er sich sicher.

Als er den Klubraum betrat, staunte er nicht schlecht. Flegel war tatsächlich nicht mehr da, dafür saß Johannes Paulsen dort. Vor sich eine Tasse Kaffee. Er sah aus, als hätte er nicht in seinem Bett geschlafen, was sich auch umgehend bestätigte.

»Wenigstens ist es Sommer. Wenn die mich im Winter rausgeschmissen hätten, wäre ich erfroren«, lamentierte er.

»Wo haben Sie übernachtet?«

»Im Strandkorb 111. Er war offen. Ohne Gitter davor«, gluckste er. »Keiner hat mich erwischt. Und ich war so schlau, aus Mutters Schlafzimmer eine Decke mitzunehmen. Wenn die beiden alten Frauen also meinten, sie könnten mich …«

»Herr Paulsen«, unterbrach Marvin Lingenberg den Mann scharf. »Kommen wir auf den Grund Ihres Hierseins zurück. Wir möchten den genauen Ablauf des Morgens aus Ihrer Sicht erfahren, an dem Herr Wurzellage umgekommen ist. Bitte der Reihe nach!«

»Ist schon gut. Regen Sie sich nicht auf. Ich bin mit dem Morgenschiff angekommen, weil ich unbedingt Bock aufs Surfen hatte. Meine Tante und meine Mutter waren nicht da, also habe ich in die Galerie geschaut, weil ich Meta dort erwartete. Aber auch dort war sie nicht. Ich konnte nicht ahnen, dass die nicht zu Hause waren. Stattdessen sah ich im Büro jemanden sitzen. Ich kannte den Kerl nicht. Ich glaubte, er schlief, und habe ihn angesprochen. Aber er rührte sich nicht. Da dachte ich: Lass ihn schlafen. Allerdings schien es mir sehr gefährlich, die Skulptur so unbeaufsichtigt dort stehen zu lassen, und habe sie sichergestellt. Es war so gegen Mittag. Das war meine Geschichte.«

»Aha. Sie sind sich als erwachsener Mensch darüber im Klaren, dass Sie, je öfter sie uns eine Lüge auftischen, jedes Mal unglaubwürdiger und verdächtiger werden? Also noch einmal: War der Mann tot? Haben Sie ihn umgebracht? Haben Sie den Bären versteckt, um ihn anschließend gewinnbringend zu verkaufen?«, fragte Marvin Johannes Paulsen, der erst einmal einen kräftigen Schluck aus der Kaffeetasse nahm.

Er setzte die Tasse mit leicht zitternden Fingern ab. »Ich habe keinen Bock auf den Gedanken, ein Mörder zu sein. Also ja! Nein! Ja! Der Mann war tot. Mausetot. Ich habe ihn nicht umgebracht. Warum hätte ich sollen? Ich will hier auf der Insel Großes aufbauen, da werde ich mich nicht mit einem Mord belasten. Das Geld aus dem Verkauf des Bären wäre allerdings als Anfangskapital sehr hilfreich gewesen. Ich kenne einen Mann am Festland, der bestimmt gutes Geld geboten hätte. Daher habe ich den

Bären mitgenommen und wollte ihn bei mir verstecken, da kam mir im Flur ein Gast entgegen. So habe ich den Bären kurz und schmerzlos in der Kammer versteckt. Dass der Tote den Bären bereits bei eBay eingestellt hatte, wusste ich nicht. Die Uhrzeit stimmt. Es war gegen 12 Uhr. Ich bin dann zum Strand. Das Wasser lief mir weg.«

Es verblüffte Arndt auch nach so vielen Jahren im Polizeidienst immer noch, wie abgebrüht manche Menschen mit ihrem Umfeld umgingen. Da ließ Paulsen Wurzellage einfach liegen, ohne Hilfe zu holen. Nicht zu fassen. Und trotzdem glaubte er dessen Worten. »Ihnen ist klar, dass einiges an Anzeigen auf Sie zukommt? Unterlassene Hilfeleistung – und jetzt merken Sie nicht an, dass der Mann schon tot gewesen sei, Diebstahl, Falschaussage und natürlich Sachbeschädigung. Denken Sie an das tote Kaninchen!«

»Muss ich wohl durch.« Johannes Paulsen war aufgestanden.

»Natürlich hätten wir vorher gerne gewusst, wo Sie in der Nacht waren, als Friedhelm Grothe umgebracht wurde«, sagte Marvin.

»Ich war mit Surffreunden am Strand. Wir haben ein Feuer angezündet, was zugegebenermaßen verboten ist. Dann haben wir gegrillt und ein paar Biere getrunken. Ich gebe Ihnen gerne die Namen meiner Freunde.«

»Ich bitte darum.« Marvin schob Paulsen einen Zettel hin.

Der machte ein paar kurze Notizen, dann sagte er: »War es das? Kann ich gehen?«

»Sie können. Mein Kollege hat alles zu Protokoll genommen. Bei Bedarf melden wir uns.« Arndt zögerte. »Sicher melden wir uns.«

»Bitte nicht«, stöhnte Paulsen, bevor er die Tür hinter sich zuknallte.

Gleich darauf kam Daniel herein.

»Wo warst du?«, fragte Marvin den jungen Kollegen.

»Ich habe, da ich einen kurzen Moment an die Luft wollte, mir zum Abendessen eine Tiefkühlpizza gekauft. Der Mensch kann nicht nur arbeiten, versteht ihr? Wer weiß, was noch alles passiert.«

Marvin lachte. »Eine gute Idee. Planung ist das halbe Leben.«

»Was gibt es Neues?«, fragte Daniel.

»Wir haben erfahren, dass Julian Flegel Freddy Grothe bedroht hat. Er will ihn jedoch nicht getötet haben. Johannes Paulsen besteht ebenfalls darauf, weder Grothe noch den Künstler umgebracht zu haben. Aber er gibt zu, dass er den Bären einkassiert hat. Der Künstler sei jedoch bereits tot gewesen. Er sagt, das war gegen Mittag. Wir schauen mal, was die Damen zu sagen haben, und machen danach einen Plan«, sagte Arndt.

»Eigentlich steht der schon«, überlegte Daniel, nahm einen Zettel und schrieb ein paar Dinge auf. »Schaut mal.«

10:00 Galerie öffnet
Wurzellage übernimmt den Laden von Frau Paulsen
Frau Paulsen sieht Ulf Martens in den Laden kommen
Wurzellage stellt den Bären bei eBay ein.
11:00 Wurzellage beschimpft Kinder vor der Galerie
Die Kinder werfen Böller in den Laden
12:00 Johannes Paulsen findet den toten Künstler
und versteckt die Statuette
12:30 Sigmar Benedikt findet den toten Mann

U. Martens ist vor Ort und sieht B. über dem Toten
Er verständigt die Polizei und den Rettungsdienst

»Das ist der Weg. Da bleibt, wenn überhaupt, nur Paulsen als Täter. Und natürlich jemand, den wir bisher nicht im Visier haben. Aber dagegen steht die Möglichkeit eines Herzinfarktes, der durch den Knall und die damit verbundene panische Angst um seine Kunstwerke ausgelöst wurde. Ich denke, das müssen wir erst einmal so zur Kenntnis nehmen«, sagte Arndt und gab Marvin die Liste. »Wer den Pferdemist an der Scheibe verschmiert hat, wird sich wohl nie herausstellen.«

»Die Frage ist, ob wir es als Kinderstreich verbuchen, oder ob es unter Hassangriff, oder wie immer man es nennen soll, einzustufen ist«, überlegte Daniel. »Vielleicht sollten wir uns deswegen doch in der Nachbarschaft umhören.«

»Dann übernimm du das«, stimmte Arndt zu. »Nimm Rebecca mit. Sie und Michael müssten jeden Moment mit den Paulsenfrauen auftauchen. Danach geht ihr zum Strand und befragt die Surfer. Wir treffen uns dann wieder hier.«

Daniel nickte knapp und setzte sich ohne ein weiteres Wort an den Computer.

# 34

Von Tür zu Tür. Genau das war ihre Aufgabe. Doch Rebecca und Daniel stellten fest, dass keinem der Nachbarn etwas aufgefallen war. Niemand hatte bemerkt, dass der Pferdemist verteilt worden war. Die Paulsens waren beliebt. Ännes Sohn vielleicht nicht so, aber das war für die Leute kein Grund, den beiden Schwestern etwas Böses zu wollen.

Die beiden hatten eher das Gefühl, dass die Schmiererei nicht ernst genommen wurde.

»Das kommt doch mal vor«, war eine Überlegung. Einer der Nachbarn fragte sogar: »Hat die Polizei nichts Wichtigeres zu tun, als die Herkunft von ein paar braunen Streifen aufzuklären?«

Daniel hatte kurz überlegt, den Grund der Nachfrage ausführlich zu erläutern, aber er hatte sich mit einem knappen Hinweis auf ihre Ermittlungen verabschiedet. Es gab keinen Insulaner, der nicht wusste, was passiert war. Da waren Fragen wie diese völlig unnötig. Auch Rebecca hatte keine Energie gezeigt, sich mit dem Mann näher zu unterhalten, hatte nur, wie bei jedem Befragten, die Bitte hinterlassen, sich zu melden, falls Erinnerungen wach wurden. Sie nahmen den Abgang beim *Strandhotel Wietjes* hinunter zum Wasser. Daniel zeigte auf eine kleine Bude weiter östlich am Strand. »Dort finden wir Kiter und Surfer.« Er wünschte sich, er hätte frei und wäre einer von denen, die sich ein Brett schnappten und unbeschwert losfuhren.

»Das wäre ein Sport für mich.«

Daniel schaute Rebecca an. Was hatte sie gerade gesagt? »Meinst du das echt? Das ist der beste Sport, den es gibt«, schwärmte er.

»Du kannst mit dem Brett umgehen?«, fragte sie. »Das hast du mir nie erzählt.«

»Du hast mir ja keine Zeit gelassen.« Er schluckte. Verdammt. Das kam nicht gut rüber. »Sorry. War nicht böse gemeint. Es ist tatsächlich mein Lieblingssport. Wenn du möchtest, bringe ich es dir bei.«

Sie schaute ihn lächelnd an. »Mal sehen, wie viel Zeit uns die Ermittlungen lassen. Ich sage nicht nein.«

»Abgemacht.« Ihm gefiel die Wendung, die das Gespräch genommen hatte.

»Schau mal.« Rebecca bückte sich und hob eine riesige Austernschale auf. »Ob die hier heimisch ist?«

»Sogar hier kann ich dir weiterhelfen, auch wenn ich sonst mit der Fauna hier nicht sehr bewandert bin. Das ist eine pazifische Auster. Da sind mal aus einem holländischen Anbaugebiet einige ausgebüxt und haben sich hier verbreitet. Es tut höllisch weh, wenn man drauftritt. Die europäische Auster ist viel kleiner.«

»Es ist erstaunlich, was sich hier alles findet.« Sie nahm weitere Muscheln in die Hand. »Die kenne ich. Das ist eine Herzmuschel, und dieses ist eine Miesmuschel. Davon habe ich im Winter mal einen ganzen Teller voll im Restaurant gegessen. Mit einer äußerst leckeren Weinsoße und Baguette. Können wir nicht welche sammeln und sie heute Abend bei dir kochen?«

»Wir können heute Abend bei mir eine ganze Menge machen, aber keine Muscheln kochen. Die dürfen nämlich nur in den Monaten mit ›r‹ geerntet werden. Also von

September bis April.« Daniel grinste. »Ich hätte eine Tiefkühlpizza im Angebot, die ich gerne mit dir teilen würde.«

»Solange es nur die Pizza ist, teile ich gerne. Alles andere muss ein wenig warten.« Auch Rebecca lachte und zeigte auf eine Kindergruppe, die sich unter lautem Beifall der Eltern mit Sackhüpfen vergnügte. »Die haben Spaß. Das Spiel kennt man eigentlich gar nicht mehr, oder?«

»Es gehörte früher einfach zu einem Spielenachmittag dazu. Also hat man es wohl für die 77er-Woche wieder aufleben lassen«, überlegte Daniel. »Das erinnert mich an ein anderes Spiel. *Hinkepott.* Meine Mutter hat die Vierecke, in die man springen musste, mit Kreide bei uns hinten auf den Hof gemalt und uns kleinen Dötzchen vorgemacht, wie man hüpfen musste.«

»Und ich kenne mich mit Gummitwist und Hula-Hoop-Reifen bestens aus. Vielleicht sollten wir uns der Kindergruppe mit unserer Erfahrung anschließen.« Sie nahm seine Hand und lief los.

»Rebecca, warte«, schnaufte Daniel nach einigen Metern. Ein Päckchen Taschentücher war aus seiner Hosentasche gerutscht. Und nicht nur das, sondern auch mehrere Streifen Kaugummi.

»Oh, du hast den Kindern in weiser Vorausschau etwas mitbringen wollen?«, fragte Rebecca fröhlich.

Verdammt, was sollte er sagen. Er hatte die Dinger bei sich gehabt, obwohl er seit Röders Anschiss auf seine Lieblingsangewohnheit verzichtet hatte. Es war ihm im Übrigen auch nicht schwergefallen. »Die … die habe ich gefunden.« Er hob die Kaugummis und die Tücher auf. »Ich habe vergessen, sie zu entsorgen. Aber jetzt kümmern wir uns doch eher um die Surfer und Paulsens Alibi. Sackhüpfen können wir später.«

Rebecca Carle blieb stehen und schaute ihn ernst an. »Also Sackhüpfen heißt das jetzt neuerdings …«

Auch er bremste. Ein wenig verwirrt überlegte er, was sie mit diesem Satz wohl hatte ausdrücken wollen, beschloss jedoch, nicht nachzufragen. »Komm. Dort warten die braungebrannten Surfer bei den Brettern.«

Vor dem Blockhaus herrschte reges Treiben. Bretter wurden zum Wasser getragen, andere Kiter brachten ihre Geräte zurück zum Haus. Ein Mann mit wirren roten Haaren gab Anweisungen, wo die Sportgeräte zu lagern waren. Die Oberkommissarin ging auf ihn zu und stellte sich vor. Dann fragte sie ihn nach Donnerstagabend. Er deutete auf eine Gruppe junger Leute, die vor dem Blockhaus saßen und das Strandleben zu genießen schienen. Sie winkte Daniel zu.

Sie baten die Leute um Aufmerksamkeit, dann erkundigten sie sich, ob einer von ihnen in der Nacht am Strand gewesen war. Drei der Sportler nickten nach kurzem Zögern und bestätigten, dass Paulsen bei ihnen gesessen hatte.

»War er zwischendurch mal weg? Wie lange waren Sie zusammen?«, fragte Daniel.

»Ich kann mich nicht erinnern, dass Johannes mal nicht da war. Wir haben uns getroffen. Auf die Misswahl bei *Wietjes* hatten wir bei dem schönen Wetter keine Lust. Bier trinken ging auch hier wunderbar. Wir haben den Grill angeworfen und es uns gemütlich gemacht. So eine Nacht hat man nicht immer. Es wurde ziemlich spät. Zwei von uns sind sogar hier eingeschlafen. Wobei die Bierchen sicher geholfen haben.« Er lachte. »Wann Johannes genau gegangen ist, daran kann ich mich nicht erinnern, aber es war sicher nach 24 Uhr. Als Manni rief: ›Der neue Tag hat begonnen. Darauf trinken wir einen‹, war Johannes noch da. Er hat sich nämlich so verschluckt, dass er kaum Luft bekam. Darum erinnere ich mich daran.«

»Danke für die Auskunft.« Rebecca zog ihr Notizbuch aus der Tasche. »Ich bitte alle, die in dieser Nacht dabei waren, um Ihren Namen und Ihre Adresse. Außerdem hätte ich gerne die Namen der anderen, die jetzt nicht hier sind.«

Drei der jungen Leute folgten ihrer Bitte. Ehe sie sich verabschiedeten, fragte einer der Männer: »Ist Johannes verdächtig, oder warum wollen Sie das alles wissen?«

»Nicht verdächtiger als alle auf dieser Insel«, erwiderte Rebecca kurz. »Sie kennen ja den Satz: Wir ermitteln nach allen Seiten.«

»Danke. Diese Auskunft hätte ich mir auch selbst geben können. Es ist doch nur normal nachzufragen, wenn Sie hier auftauchen und Fragen stellen.« Mit einem kräftigen Ruck stellte er sein Bier auf den Tisch.

»Nun mal friedlich.« Die Frau neben ihm legte die Hand auf seine Schulter. »Nur, weil du Jura studierst, musst du nicht den Macker raushängen lassen. Das brauchen wir hier nicht. Am Strand sind wir Surfer oder Kiter. Mehr nicht.«

»Schon gut. Ich will doch nur meinen Urlaub genießen und nicht Teil eines Todesfalles sein. Das hatte ich schon zu Hause. Meine Oma ist vor zwei Wochen gestorben, und wir haben sie drei Tage vor unserem Urlaub beerdigt.« Dem jungen Mann standen Tränen in den Augen. Er sprang auf, rannte zu dem Platz, an dem die Surfbretter lagen, griff sich eines und lief zum Meer.

»Pass auf die Tide auf! Bleib nicht zu lange draußen!«, rief der Rothaarige hinter ihm her.

Die Ermittler verabschiedeten sich und folgten dem Holzbohlenweg zum Aufgang beim *Strandcafé*. Rebecca deutete auf einen großen weißen Wachturm. »Warum steht der hier und nicht am Wasser?«

»Keine Ahnung«, erwiderte Daniel. »Vielleicht wird er nicht mehr benötigt und steht hier nur als Erinnerungsstück.«

»So ist es«, hörten sie eine Stimme aus dem Strandkorb. »Der hat Jahrzehnte dort gestanden.« Eine ältere Frau, die gerade ein dickes Stück Marmorkuchen verzehrte, zeigte über den Strand. »Dort hat der Rettungsturm für die Helfer der DLRG, der Deutschen Lebensrettungsgesellschaft gestanden. Jahrzehnte! Dann war er baufällig und wurde am Festland renoviert. Seitdem steht er an der Dünenkante und wird für Hochzeiten genutzt. Dort oben zu heiraten, ist äußerst beliebt. Ich bin jetzt eine Woche hier und habe bereits vier Trauungen miterlebt.« Sie lächelte. »Das sollten Sie auch mal versuchen. Wenn Sie nicht schon verheiratet sind. Das ist doch viel spannender als in einem Hochzeitszimmerchen in irgendeinem Rathaus. Allein der Blick …«, sagte sie verträumt. »Ich habe übrigens im Leuchtturm von Wangerooge geheiratet. Hat allerdings nicht so recht funktioniert. Mein Ex ist den Bergen treu geblieben, und ich habe mich hier eingerichtet. Zumindest für drei Wochen im Jahr.«

»Danke für die Aufklärung«, rief Rebecca der Frau zu, dann sagte sie: »Du hast gehört, was die Frau gesagt hat.«

Daniel blieb stehen. »Rebecca, damals auf der Polizeischule hast du dich in mein Herz gelebt, und dann warst du plötzlich und ohne Ansage verschwunden. Es hat lange gedauert, bis ich ohne Bitterkeit an dich denken konnte. Bitte mach das nicht noch einmal. Sage mir klipp und klar, ob unsere Beziehung hier und jetzt weitergeht, oder ob alles nur ein Spaß ist und du an nichts als an deine Karriere denkst. Und bitte – keine Sprüche wie: Wir brauchen Zeit und so weiter.«

Rebecca nahm seine Hand. »Hier und jetzt. Ich meine es ernst. Und von mir aus können wir gerne in diesem weißen Ding da heiraten. Es sei denn, du hast Höhenangst.«

Daniel überlegte einen winzig kleinen Moment, ob er wirklich verstanden hatte, was Rebecca gerade gesagt hatte, dann nahm er sie in den Arm und gab ihr einen innigen Kuss.

»Weiter so«, ertönte es von irgendwoher, aber die beiden bekamen es nicht mit. Auch dass jemand: »Polizeiliche Zusammenarbeit in ihrer intensivsten Form«, rief, hörten sie nicht.

## 35

*Darbietungen heiterer Art und Programme mit künstlerischem und besinnlichem Charakter für die erholungssuchenden Kurgäste* … Ja, damals wurde den Gästen richtig was geboten. Andrea Burgat schlug den Prospekt von

1977 zu und schob ihn in den Umschlag, damit dem seltenen Stück nichts passierte. Ein Insulaner, der alle jemals erschienen Prospekte gesammelt hatte, hatte ihn ihr mit der Bitte um sorgsame Behandlung ausgeliehen. Sie hatte einiges an Erfahrungen daraus ziehen können, die ihr bei der Gestaltung der Retrowoche sehr zugutegekommen waren.

Sie schaute auf die Uhr. Das Kinderfest am Strand war sicher in vollem Gang. Sie hatte die Sportlehrerin gebeten, das Fest auszurichten, hatte aber alles besorgt, was dazu benötigt wurde. Vom Bioladen hatte sie Kartoffelsäcke bekommen und hatte dort natürlich auch die Süßigkeiten für die Gewinner der Wettbewerbe gekauft. Die Sportlehrerin hatte vorgeschlagen, mit den Kindern Wettrutschen auf dem beliebten Elefanten zu machen. Dann gab es Ballspiele, und wer zuerst oben auf dem Klettergerüst war, konnte ebenfalls etwas gewinnen. Natürlich ging keines der Kinder leer aus. Auch das Nationalparkhaus hatte ein paar schöne Preise beigesteuert. Für die größeren Kinder gab es ein Volleyballturnier.

»Ich bin dann mal weg.« Sie stand auf und ließ Karsten mit seinem Computerspiel allein zurück im Garten. Sie hatten gemeinsam Möhren geerntet und es sich dann bei einem Saft gemütlich gemacht. Nun warteten die Vorbereitungen für den ABBA-Abend. Sie war gespannt, ob sich nach den schrecklichen Ereignissen überhaupt Menschen zum Feiern einfinden würden. Doch warum nicht? Die Gäste hatten mit den Geschehnissen schließlich nichts zu tun.

Morgen endete die *Woche 77* mit dem großen Kinoprogramm. Der Mann, der auf Baltrum im *Haus des Gastes* normalerweise die aktuellsten Filme zeigte, hatte für die Kleinen *Bernard und Bianca – Die Mäusepolizei*, dann für die etwas Größeren *Star Wars – Krieg der Sterne* und abends für die Erwachsenen den zehnten James Bond Film *Der Spion, der mich liebte* mit Roger Moore herausgesucht. Alles Filme, die im Jahr 1977 Publikumsmagneten gewesen waren. Der heutige Abend würde mit dem ABBA-Film im Festzelt beginnen, bevor der Tanz startete.

Am Eingang des Zeltes wartet Kenny Jannssen bereits auf sie, seine Wippe hochbeladen. »Hier ist alles, was wir brauchen. Ich kann die Anlage installieren und werde sie dann nicht mehr aus den Augen lassen. Henning, mein Chef, hat mir freigegeben. So habe ich alle Zeit der Welt.«

»Es ist ganz wunderbar, dass die Polizei sich darauf eingelassen hat.« Andrea stellte ihr Rad ab. »Komm, ich helfe dir beim Reintragen.«

»Der Inselpolizist war zugegen, und wir haben jedes Teil aufgeschrieben. Darum ist es auch so wichtig, dass morgen alles wieder an seinen Platz kommt. Michael Röder hat übrigens mit Herrn Grothes Schwester telefoniert und auch von ihr den Segen eingeholt. Sie scheint die einzige Verwandte von ihm zu sein. Grothe hat eine riesige Plattensammlung in seiner Wohnung. Das, was ich mitgebracht habe, ist nur ein kleiner Teil davon«, erklärte Kenny.

»Es ist echt ein Drama, dass Freddy Grothe tot ist«, sagte Andrea traurig. »Ich weiß zwar nicht, ob es von Paulsen ein sinnvoller Gedanke ist, hier eine Disko zu bauen. Karsten hält es für fraglich, ob dafür eine Genehmigung erteilt werden kann.« Sie schlug die Hand vor den Mund. Hatte sie das ausplaudern dürfen? Schließlich war ihr Freund nicht nur Einwohner, sondern auch der Leiter des Bauamtes hier auf der Insel. Egal. Kenny würde es schon richtig verstehen. »Und für eine Disko wäre Herr Grothe sicher genau der Richtige gewesen, wenn ich Hilko Tebben so reden höre.«

»Aber auch einfach als Mensch ist sein Tod ein Verlust«, schloss Kenny.

Im Zelt war eine Bühne aufgebaut. Gemeinsam trugen sie die Musikanlage hinein, und Kenny schloss sie an. Es dauerte nicht lange, da ertönte *Knowing me, knowing you* von ABBA durch das Zelt. Die Thekenbesatzung, die die letzten Gläser spülte, winkte freundlich herüber.

»Natürlich. Das ist doch klar.« Vorsichtig stellte sie die letzte Kiste mit den Platten ab. »Darf ich dich jetzt allein lassen? Ich muss an den Strand und aufräumen helfen. Das Kinderfest dürfte vorbei sein.«

»Klar. Birgit Ahlers hat mir sogar mein Abendessen eingepackt. Ich setze mich nach draußen und genieße die Sonne«, sagte Kenny. »Für Getränke ist ja gesorgt.«

»Dann fang aber nicht gleich mit Bier an. Es ist erst später Nachmittag«, lachte Andrea.

»Keine Sorge. Sehen wir uns heute Abend?«

»Natürlich. Ich werde wohl bis zum bitteren Ende durchhalten müssen«, klagte Andrea, nur um gleich darauf fröhlich zu bemerken: »Ich freue mich auf den Abend. Ich bin nämlich ein echter ABBA-Fan.«

Im Gegensatz zu Karsten, dachte sie grummelig, als sie am Tennisplatz vorbeifuhr. Was war es eigentlich, was sie beide mochten? Was war es, was sie verband? Sie schauten gerne bei Streaming-Diensten rein. Sie mochten Gartenarbeit. Und sie hatten die gleichen politischen Ansichten. Meistens zumindest. Aber ob das für die Zukunft reichte? Sie dachte an einen Satz von Groucho Marx, dem ältesten der Marx Brothers, der auch im Jahr 1977 verstorben war. Sein Bild hing in der Ausstellung im Heimatmuseum, denn seine Mutter stammte ganz aus der Nähe, nämlich aus Dornum. Er hatte einmal gesagt: »Die Ehe ist eine wundervolle Einrichtung. Aber wer will schon in einer Einrichtung leben?« Dieser Satz holte sie seitdem ab und zu ein. Wollte sie, und wenn ja, mit Karsten? Die Zeit würde die Antwort geben. Sicher.

Als sie ihr Fahrrad abstellte, kam ihr der Hilfssheriff mit einer Frau entgegen. Sie schienen in ein angeregtes Gespräch vertieft zu sein. Andrea sah, dass sich die Hände der beiden suchten, um gleich darauf wieder Distanz zu wahren. Sie lächelte. »Herr Gebert, wie sieht es aus?«

»Darf ich zunächst vorstellen: Das ist Oberkommissarin Carle von der Kripo Aurich.« Er deutete auf die Frau neben ihm, die freundlich nickte. »Und das ist Frau Burgat. Sie hat die *Woche 77* organisiert.«

»So ist es. Ich bin gerade auf dem Weg zum Strand. Das große Aufräumen nach dem Kinderfest steht an«, sagte Andrea.

»Die sind aber noch voll dabei«, erwiderte Rebecca Carle.

»Na gut, dann gönne ich mir eben eine kleine Auszeit«, beschloss Andrea. »Die Tage waren aufregend genug. In jeder Beziehung.«

»Aber Ihre Veranstaltungen waren gut besucht, oder?«, fragte Gebert.

»Ja. Als der alte Herr Tebben im Kinderspielhaus seinen Vortrag gehalten hat, mussten wir sogar noch Stühle dazustellen. Einige Zuhörer haben tatsächlich auf den Sportmatten gesessen. Und als er über die Feten im *Inselkeller* und der *Kajüte* sprach, fing einer der Gäste sogar an zu weinen. Ein Mann war bei ihm und hat versucht, ihn zu beruhigen, aber das hat nichts genützt. Sie sind dann raus. Ich glaube, die Traurigkeit des Mannes hing mit Herrn Grothes Tod zusammen. Der war ja früher DJ im *Insel-*

*keller*, und die schienen sich gekannt zu haben. Zumindest hat der dickere am Donnerstag beim Dünensingen neben Grothe gesessen. Der andere war nicht dabei. Den habe ich nur aus der Entfernung gesehen.«

»Wie sahen die beiden aus? Können Sie mir die Männer beschreiben?«, fragte Gebert.

»Der, der geweint hat, war ziemlich dick, älter und hatte bis auf eine Locke, die ihm ins Gesicht fiel, kaum Haare. Der zweite war schlank, hatte volle blonde Haare und schien sehr bemüht um den anderen zu sein. Also echt liebevoll«, beschrieb Andrea das Erlebte.

»Danke. Dann genießen Sie Ihren Ruhemoment. Heute Abend ist Party im Festzelt? Die Sache mit den Platten hat geklappt, wie Röder mir erzählte.«

»Ja. Kenny Jannssen hat die Anlage bereits aufgebaut und bewacht sie nun.«

Daniel Gebert lachte. »Eine gute Idee in diesen wilden Zeiten. Viel Erfolg weiterhin.«

Die beiden zogen weiter. Was die wohl am Strand zu ermitteln hatten? Aber vielleicht war den beiden auch eine Auszeit vergönnt gewesen. Zu wünschen wäre es ihnen, dachte Andrea, die haben im Moment bestimmt keinen geregelten Dienstablauf.

# 36

Fragen, Fragen, Fragen. Sie hatten mit Meta und Änne gesprochen, Julian Flegel aus seiner Gleichgültigkeit geholt, selbst mit Heike Blume hatten sie Kontakt aufgenommen und auch Benedikt und Martens zu einem Gespräch überreden können. Aber sie waren keinen Schritt weitergekommen. Letztendlich hatten sie den Tod von Peter Wurzellage als tragisches Unglück eingestuft. Wahrscheinlich waren die Böller der Grund für den Herzinfarkt gewesen. Mord oder Totschlag war zumindest zum jetzigen Zeitpunkt nicht nachweisbar. Und dass die Kinder dafür eine Strafe zu erwarten hatten, hielt der Inselpolizist für unwahrscheinlich.

Wenigstens war der Schallplattenverleih an Kenny glatt verlaufen. Röder war sich ganz sicher, dass alle Platten am nächsten Tag wieder in der Wohnung waren. Klaas Wachsmüller, Freddys Nachbar, hatte etwas erstaunt geguckt, als sie Freddys Wohnung ausräumten, doch er hatte es ihm erklärt und auch gleich gefragt, ob er sich weiterhin um die Kaninchen kümmern könnte. Das hatte Wachsmüller zugesagt, und so war wenigstens einiges an diesem Tag positiv verlaufen.

Röder war gespannt, ob Daniel und Rebecca nach ihrer Strandrunde Neuigkeiten zu berichten hatten. Aber er mochte nicht so recht daran glauben. Es wäre ja schon von Vorteil, wenn die beiden sich bei den Ermittlungen nicht in die Haare gekriegt haben, hoffte der Inselpolizist.

So, wie die sich angegiftet hatten. Mit und ohne Worte. Aber Arndt hatte sich davon nicht beeindrucken lassen und Daniel und Rebecca gemeinsam fortgeschickt.

Er nahm Amirs Leine vom Haken und stellte fest, dass er seinen Hund nicht aufzufordern brauchte, mit ihm einen Gang zu machen. Der saß nämlich bereits an der Wohnungstür und hechelte begeistert. Er befestigte die Leine am Halsband, öffnete die Tür und ging Richtung Westen. Dorthin, wo sie Freddys Leiche gefunden hatten. Natürlich war ihm klar, dass er nichts mehr finden würde, was Licht in die Tat bringen könnte. Martin Brinkmann und seine Leute hatten den Weg zur Halle des Bauunternehmers und die Dünensenken genauestens abgesucht. Das war deren Job. Ihnen entging so leicht nichts. Es war eher so eine unbestimmte Hoffnung, dass der Fundort ihn zu weiteren Erkenntnissen inspirieren könnte. Er hatte vor einigen Monaten mit Sandra einen Bericht über dieses Phänomen im Fernsehen gesehen. Er hatte solche Gedankengänge ziemlich weit von sich geschoben, Sandra jedoch war begeistert gewesen. »Nimm es doch mal ganz einfach«, hatte sie ihn damals zu überzeugen versucht, »wenn du vergessen hast, was du erledigen wolltest, gehst du an die Stelle zurück, wo du darüber nachgedacht hast, und schwupp – die Idee ist wieder da.«

Tatsächlich war ihm das bereits passiert, ohne dass er sich je mit diesem Phänomen auseinandergesetzt hatte. Es war einfach so gewesen. Also warum sollte er es nicht mal versuchen? Vielleicht wurden ihm durch die Rückkehr doch einige Zusammenhänge klar, die er bis jetzt nicht auf dem Schirm hatte.

Enna Klar, die Leiterin des Nationalparkhauses, stand mit einer Gruppe Wissbegieriger vor der Tür und winkte ihm freundlich zu. Hinter dem *Restaurant Witthus* bog er rechts ab, dann wieder links. Der Fundort der Leiche, rechts des Weges, war noch mit Flatterband abgesperrt, doch das Zelt, das den Fundort der Leiche vor neugierigen Blicken abgeschirmt hatte, war von der Feuerwehr wieder abgebaut worden, und der Weg an sich war frei. Das bekam Röder auch sofort zu spüren, als sich zwei Handwerker bemerkbar machten, die wohl zur Halle wollten. Das Tor stand nämlich offen. Röder wunderte sich. Eigentlich galt auf der Insel für den Sommer ein Baustopp, damit die Gäste nicht unnötig durch Lärm gestört wurden. Ab Mai waren alle lauten Außenarbeiten verboten. »Ihr habt es ja eilig«, rief er, als einer der Männer mit einem kräftigen »Vorsicht, bitte« an ihm vorbeirauschte.

»Wir sind eben gefragt«, antwortete der andere Handwerker. »Aber keine Sorge, wir sind drinnen beschäftigt. Wir tapezieren eine Wohnung, die dem Chef gehört. Nicht wirklich unser richtiger Job, aber man nimmt, was man kriegt.«

»Wartet mal eben.«

Die beiden bremsten und stiegen vom Rad.

»Ich kann es mir zwar nicht vorstellen, aber fragen will ich trotzdem: Wart ihr am Donnerstag bereits auf der Insel? Ihr habt nicht zufällig eine Auseinandersetzung oder Ähnliches mitbekommen?«

»Du meinst in der Nacht, als Grothe gestorben ist?«, fragte einer der beiden.

Röder nickte.

»Wir sind bereits die ganze Woche zum Arbeiten auf der Insel. Aber spätestens ab 19 Uhr ist dieses Gelände für uns tabu. Wir waren an diesem Abend im *Strandhotel.* Bis spät in der Nacht. Wir haben sozusagen mit dem Wirt zusammen ausgekehrt.«

»Danke.«

»Da nicht für.« Die Männer stiegen auf ihre Räder.

Röder blieb stehen und schaute hinunter in die Dünensenke. Sollte er noch einmal …? Er hob das Flatterband und stieg hinunter, genau dorthin, wo Freddy gelegen hatte. Amir bellte auf. Für ihn war es offensichtlich ein spannendes Abenteuer.

Röder verharrte einen Moment, schaute sich das Dünental genau an und stieg auf der anderen Seite nach oben. Von dort war es nur ein kurzer Weg zur Strandmauer. Er setzte sich ins Gras und ging die Gespräche durch, die sie in den letzten Tagen geführt hatten. Wo stimmte etwas nicht? Wo waren nicht geklärte Widersprüche? Doch so sehr er überlegte, ihm fiel nichts ein. Er gestand sich ein, dass Sandras System offensichtlich nicht immer funktionierte. Wenn sie wenigstens wüssten, warum Freddy umgebracht worden war. Abgesehen davon, dass es die Ermittler dem Täter ein ganzes Stück näherbrächte, könnte es auch helfen, weitere Morde zu verhindern.

Er ging zurück zum *Hotel Sonnenstrand* und traf beinahe gleichzeitig mit Daniel und Rebecca ein. Ihm fiel gleich auf, dass sich etwas verändert hatte. Der angespannte Ausdruck war verschwunden. Stattdessen wies Daniels Gesicht einige rote Flecken auf, und sein Blick wanderte unablässig zu Rebecca und dann wieder auf etwas, was in weiter Ferne lag. Röder war gespannt auf die Lösung dieses Rätsels. Aber wenn keine anderweitigen neuen Erkenntnisse vorlagen, würde er zunächst einmal Amir nach Hause bringen.

# 37

Er war müde. Einfach nur müde. Kraftlos warf Sigmar Benedikt seine Reisetasche auf das Bett. Was für ein Urlaub. Zunächst das emotionale Wiederfinden dieser wunderbaren Insel. Die Feier im Heimatmuseum und das Dünensingen wie für ihn zur Begrüßung gemacht. Dann der grauenvolle Absturz mit Freddys Tod. Das war einfach nicht zu verkraften. Der nächste Höhepunkt kam mit dem Rauswurf aus der Pension. Dieser bekloppte Flegel hatte sie einfach vor die Tür gesetzt. Ulf war außer sich vor Wut gewesen. Erst auf der Bank auf dem Marktplatz war er ein wenig zur Ruhe gekommen. Aber nur so lange, wie Sigmar seinen Mann nach der Überweisung gefragt hatte. Ulf hatte zugegeben, dass er vergessen hatte, die Überweisung zu tätigen. Sigmar war daraufhin sofort zur Sparkasse schräg gegenüber geflitzt, hatte das Geld in bar abgehoben und seiner Zimmerwirtin übergeben.

Frau Flegel hatte sie unter vielen Entschuldigungen und unter Bestechung mit einem dicken Stück Kuchen gebeten, wieder die Zimmer zu beziehen. Sie waren der Bitte gefolgt, wenn Ulf auch nur unter Protest seinen Koffer wieder hochgetragen hatte. Aber jetzt überfiel ihn eine abgrundtiefe Müdigkeit. ABBA-Abend? Nicht um alles in der Welt!

Es klopfte, und gleich darauf stand Ulf im Zimmer. »Was machen wir?«

Sigmar wunderte sich. Damit hatte er nun gar nicht

gerechnet, dass sich sein Mann blicken lassen würde. »Keine Ahnung. Ich bin total fertig.«

»Es ist dein letzter Abend hier, bevor morgen wieder deine alte Heimat wartet. Ich gehe gleich etwas essen. Wenn du mitkommen willst – ich klopfe.« Schon war sein Mann wieder verschwunden.

Sollte er ihn begleiten? Seine Beine waren so schwer, dass allein der Gedanke daran, die Treppe wieder hinunter zu steigen, beinahe unmöglich war. Aber er hatte seit dem Stück Kuchen nichts mehr gegessen, und bis zum Frühstück zu warten, das würde ihm sein Magen ziemlich übel nehmen. Er öffnete den Koffer und zog eine lange Hose heraus. Dazu ein frisches Hemd. Als er fertig umgezogen war, meldete sich Ulf auch schon. »Bist du soweit?«

Er steckte Geld ein und folgte seinem Mann beinahe willenlos. Selbst die Sonne, die seine Augen blinzeln ließ, konnte seine Lebensgeister nicht wecken. Erst als sie bei der *Teestube* angekommen waren und er meinte, den Wellenschlag des Meeres in der Ferne zu hören, erwachten seine Lebensgeister. Ulf hatte recht. Es war sein letzter Tag hier. Wenn auch nicht sein allerletzter. Er würde wiederkommen. Vielleicht für immer. Auch wenn sein Freund Freddy nicht mehr da war.

»Bleiben wir hier auf der Terrasse?« Ulf deutete auf einen freien Tisch vor der *Teestube*.

»Machen wir.« Sie setzten sich und gleich darauf reichte die Bedienung ihnen die Speisekarte. Es dauerte nicht lange, da standen die Getränke vor ihnen, und auch auf das Essen mussten sie nicht lange warten. Sigmar schmeckte es, und allmählich wurde er wieder munter. Er ertappte sich bei der Idee, gleich einen, wenn auch nicht unbedingt ausgedehnten, Spaziergang zu machen. Aber wohin? An den

Strand? In die Dünen? Ins Westdorf, um vielleicht doch einen Blick ins Festzelt zu werfen? Er würde Ulf die Wahl überlassen. Wenn der denn überhaupt mitwollte. Vorsichtig fragte er seinen Mann, und der nickte.

»Auf Zelt habe ich keinen Bock. Aber in die Dünen würde ich dich begleiten.«

Sie bezahlten, dann gingen sie durch das Deichschart und bei *Blumen Hinrichs* vorbei ins Ostdorf. Vor ihnen lag die zweite Aussichtsdüne. Ohne Ulfs möglichen Widerstand ob der Kletterpartie abzuwarten, stieg Sigmar den Hügel hinauf. Ulf folgte ihm wortlos. Es war ein wunderbarer Blick von dort oben. Im Norden das Meer, im Westen die Dächer der Häuser, die in der Sonne glitzerten, im Süden das Wattenmeer und die Silhouette des Festlandes und zum Osten hin das Dünengelände und in der Ferne die Nachbarinsel Langeoog.

»Ich komme wieder«, flüsterte Sigmar. Und etwas lauter: »Ich komme wieder. Ganz bald.« Dann schrie er beinahe in den leichten Wind: »Du wirst mich nie wieder los.«

»Und ich?«, flüsterte Ulf, aber das hörte Sigmar nicht.

Er stieg auf die Sitzbank und breitete die Arme aus. »Ein größeres Glück gibt es nicht.«

»Sigmar.« Ulfs Stimme wurde lauter. »Jetzt hör zu. Du versinkst gerade in Romantik. Sag mir, wie ich dazugehöre. Welcher Platz bleibt in deinem Herzen? Wir haben eine wunderschöne Wohnung in Brake. Ich liebe das Leben dort. Genieße es, auf dem Weserdeich zu stehen. Wie passt das in Zukunft zusammen?«

»Ach Ulf, das müssen wir jetzt nicht entscheiden.« Er entdeckte eine Fasanenhenne, die sich am Fuß der Aussichtsdüne mit fünf Küken einen Weg durch das Dickicht bahnte. Probleme waren hier und jetzt überflüssig. Er wollte einfach nur einatmen und loslassen. Alles andere später.

»Ich hätte gerne eine Antwort, ob es dir nun passt oder nicht!« Ulf stieß mit dem Fuß gegen einen der grün gestrichenen Zaunpfähle. Wieder und immer wieder.

Sigmar musste lachen. So emotional hatte er seinen Mann selten gesehen. »Meinst du, es hilft, wenn du den Zaun umnagelst?«, gluckste er. »Schau dich um. Diese Ruhe.«

»Klar.« Ein weiteres Mal trat Ulf gegen die hölzerne Bohle. Sie knackte bedenklich. »Du kommst nächstes Jahr wieder her und verbringst deinen Urlaub hier. Dann kannst du jeden Tag diesen tollen Ausblick genießen.«

»Weißt du was? Einmal im Jahr, das reicht nicht. Das ist mir in diesem Moment klar geworden. Ich werde …«

Ulf machte zwei schnelle Schritte und schlug Sigmar mit aller Kraft ins Kreuz. Sigmar schwankte. Er schrie: »Was soll das? Hör auf!«

Doch Ulf hörte nicht auf. Er holte ein weiteres Mal aus und schlug zu.

Sigmar versuchte, sich zu fangen, doch der Druck in seinem Rücken wurde immer stärker. Die Bank. Er musste von dieser Bank herunter. Festen Boden spüren. Doch es ging nicht. Ulfs Hände hatten sich in sein Hemd gekrallt. Woher hatte der Mann die Kraft? Sigmar stürzte über den Zaun hinunter in das Dünental. Ein letzter Schrei, dann verlor er das Bewusstsein.

Ulf schaute hinter seinem Mann her. Der bewegte sich nicht. »Ich habe dir deinen Wunsch erfüllt«, sagte er mit leiser Stimme. »Du hast es so gewollt.« Langsam stieg er von der Düne. Er weinte.

# 38

»Ich habe soeben die Nachricht erhalten, dass die Kollegen die restlichen Daten von Grothes Handy aktivieren konnten. Und was meint ihr, wer Grothe am Donnerstag um 22 Uhr zwei Mal angerufen hat?«

Die Kollegen schauten Daniel gespannt an.

»Ulf Martens.«

»Ich denke, das reicht, dass wir uns diesen Benedikt und seinen Mann noch einmal vornehmen.« Rebecca berichtete, was die Organisatorin der *Woche 77* ihnen von dem weinenden Mann erzählt hatte. »Da steckt mehr dahinter als eine Bekanntschaft von vor mehr als 40 Jahren. Und sie haben kein Alibi. Auch wenn ihr sie heute Nachmittag bereits auf ein Gespräch hier hattet – es sind Fragen offen.«

»Also los.« Arndt Kleemann schob den halb leergegessenen Teller mit Bedauern zur Seite.

»Mensch, Arndt. Zehn Minuten haben wir noch. Lass das Steak nicht ungegessen zurück.« Marvin Lingenberg nahm eine kräftige Gabel voller Nudeln und schob sie sich in den Mund, dann nuschelte er: »Es wäre eine Schande, wenn das im Müll landen würde.«

Der Hauptkommissar aus Aurich zögerte. Auf der einen Seite das leckere Stück Fleisch und auf der anderen ihr Auftrag. Das Fleisch gewann. Nur dass er schneller als gewöhnlich Stücke des Roastbeefs, das so einladend neben Kartoffeln und Kohlrabi auf dem Teller lag, abschnitt und hinunterschluckte. Auch Rebecca, Daniel und Michael schienen das gemeinsame Abendessen im Klubraum zu genießen. Es tat ihm ein wenig leid, dass Wiebke, seine Frau, nicht dabei war. Doch sie und Sandra hatten es sich in der Küche der Dienstwohnung gemütlich machen und hinterher zum ABBA-Abend gehen wollen.

»Das ist echt bedauerlich, dass unsere Glitzerklamotten wieder einmal im Schrank bleiben müssen«, sagte Michael, als hätte er Arndts Gedanken erraten. Rebecca hustete, als hätte sie sich an dem Stück Scholle verschluckt. Sie griff zur Serviette und konnte sich kaum beruhigen. Dann atmete sie tief durch. »Das hätte ich gern erlebt«, röchelte sie.

»Wer fährt mit?«

Alle Kollegen nickten, doch Arndt beschloss, dass drei Kollegen zunächst mal reichten. Es war nicht sinnvoll, gleich mit fünf Leuten zu einer Befragung im *Haus Emma* aufzutauchen. »Michael und Rebecca, macht euch fertig. In fünf Minuten starten wir. Daniel, du wartest auf weitere Hinweise aus Aurich. Obwohl ich glaube, dass die Jungs dort inzwischen auch Feierabend haben. Und du, Marvin, schaust dich beim Film und im Festzelt um. Es ist gut möglich, dass die beiden sich dort aufhalten. Gib uns Bescheid, wenn du sie siehst.«

»Wird erledigt. Bin fast unterwegs.« Marvin Lingenberg trank einen letzten Schluck Cola und schob seinen kleinen kräftigen Körper aus der Tür. Arndt wunderte sich seit Jahren, wie schnell der Mann trotz seiner tonnenähnlichen Körperform in gewissen Situationen reagieren konnte. Das war in ihrem Beruf auch dringend notwendig.

»Arndt, kommst du?«

Natürlich. Er folgte Michael und Rebecca zu den Fahrrädern. Es war ein wunderschöner Abend, der einlud zu allem, was man draußen genießen konnte. Ob Mordermittlungen dazugehörten, wagte Arndt zu bezweifeln, aber es nützte nichts. Je eher sie den Täter oder die Täterin fassten, desto schneller konnte er mit Wiebke auf der Strandmauer den Sonnenuntergang genießen. Allerdings reiste Wiebke am nächsten Tag erst einmal zurück auf ihren Hof in der Krummhörn. Sie hatten zwar sehr zuverlässige Mitarbeiter, aber auch die benötigten ab und zu Wiebkes Hilfe.

Antje Flegel huschte in der Küche hin und her. »Ich bereite gerade das Frühstück für morgen vor. Ihr wisst schon, Teller und Tassen bereitstellen und so weiter«, sagte sie anstatt einer Begrüßung, doch dann fragte sie: »Was kann ich für euch tun?«

»Wir suchen Herrn Benedikt und Herrn Martens. Sind die beiden wieder bei Ihnen eingezogen?« fragte Rebecca. »Und wenn ja, sind sie in ihren Zimmern?«

»Sie wohnen wieder bei mir. Sie sind heute Nachmittag nach dem Gespräch mit der Polizei bei mir gewesen und haben das Übernachtungsgeld gebracht. Ich habe mich für meinen Mann entschuldigt und sie mit einem Stück Kuchen bestochen, wieder bei mir einzuziehen. Sie taten mir echt leid. Sie haben ihre Sachen wieder nach oben gebracht und sind seit ungefähr einer Stunde unterwegs. Wohin, kann ich allerdings nicht sagen. Herr Benedikt machte mir einen ziemlich erschöpften Eindruck. Herr Martens schaute gleichgültig in die Landschaft. Ich habe nicht gefragt, was sie an ihrem letzten Abend vorhatten.«

»Und dein Mann? Hast du den wieder aufgenommen?«, fragte Michael.

Antje Flegel grinste. »Er wohnt im Gartenhaus, bis er eine andere Bleibe hat. Allerdings ohne Vollverpflegung. Essen soll er sich mal selbst besorgen. Dafür bin ich nicht mehr zuständig.«

»Dann pass man auf, dass er nachts nicht in deine Küche eindringt und sich am Kühlschrank versorgt«, warnte der Inselpolizist lächelnd.

»Weißt du was? Ich mache das, was ein Insulaner eigentlich gar nicht kennt – ich schließe ab« erwiderte Antje Flegel.

»Wenn die beiden Männer wieder auftauchen, geben Sie uns bitte Bescheid. Wir haben ein paar weitere Fragen«, bat Arndt.

»Mache ich.«

Die drei Ermittler verließen das Haus und standen ein wenig ratlos auf der Straße. »Wo sollen wir anfangen? Ist es so wichtig, dass wir die Feuerwehr zu Hilfe holen müssen? Schließlich sind es vorrangig nur ein paar Fragen, die wir loswerden wollen«, sagte Michael. »Bei der Veranstaltung sind sie offensichtlich bisher nicht aufgetaucht, sonst hätte Marvin sich gemeldet.«

»Wir …« Arndt Kleemanns Vorschlag wurde unterbrochen, denn Michaels Handy klingelte.

»Es ist die Chefin des *Nautilus* im Ostdorf«, flüsterte Michael. Er hörte zu, was die Frau zu sagen hatte, bedankte sich und beendete das Gespräch. »Sie sagte, dass sie einen durchdringenden Schrei gehört habe. Der wäre von der hohen Düne beim *BK-Heim* gekommen. Und noch eines war ihr aufgefallen. Einige Zeit vorher sind zwei Männer an ihrem Haus vorbei Richtung Düne gegangen, aber nur einer wäre wieder zurückgekommen. Normalerweise achtete sie nicht auf die Urlauber, die durch die Dünen wanderten, aber das wäre ihr komisch erschienen, und so hat sie mich angerufen.«

»Dank an aufmerksame Bürger«, sagte Arndt. »Michael, du alarmierst und koordinierst alle, die wir brauchen. Daniel soll sich zum *Haus Emma* aufmachen und sofort

Bescheid geben, wenn Benedikt oder Martens dort auftauchen. Rebecca, wir fahren zur Düne und schauen nach. Marvin soll zunächst mal das erweiterte Umfeld der Feier im Blick behalten.«

»Alles klar. Ich alarmiere vorsichtshalber die Ärztin und die Feuerwehr. Bin gespannt, ob ihr fündig werdet.« Wieder klingelte sein Handy, und Daniel teilte mit, dass bei der Notrufzentrale in Wittmund mindestens drei Anrufe von Urlaubern eingegangen seien, die einen Schrei gehört haben wollten. Michael brachte seinen Hilfssheriff ebenfalls auf den neuesten Stand.

»Auf ins Ostdorf.« Arndt nahm sein Rad. »Hoffen wir mal, dass der Mann uns entgegenkommt.«

Sie fuhren direkt zum *Nautilus*, dann, soweit es ging, in die Dünen. Sie legten ihre Räder ins Gras und gingen direkt auf die hohe Düne zu.

»Da ist was!« Rebecca zeigte auf eine Erhebung im Dünental. »Da liegt wer. Es ist Benedikt.«

Sie rannten zu ihm, und Arndt versuchte, Kontakt mit dem Mann aufzunehmen, der bewegungslos zu ihren Füßen lag. »Gib die Daten durch. Damit die Retter genau wissen, wo sie hinmüssen.«

»Herr Benedikt! Hören Sie mich?« Nein, er hörte ihn nicht. Aber Arndt war sich sicher, dass der Mann lebte. Er spürte einen schwachen Schlag, als er die Halsschlagader des Mannes ertastete. Doch so, wie sein rechtes Bein vom Körper abstand und die Schulter in eine völlig verkehrte Richtung zeigte, war klar, dass der Mann einiges an Verletzungen davongetragen hatte. Einzig die Fettschicht um seine Knochen hatte ihm womöglich weitere Brüche erspart.

»Sie sind in Kürze da.« Rebecca hatte ihr Handy eingesteckt und beugte sich über Benedikt. »Was ist?«

»Er lebt.«

»Wenigstens das.« Sie zeigte nach oben. »Bin gespannt, was sein Gatte dazu sagt. War es ein Unfall? Natürlich. Was anderes wird der wohl kaum bestätigen.«

Wie auf Kommando klingelte ihr Handy. Gleich darauf sagte sie: »Wir haben Martens. Daniel hat ihn im *Haus Emma* in Empfang genommen und ihn in seinem Zimmer festgesetzt.«

»Und – wie war er drauf?«, fragte Arndt.

»Daniel sagt, Martens war total seltsam. Er ist an Daniel vorbei in sein Zimmer gegangen, hat seinen Koffer genommen und gemeint: ›Mein Mann bleibt.‹ Dann wollte er die Treppe hinunter, aber davon hat Daniel ihn abgehalten. Seitdem sitzt Martens in seinem Zimmer und schweigt.«

Aus der Ferne hörten sie den Krankenwagen. Kurze Zeit später waren Ellen Neubert, die Inselärztin, und Maik Bernhardt, der Rettungsassistent, bei ihnen. Arndt und Rebecca machten Platz.

»Ich schaue, ob ich oben Indizien finde«, sagte Rebecca.

Arndt nickte. »Wenn du mich brauchst, rufst du.« Er sah zwei Frauen, die auf dem gepflasterten Weg neben dem Rettungswagen standen und winkten.

Er ging zu ihnen. »Was kann ich für Sie tun?«

»Wir haben es gesehen.« Sie stellten sich vor und erzählten, dass sie für ein Wochenende im *BK-Heim* wohnten. Sie gehörten zu einer Seniorengruppe aus Wanne-Eickel, die seit Jahren regelmäßig auf die Insel kam. »Wir hatten unser Abendessen beendet und wollten einen Spaziergang machen. Von der Düne oben hörten wir Stimmen, und als wir hinaufschauten, sahen wir, wie ein ziemlich kräftiger Mann auf der Bank stand und ein anderer ihn schubste. Der Mann auf der Bank hat sich gewehrt, aber vergeblich. Er ist herabgestürzt. Wir haben spontan überlegt, den anderen Mann am Verschwinden zu hindern. Aber dazu hat uns der Mut gefehlt. Wir sind stattdessen sofort zurück zum Heim und haben den Notruf gewählt.«

Arndt ließ sich noch einmal den genauen Ablauf schildern, bedankte sich und ging zurück zu Benedikt. Noch immer war der bewusstlos.

»Der Hubschrauber ist unterwegs«, erklärte Ellen Neubert. »Ich möchte nicht wissen, wie viele Knochenbrüche der Verletzte hat. Gleich kommt weitere Hilfe, damit wir den Mann möglichst ohne weitere Verletzungen auf die Trage bekommen. Seine Wirbelsäule scheint mir auch beschädigt zu sein. Ob der je wieder laufen kann, wage ich zu bezweifeln.«

## 39

»Berichten Sie uns bitte, was sich in den letzten Tagen auf der Insel zugetragen hat. Angefangen mit dem Tod von Herrn Wurzellage«, bat Arndt Kleemann Ulf Martens, der wie ein Häuflein Elend zusammengesunken im Klubsessel im *Hotel Sonnenstrand* saß.

Alle Kollegen hatten sich eingefunden, nachdem Sigmar Benedikt mit dem Hubschrauber in eine Klinik ans Festland gebracht und der Tatort gründlich erkennungsdienstlich untersucht worden war.

Auf die Frage, ob er einen Kaffee wollte, hatte Martens nicht reagiert, genauso wenig wie auf die Nachricht, dass sein Mann lebte, aber schwere Knochenbrüche davongetragen hatte.

»Herr Martens, bitte!«

Michael Röder bemerkte die Ungeduld in Arndts Stimme. Doch dessen Aufforderung schien endlich Wirkung zu zeigen.

Der Reihe nach schaute Martens die Ermittler an, dann begann er in heiserem Ton: »Es begann eigentlich schon zu Hause. Je näher der Tag rückte, an dem es losging auf die Insel, desto aufgeregter wurde Sigmar. Und als wir endlich in Neßmersiel ankamen, freute er sich wie ein kleines Kind. So hatte ich ihn nie erlebt. Und schon da wurde mir bewusst, dass die Gefahr groß war, dass ich ihn verlieren könnte. Als wir auf dem Schiff diese Leute trafen, die die Insel von früher kannten und alle schwärmten – das war einfach grässlich.«

»Und weiter?«, fragte Rebecca.

»Ja, der Künstler. Es war reiner Zufall, dass auch er auf der Insel war. Und es war eine gute Möglichkeit, ihm klarzumachen, dass er uns in Brake in Ruhe lassen soll. Darum habe ich ihn bedroht. Aber das wissen Sie bereits. Dass Sigmar ihn nicht getötet hat, ebenfalls.«

»Aber warum haben Sie uns gegenüber diese seltsame Bemerkung fallen lassen, dass es wohl Ihr Mann gewesen sein könnte, der für Wurzellages Tod verantwortlich sein könnte? Was sollte das?«, fragte Röder.

»Das war doch nur – ich war mir wirklich nicht sicher. Er hatte daheim so viel Stress mit dem Mann gehabt. Da war es durchaus möglich …«

Erstaunlich, was Martens seinem Mann zutraute. Röder überlegte, ob er Sandra in so einer Situation auch öffentlich an den Pranger gestellt hätte. Nein. Sicher nicht. Nicht, weil er Polizist war, sondern weil er sich gar nicht vorstellen konnte, dass Sandra zu einem Mord fähig wäre. Also würde er gar nicht auf die Idee kommen, darüber nachzudenken oder einen Verdacht zu äußern. Oder sollte etwas anderes dahinterstecken? »Herr Martens, Sie haben es Ihrem Mann nicht wirklich zugetraut, oder?«

Martens zögerte. »Sie haben recht. Ich war morgens ebenfalls in der Galerie. Also konnte der Verdacht ebenso gut auf mich fallen. Ich habe den Verdacht auf den Mann geschoben, von dem ich sicher war, dass er es nicht war. Sie ihm also auch nichts nachweisen konnten.«

Was für eine schräge Argumentation, dachte Röder. Oder einfach nur blendend überlegt? »Dann kommen wir zu Herrn Grothe. Wie ist das abgelaufen?« Ob er die Tat zugab?

»Gleich zu Anfang der Woche haben die beiden sich wiedergetroffen und in romantischen Erinnerungen geschwelgt. Im *Sturmeck*. Das habe ich genau gesehen. Und dann, beim Dünensingen, haben sie nebeneinandergesessen. Ich habe die beiden vom Weg aus beobachtet. Reine Harmonie. Ich konnte sogar ihre Stimmen hören und sehen, wie sie immer enger zusammenrückten. Es war unerträglich, verstehen Sie? Und dann an der Strandmauer – nichts als Geturtel. Ich bin gelaufen, immer weiter, beinahe rund um die Insel. Ich habe versucht, mir einzureden, dass der Spuk spätestens Sonntag vorbei wäre. Aber es wurde mir immer klarer, dass Sigmar sein Herz verloren hatte. An Baltrum und an diesen Freund von früher. Also gab es nur eine Möglichkeit: Der Mann musste weg und damit der Grund für Sigmar, auf Baltrum sein Leben zu verbringen. Ich habe Grothe angerufen und mich mit ihm verabredet.«

»Und dem hat Herr Grothe einfach so zugestimmt?«, wunderte sich Rebecca.

»Ja. Ich habe ihm gesagt, ich wolle Sigmar eine Überraschung bereiten und dazu bräuchte ich seine Hilfe.«

Dann war es Mord. Wohlüberlegter Mord, dachte Röder. Das wird jeder Richter genauso sehen. Ob Martens sich im Klaren war, was ihn im Knast erwartete?

»Ich habe ihn zu einem späten Spaziergang überredet und ihn, als er schallend über meine Sorgen lachte, gestoßen. Als er dann da lag, bekam ich Wut. Darüber, dass dieser Mann schuld daran war, dass ich solche Angst um meine Ehe zu ertragen hatte. Ich habe einen Ast genommen und zugeschlagen. Dann bin ich gegangen.«

»Genauso wie heute, als Sie Ihren Mann an der Düne einfach haben liegenlassen. Wären wir nicht so schnell dagewesen, wäre auch er gestorben«, sagte Arndt aufgebracht.

»Er war für mich verloren. Er hatte oben auf der Düne ganz klar gesagt, dass er trotz Grothes Tod auf der Insel leben wollte. Sie hätten ihn mal sehen sollen. Auf der Bank hat er gestanden und seine Worte in den Wind gerufen. Wie ein billiger Schauspieler in einem Schnulzenfilm.« Ulf Martens zog ein Tuch aus der Tasche und schnäuzte sich. »All die gemeinsamen Jahre – alles vergebens. Nein, das durfte ich nicht zulassen.« Er sprang auf. »Ich habe sogar in der

Pension ein anderes Zimmer bezogen, damit Sigmar merkt, was er an mir hat. Doch das war ihm völlig egal. Völlig!«

Behutsam, aber nachdrücklich schob Daniel Martens zurück in den Sessel. »Haben Sie noch mehr zu sagen?«

Martens schüttelte den Kopf. »Nein.«, sagte er nur.

»Gut«, Arndt stand auf. »Der Hubschrauber wird in Kürze eintreffen. Marvin, du begleitest Herrn Martens wie abgesprochen nach Oldenburg. Rebecca und Daniel, ihr sprecht mit Frau Flegel und unterrichtet sie davon, dass die beiden Zimmer bis Montag verschlossen bleiben. Morgen kommt noch einmal der Kriminaldauerdienst.«

»Und ihr? Ihr macht euch einen gemütlichen Abend?«, grinste Marvin.

»Ermittlungen. Abschließende Ermittlungen«, grinste Arndt zurück, und Röder fügte hinzu: »Schließlich muss ich auch mal Streife gehen. Das ist mein Job hier auf der Insel. Dazu gehört auch die Küchenkontrolle bei Ahlers. Könnte sein, dass ein paar leckere Häppchen auf der Anrichte stehen.«

Mit den Häppchen vor seinem geistigen Auge merkte der Inselpolizist erst, wie hungrig er war. Den anderen schien es ebenso zu gehen. Selbst Martens nickte knapp. Er schaute auf die Uhr. Ein halbe Stunde etwa dauerte es, bis der Hubschrauber landen würde. Er ging in die Küche, und tatsächlich hatten die Hotelchefs belegte Brote bereitgestellt. Dazu zwei Thermoskannen und einige Flaschen alkoholfreies Bier.

»Lasst es euch schmecken.« Henning Ahlers war aufgetaucht. »Hat er gestanden?«

Röder nickte. »Hat er. Gleich wird er zur JVA gebracht.«

»Der kann froh sein, dass er jetzt und hier lebt«, sagte Henning.

Röder schaute ihn fragend an.

»Wenn er 1977 in Frankreich gewohnt hätte, hätte er nur mit viel Glück der Guillotine entkommen können. Denn die wurde genau in diesem Jahr dort zum letzten Mal genutzt.«

»Woher weißt du das denn?«, fragte Röder erstaunt.

»Schließlich habe ich mich auf unsere Retrowoche vorbereitet. Und da lief mir diese Info über den Weg«, erklärte Henning. »Komm, ich helfe dir, die Sachen in den Klubraum zu tragen.«

»Gerne. Spätestens morgen Abend bist du uns wieder los. Dann können die Emilys hier wieder spielen«, lachte Röder.

# 40

Es war doch später geworden als gedacht. Der Hubschrauber war mit Verzögerung angekommen. Doch dann hatten sie Feierabend gemacht und den Tag im Klubraum kurz Revue passieren lassen. Neue Nachrichten über Benedikts

Gesundheitszustand würden sie erst am nächsten Morgen erhalten.

»Was meinst du, Michael: Sollen wir schauen, wie es unseren Frauen geht? Ob sie Tanzpartner gefunden haben?«, fragte Arndt. Er hatte nämlich schwer das Gefühl, dass Daniel und Rebecca sich nach ein paar Stunden Zweisamkeit sehnten, so, wie die Blicke hin und her flogen.

»Natürlich. Eigentlich müsste ich richtig müde sein nach dem aufregenden Tag. Aber ich bin fit. Also los!« Doch dann fügte er zur Vorsicht hinzu: »Aber die Glitzerklamotten ziehen wir nicht an!«

Zunächst war es ruhig auf der Insel. Einzelne Sterne und ein beinahe voller Mond beleuchteten den Weg an der Inselglocke vorbei. Doch je näher sie dem Festzelt kamen, desto lauter schallte ihnen die Musik entgegen.

»Was höre ich da? Ist der ABBA-Abend schon vorbei?«, fragte Arndt. »Wenn ich mich nicht ganz täusche, ist es nämlich meine Lieblingsband *Queen*. Freddie Mercury singt nur für uns. Hör hin: *We are the Champions.* Woher wusste Kenny, dass wir jetzt gerade kommen?«

»Der Ruf eilt uns voraus«, lachte der Inselpolizist. »Der Ruf eilt uns voraus.«

ENDE